UNE MÈRE EN PARTAGE

DU MÊME AUTEUR

ESSAIS

Les Grands Moments littéraires de Normandie du XVIIIe siècle à nos jours, Editions Corlet. Couronné par l'Académie française.

BIOGRAPHIES

Mandrin, le voleur d'impôts, Tallandier, J'Ai Lu, Le Grand Livre du Mois. Couronné par l'Académie française.

Bertrand Du Guesclin, connétable de France, Tallandier, Le Grand Livre du Mois.

Jacques Cartier, Editions maritimes et d'Outre-Mer, Ouest-France, L'Ancre de Marine.

Dumont d'Urville, le dernier grand marin de découvertes, Glénat.

L'Enigme Lapérouse, Tallandier, Le Grand Livre du Mois.

NOUVELLES

La Normandie raconte (en collaboration avec Michel de Saint-Pierre, Jean de La Varende, André Druelle, etc.), Cercle d'Or.

Hantise ou scènes de la vie ordinaire, Maître Jacques.

ROMANS

L'Ile, Editions Syndicales.

L'Arbre déraciné, Cercle d'Or.

Au-delà de la fin du monde (en collaboration avec Grégoire Brainin), Cercle d'Or.

Il était une fois un monstre, Editions Corlet.

Claudius ou les beaux jours, Ramsay, Cheminements, Le Grand Livre du Mois.

Soleils gris, Filipacchi.

Les Deux Vies de Marie Salmon, Tallandier, Aubéron, Le Grand Livre du Mois. Prix Guillaume le Conquérant 1994.

Heloa, la passagère clandestine, Glénat. Grand Prix du roman de la Ville de Rennes 1998.

La Canarienne, le crépuscule des Guanches, Glénat. Prix des Libraires de Normandie 1999.

Marie sans terre, Presses de la Cité, Le Grand Livre du Mois, France Loisirs. Prix du roman de la Ville d'Etretat 2003.

Les Anges maudits de Tourlaville, Presses de la Cité, Le Grand Livre du Mois. Prix du roman populaire 2004.

Les blés seront coupés, Presses de la Cité, Le Grand Livre du Mois.

Yves Jacob

UNE MÈRE EN PARTAGE

Roman

Production Jeannine Balland
Romans Terres de France

PRESSES DE LA CITÉ

Ce roman est une fiction.
Toute ressemblance avec des personnes existant ou ayant existé serait donc purement fortuite.

ISBN 10 : 2-258-06970-X
ISBN 13 : 978-2-258-06970-1

A mon fils Alexandre

A Pétronille et Edmond Binet,
qui m'ont offert leur adorable concours

A Igor Jacob, prince parmi les chiens

Les enfants ne sont pas de la même époque, de la même race, du même continent que les hommes. Ils vivent dans des âges révolus ou attendus. [...] Ils ont le corps souple et grêle des sauvages. Comme eux, ils se laissent domestiquer, et comme eux ils meurent de la perte de leur liberté.

Pierre Drieu La Rochelle

J'étais persuadé maintenant que l'enfer ne se situait pas en un endroit précis, mais qu'il était en nous et que je promenais le mien avec moi.

Julien Green

Première partie

1

Juillet 2000

Yann achève son ouvrage. Les oreilles dressées vers l'infini, Pétronille tourne vers lui un regard interrogateur. Quoi ! Il s'arrête déjà ? L'ânesse n'en revient pas. Son maître vient tout juste de commencer à l'étriller et elle voudrait que cela dure toujours. Elle lui offre sa fidélité, sa tendresse. Il pourrait tout de même s'occuper d'elle un peu plus souvent et surtout plus longtemps.

C'est vrai que Yann consacre peu d'heures aux animaux. Professeur de lettres au lycée Malherbe de Caen, il passe plus de temps à préparer ses cours et corriger des copies qu'à entretenir le domaine. Domaine est un grand mot. Belle propriété plutôt, héritée des parents d'Héloïse, sa femme, quand sa mère devenue veuve a décidé de tirer sa révérence à son tour. Propriété baptisée « Le Lilas blanc » dans laquelle ils sont entrés il y a dix ans, au grand émerveillement de leurs deux filles, Séverine et Isa, qui en auraient presque oublié qu'elles portaient le deuil d'une bien adorable grand-mère.

Un an plus tard, sept hectares de terres agricoles étaient vendus ; vaches, moutons, chevaux avaient trouvé preneur à bon compte, fenêtres et volets avaient été remplacés par de l'aluminium et des doubles vitrages, les portes vermoulues sous lesquelles s'engouffraient les vents dominants par des baies vitrées et le corps d'habitation, dont la pierre avait été soigneusement restaurée, triomphait, épaulé par les dépendances en U qui encadraient la vaste cour où ne se déplacerait plus jamais le bétail regagnant étables et écuries.

Mais on n'est pas originaire de la campagne pour rien. Maison moderne certes, maison ouverte toutefois sur la nature profonde. Celle qui vous étonne, vous interpelle chaque matin lorsque vous entrebâillez un œil ébloui ou chagriné sur les bons ou mauvais rêves de la nuit. Ainsi, Héloïse et Yann ont conservé près d'un hectare de bonnes terres autour de la maison. Cour bourgeoise devant, revêtue de gravillons roses, potager, jardin et herbage derrière. Dans ce dernier, où croissent une vingtaine de pommiers, un splendide hêtre pourpre et un marronnier joufflu étendent leurs majestueuses frondaisons. Deux noyers, un lilas blanc qui a donné son nom au domaine et quelques poiriers s'adossent à un grand mur de pierre clôturant les terres au nord ; trois cerisiers, plantés à la diable, proposent en saison des fruits gorgés de jus.

Espaces cultivés et herbages sont séparés par un

grillage que renforcent de solides pieux en bois car un bouc, un *blin*[1], deux brebis, cinq moutons, un jars, un coq, poules et dindons hantent ces lieux qui ressemblent à s'y méprendre à un coin de paradis. Tout y semble en équilibre. Les chiens eux-mêmes, Igor et Wooly, ont été dressés à flâner entre ces chairs appétissantes, notamment celles des volatiles, sans y tracer de sanglants sillons.

Le soleil est intermittent, des chapelets de nuages sont culbutés par un vent vif et piquant, à travers un de ces ciels incertains qui poussent à la méditation, à la mélancolie, parfois au suicide.

Mélancolique, pire, désespéré, tel est Yann depuis plus de trois ans. Il chasse d'un revers de main des pensées qui risquent de devenir lugubres, tapote la nuque de Pétronille, gratte sa peau entre les oreilles, lui murmure « Je t'aime ! » puis, flanqué de ses chiens tout à l'heure étendus auprès de lui, il regagne la maison.

Isa est assise dans la cour, côté ouest. Un vaste pull orange censé la protéger du vent ne dissimule en rien la grâce de ses formes. Elle est longue, Isa, joliment charpentée, sportive. Elle aime le volley-ball, comme ses parents, le théâtre, le cinéma, les pizzas, le couscous, les salades composées et les bons romans. Depuis deux ans déjà, elle a quitté les auteurs indispensables aux études pour s'attaquer aux écrivains contemporains, épaulée en cela par Yann qui, professeur de lettres oblige, se tient au courant des dernières

1. « Bélier », en patois normand.

parutions. Il la guide, s'efforçant de lui éviter les pièges, conscient qu'il navigue lui-même dans une jungle où triomphent souvent de très mauvais livres soutenus à grand renfort de presse et de publicité, véritable insulte à l'intelligence des lecteurs qui, fort heureusement, ne se laissent pas toujours duper.

Pour l'heure, Isa savoure *Les Noces barbares* de Yann Queffélec, un prix Goncourt qui mérite d'être lu. Elle le découvre avec treize ans de retard, tant elle est prise par ses études à la faculté de droit de Caen. Deux années de bachotage dans lesquelles elle s'est jetée avec fureur pour oublier les revers de l'existence.

— Tu as vu ta mère ?

Isa délaisse sa lecture, pose ses yeux verts sur son père.

— Non, elle doit être dans la chambre de Séverine.

Yann pousse un bref soupir, pince ses lèvres dans une moue désabusée avant de s'échouer, les mains croisées sur les cuisses, sur une chaise près de sa fille.

— Oui, tu as sans doute raison.

Ils demeurent silencieux un moment, contemplent les dizaines de pigeons juchés sur les toits des dépendances et sur les gouttières, qui ont élu domicile dans les niches dont on a percé les murs à leur intention. Quelquefois, par les portes ouvertes des étables et des granges désaffectées, des hirondelles entrent et sortent afin de nourrir leurs petits blottis dans des nids construits à l'intérieur. Yann aime cette complicité de la nature, des oiseaux, de la pierre et des hommes. Il règne ici un équilibre si profond, si palpable qu'il paraît indestructible.

A cette pensée, Yann ne peut réfréner un bref ricanement. Isa tourne vers lui son visage gracieux, un peu terne, adouci encore par les rondeurs de l'enfance.

— Qu'est-ce qui te fait rire ?

Il hésite. Il n'a pas envie de parler, de partager. Sa souffrance est trop vive. Trop grande. Il aimerait crier : « J'en ai marre, je voudrais me flinguer, interrompre cette mascarade ! Tu comprends ? En finir une bonne fois pour toutes ! »

Il se contient, balaye d'un grand geste du bras la cour, la maison, les dépendances, les parterres où des fleurs abandonnées par des mains autrefois amies croissent à la diable, le ciel où soudain, fulgurante, entre deux nuages, jaillit une épée de lumière, et il murmure :

— Tout cela est si beau !

Isa acquiesce avec gravité. Depuis quelque temps elle a appris le poids des mots, la valeur des silences, la nécessité de composer avec ce qu'on ne dira point. Elle se lève, pose son livre sur la table de jardin, s'étire avec une feinte nonchalance.

— C'est vrai, c'est beau, tellement beau !

De la pointe du pied, les mains croisées derrière le dos, la tête penchée en avant, pensive comme une enfant, elle regroupe les gravillons roses de la cour, en dresse des petits tas qu'elle écrase ensuite à coups de talon, puis elle souffle :

— Je pars demain matin. Tu pourras m'emmener au ferry à Ouistreham ?

— Bien sûr. Tu pars pour combien de temps déjà ?

— Un mois. Tu sais, il faut bien ça si je veux faire des progrès en anglais.

Il opine distraitement du bonnet. Isa a trouvé ce prétexte d'un voyage culturel et linguistique en Angleterre pour s'éloigner de la maison. Il ne peut lui en vouloir. Elle a vingt ans. Soif de vivre. De construire sa vie. Elle souffre, elle aussi. Elle aimait Séverine, sa sœur, son aînée d'un an. Une aînée qui la supplantait dans tous les domaines : le charme, la beauté, l'intelligence, la générosité, les talents multiples qu'elle déployait devant autrui sans la moindre ostentation, avec un désarmant, un touchant naturel. On eût dit que Séverine était habitée par la plénitude. Un rien l'habillait, un sourire d'elle vous rendait illico amoureux si l'on était un homme ; quant aux femmes, la plupart rêvaient de lui ressembler. Tous sans hésiter étaient à ses pieds et, par une heureuse inclination de sa nature, elle obtenait le maximum de chacun.

« Séverine, c'est la perfection », martelait Héloïse à tout bout de champ, sans s'apercevoir qu'elle faisait quelquefois de la peine à Isa, ravalée au rang de simple faire-valoir.

Yann sait tout cela. C'est pour cette raison qu'il lutte. Qu'il essaie d'être comme avant. Solide. Une poitrine contre laquelle on se blottit pour puiser les forces qui vous manquent. Il évite les tranquillisants, les médicaments de toutes sortes qui vous abattent sous prétexte de vous aider à oublier. Isa est jeune. Elle a besoin d'évacuer sa peine, d'échapper aux murs du silence, de s'éloigner un peu de sa mère, morte parmi les vivants. C'est Yann qui a conseillé à Isa de louer un studio à Caen pendant la durée de ses études universitaires. Elle aurait pu rentrer chaque soir au Lilas blanc, mais pour y trouver quoi ? Une mère qui avait rompu avec la vie ? Le vide affectif ? Les larmes ? Le refus d'accepter des jeunes gens, des amis de sa fille à la maison parce qu'ils l'empêcheraient de s'enliser dans le désespoir ?

Ainsi Isa ne revient-elle au domaine que le week-end et durant les vacances. Mieux, Yann la pousse à fuir le plus souvent possible en stage sportif ou culturel. Mais Isa aime sa mère et lui sacrifie une partie de sa jeunesse. Devant l'immensité de son chagrin, elle lui a dit un jour : « Maman, dès que j'aurai déniché un garçon bien, je l'épouserai et je ferai tout de suite des enfants. De les voir, ça t'aidera à oublier un peu Séverine. Enfin, pas l'oublier, je veux dire la remplacer un peu… Te redonner un peu de bonheur. »

Héloïse a haussé les épaules, versé de nouvelles larmes, avant de répliquer d'un ton définitif : « Séverine est irremplaçable et je sais que je ne serai plus jamais heureuse. Ne va pas te sacrifier pour moi avec n'importe qui sous prétexte de me faire des petits-enfants ! Je ne t'en demande pas tant ! »

Isa a regardé sa mère avec une sorte d'horreur mêlée de compassion. Elle a hoché la tête, reculé de deux pas, tourné les talons, puis elle a quitté la pièce sans même claquer la porte.

La voix d'Isa tire Yann de ses pensées :

— Bon, je vais me doucher et préparer mes bagages. Demain va arriver vite.

Elle marque une courte pause avant d'enchaîner :

— Tu as parlé de mon idée à maman ?

— Non, je n'ai pas encore osé. Elle ne me paraît pas mûre pour un tel projet. De toute façon, il y a une enquête préalable pour vérifier si elle a toutes les qualités requises, et nul ne peut faire confiance à une femme qui passe ses journées à pleurer.

— Papa, réagis ! Secoue-la ! Elle ne peut pas rester comme ça. Je suis sûre que ma solution est *la* solution. Regardez-vous ! Vous ne vous parlez plus. Il faut qu'elle bouge, qu'elle donne un nouveau sens à sa vie, sinon elle finira dans une maison de repos ou, pire, dans un asile psychiatrique !

Isa récupère *Les Noces barbares* qu'elle avait posé sur la table, s'approche de son père, l'enlace, câline, front enfoui dans son cou, murmure :

— Parle-lui. Promets-le-moi. Je t'en prie...

Yann serre tendrement sa fille contre lui, sa petite fille comme il se plaît à l'appeler, même si elle a vingt ans et si elle est presque aussi grande que lui.

— Je lui parlerai demain, après ton départ.

2

Isa partie, Yann se retire dans son bureau, vaste pièce située au rez-de-chaussée, séparée de la salle à manger par l'entrée où s'élance un monumental escalier de pierre conduisant à l'étage. Il a fermé la porte derrière lui afin d'éviter que les chiens ne le suivent. Il a envie d'être seul. Il rédige rapidement du courrier en souffrance puis pose ses coudes sur la table et ses mains sur son front. Là, paupières closes, il songe à ce qu'il va dire à sa femme. Il l'entend aller et venir au-dessus de lui, trotte-menu. Il sait qu'elle est dans la chambre de Séverine, où elle passe plusieurs heures par jour à se souvenir. Puis ses pensées dérivent. Il revoit sa première rencontre avec Héloïse à Dinard, sur la plage de l'Ecluse pendant les vacances d'été, il y a de cela vingt-cinq ans, alors qu'il était encore étudiant à Rennes. Sans leur passion commune pour le volley-ball, ils ne se seraient sans doute jamais rencontrés. Elle jouait déjà quand il est arrivé pour quémander une place sur le terrain. Il est resté figé un instant sur la touche, ébloui. Il a immédiatement su que c'était elle qu'il attendait. Elle était plutôt jolie, certes, plutôt ceci, plutôt cela en plus que le commun de la gent féminine, mais elle avait surtout des yeux d'asiate, des yeux naturellement bridés, profonds comme la nuit, insondables, et une grâce naturelle dans les gestes qui faisait qu'on ne remarquait qu'elle alors qu'elle n'était pas meilleure que les autres.

Il a vite compris qu'il lui plaisait aussi, car le soir même de leur première rencontre, alors qu'il l'avait conviée à prendre un verre en terrasse sur la promenade de la plage, elle lui a déclaré tout de go, d'une voix gourmande et avec de l'espièglerie au fond du regard : « Monsieur Le Meur, vous êtes très beau, très intelligent je crois, et vous me plaisez beaucoup ! »

Il l'a observée avec une curiosité amusée, mi-flatté, mi-perplexe, se demandant même si elle ne se moquait pas un peu de lui. Lucide, il s'accordait un physique sinon ordinaire, du moins déroutant : un mètre soixante-quinze, des épaules de portefaix, larges, monumentales, une poitrine de colosse, une taille de guêpe, le V absolu, des mains immenses, un menton en galoche tranché par une fossette en son milieu, un nez busqué, des sourcils broussailleux soulignant des yeux bleus où semblaient se croiser tous les océans. La bosse exceptée, il ressemblait davantage à Quasimodo qu'à un jeune premier.

Or, là où il s'avouait une relative laideur, Héloïse discernait puissance, âpre et rustique harmonie.

Ne voulant pas laisser passer la chance, il a répondu à tout hasard : « Mademoiselle Je-ne-sais-pas-comment, vous êtes très belle, très intelligente j'en suis convaincu, et vous me plaisez beaucoup aussi ! »

Ils ont alors éclaté de rire, se sont levés puis, sans autre préambule, sûrs de leur choix, main dans la main, ils ont arpenté, rêveurs, la pointe du Moulinet, s'arrêtant tous les dix pas pour admirer le site. En vérité, pour échanger des confidences et leurs premiers et passionnés baisers.

Elle se nommait Héloïse Paysant, un joli nom pour une fille d'agriculteurs possédant une exploitation près de Tourville-sur-Odon, village situé à quelques lieues de Caen, capitale de la Basse-Normandie. Dotée d'un récent diplôme de gestion des entreprises, elle officiait depuis un an dans une banque comme conseillère adjointe de clientèle.

Il s'appelait Yann Le Meur, né à Taden près de Dinan, breton depuis d'innombrables générations ; fils d'enseignant, il préparait l'agrégation de lettres.

En découvrant les origines de Yann, Héloïse s'est joliment esclaffée : « Il vaudrait mieux interrompre sur-le-champ ce début d'idylle. Nous voilà déjà séparés par le Couesnon ! »

Et elle s'est jetée contre lui pour s'abreuver à ses lèvres avec une surprenante gourmandise. Gourmande, telle était Héloïse. Il l'a compris bien vite, car ils étaient majeurs tous deux et insatiables l'un de l'autre, à tel point qu'ils choisissaient le moindre prétexte pour s'isoler, exalter leurs corps et partager d'aimables ouragans. Elle venait à Rennes découvrir sa petite chambre d'étudiant, il courait la rejoindre dans le deux-pièces que lui avaient offert ses parents.

Très vite ils ont ébauché des projets communs, se sont fiancés. Nanti de son agrégation, Yann a sollicité un poste de professeur de lettres à Caen et l'a obtenu. Ils se sont mariés en 1978, ont bientôt cimenté leur couple avec la naissance de deux filles, Séverine et Isa.

Yann ôte ses mains plaquées sur son front et ses yeux. Le dos scotché contre le dossier de son fauteuil, la nuque renversée en arrière, il contemple les lourdes poutres de chêne sur lesquelles triomphent des toiles d'araignée. Depuis la mort de Séverine, Héloïse ne s'occupe plus de son intérieur. Et six heures par semaine de femme de ménage ne suffisent pas à l'entretien d'une si vaste demeure.

Yann scrute le plafond sans le voir. Il révise son passé. Son simple bonheur entre une femme qu'il estimait parfaite, un métier captivant et de charmants enfants. L'incroyable équilibre d'une famille lorsqu'elle a emménagé au Lilas blanc. Car, tout comme les humains, les maisons ont une âme. Celle qu'on leur attribue. Yann ne croit pas en Dieu. Il se souvient pourtant d'avoir, ce jour-là, remercié le Ciel. On ne sait jamais. Il est vrai que, pour lui, cette maison était particulièrement bien placée. En campagne, à deux pas de Caen mais également tout près de la route de Bretagne qui, en une heure et demie, les emmène vers Dinan, Dinard et Saint-Malo, triangle de sa jeunesse et de ses amours.

Yann pense qu'ils avaient de la chance. Une chance inespérée, si l'on songe à l'univers hostile qui guette la plupart d'entre nous. Séverine et Isa poursuivaient des études brillantes, Héloïse et Yann s'épanouissaient dans leur profession. Les deux jeunes filles invitaient souvent des amis, et les murs de la maison vibraient sous les éclats de rire, la musique et les chansons.

Puis il y a eu cette terrible nuit de mai 1997. Le téléphone a sonné vers quatre heures du matin. La police. Héloïse a décroché.

« Un affreux accident... Dans une boîte de nuit. Le Drakkar. Un court-circuit. Que du bois et des produits inflammables. Votre fille Séverine. Le plafond s'est effondré sur elle alors qu'elle fuyait vers la sortie. La cohue, une panique indescriptible. Plusieurs morts. Secours arrivés trop tard. Brûlée vive. Votre seconde fille ? Elle était aux toilettes quand l'incendie s'est déclenché. Elle est indemne. Toutes mes condoléances, madame. Partageons votre peine. Les corps ont été transportés au CHU. Vous pourrez venir y reconnaître la dépouille. »

La course de Yann et d'Héloïse dans la ville. Les feux rouges ignorés à cent à l'heure. Le crissement des pneus, la fureur du moteur. La douleur en attente, comme s'il s'agissait d'une mauvaise blague ou d'un cauchemar. On va se réveiller, cela ne peut être vrai ! La tête sans visage, le corps atrocement brûlé, mutilé, que l'on identifie grâce à des lambeaux de vêtements, une chaîne autour du cou, une bague au doigt, des chaussures calcinées. Les sens d'Héloïse qui l'abandonnent, la lente chute vers le carrelage de la sinistre salle aux murs blancs.

L'atroce suite des jours. Les contraintes administratives. Les pompes funèbres. La cérémonie. Les voisins.

Les amis. Les relations. La mise en terre un jour de soleil implacable glorifié par le chant insoutenable des oiseaux. Héloïse qui s'affaisse devant le cercueil, supplie :

« Laissez-moi m'allonger près d'elle ! »

Héloïse dont les cheveux sont devenus blancs, si blancs, en quelques heures.

Depuis ce jour, pour elle, la nuit ne s'est plus levée. Pour Yann non plus d'ailleurs. Car outre la mort de sa fille, effrayante à surmonter, il y a sa femme dont l'existence s'est comme arrêtée. Elle a quitté son emploi à la banque. Depuis, elle erre dans le domaine, vêtue à la va-vite, amaigrie, le regard fixe, la coiffure indocile, le visage sans éclat, elle qui incarnait naguère la joie de vivre.

A plusieurs reprises, Isa s'est efforcée de la faire réagir. Elle lui a dit : « Mais maman, moi aussi j'existe ! Tu n'es pas seule, et il y a papa ! » Invariablement Héloïse a répondu : « Je sais, je sais. » Cependant, anéantie par les tranquillisants, elle réagit comme si elle ne savait pas. Ou plutôt elle n'a pas réagi du tout. Les chiens eux-mêmes ont fini par se désintéresser d'elle. A aucun moment elle ne leur dispense un mot, une caresse. Elle ignore leur existence. Pour un peu, elle oublierait même leur nom.

Si on lui parle, elle répond par onomatopées, un sourire distrait, un soupir, deux mots si c'est vraiment nécessaire.

Avec l'impatience de ses vingt ans, Isa a un jour résumé ce qu'elle pensait du comportement de sa mère :

« C'est à croire qu'on n'est pas là. Qu'on ne l'aime pas. Qu'elle ne nous aime pas ! Elle n'en a que pour Séverine. Elle n'en a rien à foutre de nous !

— Tu ne peux pas dire ça, a répliqué Yann. Elle est fragile. Elle souffre beaucoup. Elle aurait sans doute souffert autant si tu avais été à la place de ta sœur.

— J'aurais été curieuse de voir ça !

— Ne dis pas de sottises ! Tu vas trop loin. Il faut l'aider, c'est tout.

— Pardon. Tu as raison, je perds la tête. »

Et elle s'est longuement blottie dans les bras de son père. C'était il y a deux ans. Yann se souvient de cette scène comme si c'était hier. Il a su alors qu'Isa ne résisterait pas à la terrible atmosphère qui régnait dans la maison. Il a donc approuvé sa fille quand elle a demandé à aller habiter à Caen. Il l'approuve encore lorsqu'elle lève le pied pour se rendre en Angleterre ou chez des amis. Elle n'est coupable de rien. Elle aimait sa sœur, mais elle est trop jeune pour porter un tel deuil toute sa vie.

Yann émerge de ses pensées. Au-dehors, les jappements puissants et graves d'Igor accompagnés des aboiements plus aigus de Wooly puis de courses vives dérapant sur le gravier signalent à son oreille exercée que les chiens se sont rués à la chasse aux étourneaux.

Au-dessus de lui une porte grince, se referme doucement. Il reconnaît ce grincement parmi tous les autres. Héloïse vient enfin de quitter la chambre de Séverine.

Yann se lève, s'approche de la fenêtre. Le ciel s'est

dégagé. Un azur pâle se réchauffe aux rayons d'un soleil qui achève d'incliner sa course vers le couchant. Les vents ont tourné. Demain il fera beau. Cette certitude ne le rassérène pas pour autant. Il songe à tout à l'heure. Au repas à trois. Aux regards qui s'épient et s'évitent. Aux figures funèbres. Aux propos délivrés au compte-gouttes.

Depuis trois ans on a débranché la radio, on ne regarde plus la télévision, on n'écoute plus de musique. Dans les chambres de Séverine, d'Héloïse et de Yann, volets et rideaux restent clos. Avec raison, Isa a refusé de se plier à cette morbide discipline.

Yann tourne les talons, se dirige vers la sortie, masse pensivement de ses doigts sa fossette au menton. On croit être utile, indispensable aux autres. En vérité, on est toujours seul.

3

Yann a accompagné Isa à Ouistreham. Seul, comme ils s'y attendaient tous deux, Héloïse refusant de quitter une maison où elle peut à loisir remâcher son chagrin.

Entre-temps, avec des gestes lents, elle a débarrassé la table du petit déjeuner, contemplé avec effroi les murs de la cuisine, la vaisselle empilée dans l'évier. Elle n'a plus de ressort. Plus d'énergie. Le peu de forces qui lui restent, elle le garde pour peindre. Peindre sans cesse des portraits de Séverine à partir de photos. Allez, c'est décidé, une fois encore la vaisselle patientera. Yann est en vacances, il s'en occupera à son retour de Ouistreham. Couchés à ses pieds, Igor et Wooly ont les yeux rivés sur elle.

La pâtée ! C'est l'heure de la pâtée. Ils ne pensent qu'à ça !

Elle empoigne les gamelles, les remplit de Royal Canin, s'échoue sur une chaise pour les regarder manger. Sans surprise. Parce qu'elle n'a pas la vaillance de se mouvoir. C'est toujours le même rituel.

Wooly, bâtard blanc taché de noir, bâfreur impénitent, se rue sur sa pitance, l'avale d'un trait, lape rageusement le fond de son écuelle avant de s'approcher de celle d'Igor qui jusqu'alors y a planté deux crocs méfiants. Igor s'éloigne d'un pas et contemple d'un air dégoûté Wooly venu lui dérober son repas. Berger belge de la race des tervuerens à poils longs, Igor arbore un pelage magnifique aux tons variés, se dégradant du roux aux couleurs sable pour atteindre le blanc sur le ventre. De longues oreilles pointues, fièrement dressées la plupart du temps, une queue en panache et des yeux feuille morte prolongés aux commissures des paupières par un trait noir lui confèrent une grâce et une distinction singulières. La comparaison des deux chiens est saisissante. Igor est un prince, Wooly une baudruche juchée sur des pattes brèves qui, hors sa goinfrerie, ne pense qu'à prendre la poudre d'escampette, profitant d'une porte ou d'un portail entrouverts pour aller conter fleurette aux demoiselles du quartier.

Si les Le Meur les emmènent en promenade, Igor est libre, Wooly solidement tenu en laisse. Et pour cause. Quand il s'échappe de la propriété, il lui arrive de rester absent une semaine. Il sait qu'il sera ensuite enfermé des jours entiers dans un box à chevaux désaffecté. Il n'en a cure. Il oublie les murs de sa geôle, revoit en boucle les péripéties les plus marquantes de ses vagabondages.

A la suite de sa seconde escapade, survenue moins de huit jours après la première, excédé, Yann l'a enchaîné à un des anneaux de l'étable pour le fouetter avec une ceinture. Igor s'est interposé. Il s'est couché sur son copain, a plongé ses splendides yeux bridés dans ceux de son maître. Et ces yeux disaient : « Bats-moi si ça te soulage. Lui, tu le fais souffrir pour rien. Il a ça dans le sang. Il recommencera. »

Yann a interrompu la punition. Il a détaché le chien, s'est agenouillé devant Igor. Il a enlacé le tervueren, enfouissant son visage dans la nuque rousse si douce au toucher. Il l'a longuement caressée avant d'y déposer un baiser.

« Merci, mon grand, tu viens de me donner une leçon ! »

Héloïse a assisté à cette scène. Elle s'en souvient tout à coup en contemplant le manège de Wooly. Cette pensée la ramène à Yann. Elle sait qu'elle le fait souffrir alors qu'il ne le mérite pas. Elle sait aussi qu'elle est injuste avec Isa. Mais c'est plus fort qu'elle. Elle est désarmée, dépassée par sa faiblesse. Isa pense à tort que sa mère préférait sa sœur. L'une est morte, l'autre vivante, c'est tout.

Il est vrai cependant que Séverine atteignait la perfection. Belle, plus belle que sa cadette avec ses grands yeux bruns, empreints d'une incomparable gentillesse, sa longue chevelure châtain qu'elle aimait faire tourbillonner autour de son front en secouant la tête. Belle lorsqu'elle chantait d'une voix fraîche, pure, en s'accompagnant à la guitare. Belle lorsqu'elle dansait. Elle dansait à tout moment, dans la cuisine, dans la cour, dans la rue, dans le jardin, dans l'herbage, dans sa chambre. Partout. Elle ponctuait chaque instant de sa vie par un balancement de hanches, un petit pas de jerk, de tango ou de rock'n'roll.

Elle happait l'existence à pleins bras et la remerciait de lui offrir tant de bien-être. Pas plus intelligente qu'Isa mais davantage de dons, et surtout une aptitude à s'émerveiller devant tout ce qui bouge et tout ce qui est immobile. Elle semblait avoir été placée au centre de l'univers afin d'en mesurer le plus infime frémissement.

Un matin, en l'observant évoluer sous les pommiers, Yann avait murmuré à Héloïse, assise dans l'herbe auprès de lui : « Regarde ta fille. Elle est l'air qu'elle respire. Elle est indissociable de tout ce qui l'entoure. Elle est immatérielle. Elle est comme emplie d'éternité. »

Et il avait embrassé sa femme dans le cou afin de la remercier de lui avoir offert de si charmants enfants. Car pour Yann il n'y avait aucune différence dans l'amour qu'il portait à Séverine et Isa. L'une était le rêve, la pétillance, la poésie, l'autre était plus terrienne, plus prosaïque, plus solide. L'une appartenait au monde des fées, l'autre à celui des vivants.

Emplie d'éternité, songe Héloïse. Elle hausse des épaules lasses. Puis : Brûlée vive, ma petite ! Mon Dieu, comme elle a dû souffrir ! Et pour la première fois de la journée, sans doute pas la dernière, elle éclate en sanglots.

Igor l'observe, immobile. Il a définitivement renoncé à la consoler, ses tentatives s'étant soldées par de retentissants : « Laisse-moi ! Par pitié, fiche-moi la paix ! » Il se contente donc d'être présent. C'est tout.

Près de lui, indifférent aux banales contingences de ce monde, repu, Wooly ronfle, couché sur le flanc, son gros ventre secoué de spasmes.

Héloïse se hisse lentement dans la station verticale. Elle pense à la journée qui l'attend. Grise. Monotone. Figée dans le souvenir. Yann va bientôt rentrer. Elle n'a pas vraiment envie de le voir. Elle préférerait être seule. Elle appréhende son regard chargé de reproches, sa voix qui ne s'élève que pour s'efforcer de la sortir de sa léthargie. Elle craint les mains, les lèvres qui s'avancent vers elle en quête d'une caresse, d'un baiser. Elle rejette toute effusion comme un sacrilège. Voilà trois ans qu'ils n'ont pas fait l'amour, pas ébauché un semblant d'étreinte. Cette simple pensée la révulse. Elle imagine que, blottie dans son au-delà, Séverine les observe. Elle ne comprendrait pas, c'est évident, qu'on l'oublie si vite en s'abandonnant à ce que, hier encore, sa mère considérait comme de délicieuses et hygiéniques culbutes. Ainsi Yann et Héloïse sont devenus des étrangers, et dans le grand lit qui devrait les rapprocher, séparés l'un de l'autre par des millions d'années-lumière, ils dorment à cul tourné.

Elle ne supporte donc plus Yann parce qu'il la dérange dans son morbide recueillement. En même temps elle se sent coupable. Elle le punit alors qu'il n'a jamais été pris en défaut d'amour, de sacrifice de soi pour elle. Elle le punit parce qu'elle n'a plus la force d'être. Elle le punit alors qu'elle sait qu'il ferait tout pour elle. Il lui a dit un jour que, devant le désert affectif qu'elle avait construit autour d'elle, il avait songé à la tromper pour survivre. Il lui a précisé qu'il était même entré dans la chambre d'une de ses collègues. Qu'ils s'y étaient retrouvés dans le plus simple appareil. Que la jeune femme était attirante. Très attirante. Qu'il s'était rhabillé en toute hâte. Et qu'il avait fui, incapable de passer à l'acte, la tête emplie de son amour pour Héloïse. Lorsqu'il lui a avoué cette pauvre anecdote, elle lui a simplement répondu : « Tu as eu tort. Tu aurais dû satisfaire tes instincts les plus bas ! »

Ce jour-là, Yann a su que son épouse était complètement déconnectée des contingences de ce monde. Il n'a plus cherché à la convaincre de partager à nouveau avec lui ce qu'elle aurait pu appeler « les servitudes du devoir conjugal ». Ils échangent un baiser sur la joue, le soir, avant de s'endormir. C'est tout. Ça suffit à Héloïse. Pas à Yann. Elle le sait. A plusieurs reprises, la nuit, sentant le lit inoccupé auprès d'elle, elle s'est levée, a surpris son mari assis sur le divan ou dans un fauteuil du salon, immobile, scrutant l'obscurité devant lui. Cette solitude extrême de Yann laisse Héloïse de marbre. Elle a trop de chagrin en réserve pour s'attarder sur celui des autres.

Un regard sur la pendule de la cuisine sort Héloïse de sa torpeur. Dix heures cinq. Déjà ! Elle hausse les épaules. Elle ouvrira une boîte de cassoulet tout à l'heure en guise de déjeuner, même s'il fait chaud dehors. Même si c'est infect. Même si c'est plutôt un repas d'hiver. Avant, il lui faut peindre. Elle se lève, se dirige sans hâte vers les escaliers, les gravit, ralentit sur le palier, contemple, accrochés au mur, plusieurs portraits qu'elle a peints après la mort de Séverine. Elle n'en est pas satisfaite. Aucun d'entre eux n'a su capter la fraîcheur du sourire, l'étonnante chaleur du regard. Héloïse en est consciente : elle poursuivra donc sans cesse l'ouvrage jusqu'à ce qu'elle ait ressuscité le véritable visage de la jeune fille disparue.

Un soupir, proche de la nausée, soulève sa poitrine. Elle pousse la porte de la pièce où elle a aménagé un atelier de peintre. Plus jeune, en même temps que ses études, pour sa culture personnelle, elle suivait des cours aux Beaux-Arts de Caen. Elle a incontestablement un don, laissé en friche après son mariage. Les soucis du métier, l'éducation des enfants, une existence à quatre. Les jours heureux. Aujourd'hui elle a repris le pinceau, le manie au service d'un portrait toujours recommencé. Elle voudrait créer une autre Mona Lisa, fixer sur la toile l'âme de sa fille.

La voici devant son chevalet. D'un coup sa figure s'anime, ses joues se colorent, son nez frémit. Les paupières se plissent, l'œil s'aiguise, vibre, épie sur la photo de Séverine épinglée devant elle le contour d'une lèvre, l'arc d'un sourcil. La main accompagne le pinceau, le guide, experte. De plus en plus, chaque jour, Héloïse progresse dans sa quête de l'absolu. C'est le seul moment de la journée où elle se sent revivre. Le temps qui précède le constat. L'échec. Pourtant elle est sûre à chaque fois qu'elle va y arriver, réincarner sur la toile la vérité enfuie.

Héloïse recule d'un pas pour la vingtième fois. Elle

œuvre depuis plus de deux heures. Dans la cour, le crissement caractéristique des gravillons que l'on importune, d'une voiture qui ralentit avant de s'arrêter. Yann est de retour. Il va monter, examiner son travail en silence. Il désapprouve l'entêtement de sa femme à vouloir saisir, jour après jour, l'impossible expression. Seul Léonard de Vinci, et encore, pourrait y parvenir.

Yann entre, le front buté. Il en veut à Héloïse de ne pas avoir accompagné Isa jusqu'au ferry. Sa petite Isa, complètement oubliée par sa mère.

Il s'immobilise à distance du chevalet, contemple l'ouvrage accompli, la figure concentrée de sa femme qui guette un signe sur son visage. L'étonnement se lit sur les traits de Yann. Pour la première fois depuis qu'il la voit s'acharner, Héloïse a réussi à capter la plénitude de la lumière, les volumes du menton, du front, des joues, les couleurs. Manquent les yeux. Par une curieuse technique, sans doute pas très académique, Héloïse peint toujours d'abord l'ensemble du tableau, laissant les orbites vides. Ce n'est qu'à la fin qu'elle se risque à fixer le regard sur la toile. Moment crucial, moment de vérité, sans cesse remis en question, car celui de Séverine associait douceur, espièglerie et mélancolie. Un mélange fascinant, presque impossible à saisir.

Yann oublie sa colère. Il s'approche plus près, scrute le tableau, recule, s'approche encore un peu et, pour la première fois depuis des mois, il porte un jugement :

— Ecoute, jamais tu n'as été aussi proche de la

vérité. On croirait qu'elle va nous parler. Restent les yeux...

Héloïse opine du bonnet, tout son fatalisme revenu.

— Les yeux, oui, c'est toujours là que j'échoue.

4

Il a attendu le soir. Ils sont allongés dans le grand lit empli de nuit. Ils ont échangé un baiser sur le front. Il fait chaud. Ils ont vécu une de ces journées où la Normandie se croit dans l'hémisphère sud. Yann est nu. Complètement. Il a repoussé les couvertures à ses pieds. Elle les ramène sur elle dans un geste agacé. Elle est caparaçonnée dans un pyjama d'hiver. Elle a toujours froid. Surtout, depuis la mort de Séverine, elle appréhende un assaut de son mari. Un vilain assaut qui s'apparenterait à un viol.

Yann est loin de ces pensées libertines. Il a promis à Isa de parler de son projet à sa mère. Il redoute que l'instant ne soit mal choisi. Il est convaincu de toute façon que tous les instants seront mal choisis. Elle va l'envoyer balader, se replier dans son chagrin outragé. Mais Isa a raison. Il faut tenter quelque chose, même si le résultat est voué à l'échec.

Alors il expire un grand coup, emmagasine plusieurs litres d'oxygène dans ses poumons, puis il se lance :

— Lise, il faut que je te parle. On ne peut plus rester ainsi.

Un temps. Elle attend. Indifférente. Il l'appelle Lise parce qu'Héloïse, c'est beau, bien qu'un tantinet vieillot, mais c'est long à prononcer, c'est froid. Lise, c'est plus intime, ça circule mieux dans la bouche, ça franchit mieux l'ourlet des lèvres.

— Lise, voilà, Isa souffre énormément de la disparition de sa sœur. Elle souffre aussi de ton changement. Tu te réfugies dans ta peine et tu ignores les autres, à commencer par nous. C'est pour ça qu'elle s'échappe le plus souvent possible de la maison. Bien sûr, elle est à l'âge où on s'émancipe du cercle familial, mais dans son cas il n'y a pas que cela. Elle étouffe ici. Elle a besoin d'imaginer un avenir.

Héloïse pivote la tête sur son oreiller. Persiennes et rideaux étant fermés, aucun rai de lumière, même fragile, ne lui permet de distinguer son mari, mais ainsi elle peut tendre une oreille attentive.

— Tu m'écoutes ?

— Je t'entends.

Elle l'entend, mais l'écoute-t-elle vraiment ? On peut entendre sans écouter. Lise connaît le poids, le sens des mots. Son désespoir la rendrait volontiers cruelle si elle en avait la force. Tel n'est pas le cas, et Yann le sait.

— Bien. Tu as démissionné de ton emploi à la banque et on ne t'en veut pas. Mais depuis, tu tournes en rond, tu ressasses notre malheur, et par la même occasion le monde a cessé de tourner pour nous trois. Il faut que tu réagisses, que tu te trouves une occupation, que tu cesses de passer des heures seule dans la chambre de notre pauvre Séverine. Ça ne te mène à rien, cela ne la ramènera pas parmi nous. Je ne te dis pas de l'oublier, je te demande seulement de revenir dans le monde des vivants, sinon tu risques de perdre ce qui te reste : Isa et moi.

— Et quelle est la suggestion d'Isa pour que je revienne dans le monde des vivants ?

Au tour de Yann de scruter l'obscurité pour s'efforcer de déchiffrer une expression sur le visage de sa femme. Elle l'écoute. Mieux, elle semble intriguée.

— Elle a une amie dont les parents accueillent chez eux des enfants en difficulté...

— La DDASS, l'interrompt Héloïse, jamais !

— La DDASS n'existe plus. L'organisme qui s'occupe des services sociaux, c'est l'Aide sociale à l'enfance.

Au mouvement du corps de Lise dans le lit, Yann en déduit qu'elle a haussé les épaules. DDASS ou Aide sociale à l'enfance, les gamins concernés restent des gamins en difficulté. Blanc bonnet et bonnet blanc ! Héloïse ne prend même pas la peine de répondre. Mais Yann est parti. Il a besoin de parler, de convaincre. De secouer l'inertie. Pour un peu, il rugirait son ras-le-bol. Sa colère. D'une voix calme, il poursuit :

— Tu pourrais commencer par un seul gosse. Ce n'est pas la mer à boire et surtout, cela te donnerait une occupation, un but !

— Je t'ai dit : jamais !

— Pourquoi ?

C'est au tour d'Héloïse d'exhaler un soupir. Elle a absorbé plusieurs cachets antidépresseurs avant de se coucher et s'il lui fichait enfin la paix, elle sombrerait volontiers dans une torpeur proche de la mort, mais elle sent que, cette fois, Yann est au bout du rouleau et qu'il la relancera sans cesse sur ce sujet tant qu'elle ne lui aura pas fourni une réponse claire.

— Ecoute, j'ai quarante-quatre ans. Lorsque tu m'as proposé de faire un enfant pour remplacer Séverine, je t'ai répondu que ce ne serait pas Séverine, et que de toute façon j'arrivais à un âge où la femme entre dans la zone des grossesses à risque. Lorsque tu as évoqué une possible adoption, je t'ai signalé que cela pouvait prendre des années avant d'obtenir gain de cause, et que je risquais d'être morte de chagrin avant. Aujourd'hui, tu me parles d'accueillir un enfant retiré à ses parents pour maltraitance ou parce que ceux-ci ont des problèmes psychologiques insurmontables. Un enfant, en outre, qu'on peut nous reprendre à tout moment, même si on s'est attachés à lui.

— Tant mieux si on nous le reprend. Cela prouverait que les parents ont résolu leurs problèmes, qu'ils vont pouvoir ressouder une famille.

— Et détruire une nouvelle fois la mienne ! Mon pauvre Yann, décidément, tu n'entends rien à la psychologie féminine !

— Apparemment, ta fille non plus. Nous sommes des imbéciles. Des imbéciles qui finiront par s'éloigner de toi, si tu ne réagis pas. Famille d'accueil ou autre chose, il faut que tu t'investisses, que tu atterrisses, que tu reviennes sur Terre. Je m'associe à ton chagrin, je vis le même, mais je ne suis pas seul au monde. On a besoin de moi, et nous, on a besoin de toi. Il faut que tu apprennes à partager ton temps entre notre pauvre Séverine et les vivants !

— Sinon ?

— Ne m'oblige pas à tenir sous la colère des propos désobligeants que je pourrais ensuite regretter. Je te demande seulement de réfléchir à notre proposition. Il faut ramener un peu de mouvement, et pourquoi pas un peu de joie, dans cette maison. Elle en a bien besoin.

— Ne compte pas sur moi. Le ressort est brisé. Je n'ai plus d'énergie.

— Tu es surtout sous l'emprise de toutes tes foutues drogues. Arrête de les prendre et tu iras beaucoup mieux.

— Si je ne les prenais pas, je serais déjà morte. Je me serais suicidée.

— Merci pour nous !

Un silence. Yann fixe l'obscurité. Un goût de cendres a envahi sa bouche. Il ferme les yeux. Des milliers d'étoiles scintillent sous ses paupières. Il a l'impression d'être l'une d'entre elles, égarée dans un univers qui la dépasse. Lise, ma Lise ! Il ne sait plus que faire. Il voudrait ne jamais être né.

Il se lève tout à coup, saisit son oreiller.

— Où vas-tu ? s'étonne Héloïse.

— Dormir dans la chambre d'Isa. J'ai besoin d'être seul pour faire le point. Demain j'irai aux services sociaux du Conseil général pour me renseigner sur les familles d'accueil.

Il l'entend s'agiter sur la couche désertée.

— Si c'est pour moi, tu perds ton temps : premièrement, ils ne voudront jamais d'une femme aussi cinglée que moi, car j'imagine qu'on subit des tas d'examens préliminaires avant d'être embauché ; deuxièmement, il faut te faire une raison, je ne serai jamais une mère à temps partiel.

— Pour l'instant, tu n'es plus une mère du tout !

Il frémit. Ça lui a échappé. Elle souffre tellement ! Mais Isa aussi souffre. Et lui. Il hésite, marmonne pour se faire pardonner :

— Bonne nuit.

Une voix lui répond, lointaine, enfouie sous les couvertures, presque inaudible, brisée :

— Bonne nuit.

Il est allé place Félix-Eboué à Caen, à la Direction des services sociaux, au service Mission de la protection de l'enfance. Il a laissé entendre que sa femme, absente pour quelques jours, souhaiterait s'occuper d'un enfant en difficulté. On lui a remis une épaisse documentation baptisée « Assistante maternelle infos », et on lui a conseillé de prendre rendez-vous dès le retour de son épouse.

Après l'avoir attentivement consulté, Yann a posé le dossier en évidence sur la grande table en chêne de la salle à manger. Puis, durant plusieurs jours, il a attendu qu'Héloïse daigne y jeter un œil. En vain.

Désabusé, il l'a rangé dans un secrétaire de son bureau réservé à la paperasse. Il est convaincu à présent que, pour Héloïse, le monde s'est définitivement immobilisé. Chaque jour elle exécute les mêmes gestes, poursuit le même rituel. En ce moment elle est assise sur le lit de Séverine. Elle a allumé le lustre de la chambre pour mieux s'imprégner de l'univers de sa petite fille. Elle avait vingt ans passés au moment du drame, mais c'est toujours sa petite fille. Il en va ainsi quand on aime.

Dans la lumière tamisée, le regard fixe, elle scrute, épie tout ce qui a été le passage de Séverine sur cette Terre : les peluches qu'elle conservait précieusement depuis sa naissance sont alignées sur le sol le long d'un mur. Les unes, les plus anciennes, sont défigurées. Bébé, elle leur a rogné le nez, les oreilles, arraché patiemment des touffes de poils, elle les a usées sous ses innombrables baisers. Les autres affichent une santé insolente et des couleurs exemplaires. Puis ce sont les poupées, souvent magnifiques, rangées au pied du lit ou sur des étagères au milieu de poteries, pères Noël mécaniques et autres colifichets offerts ou achetés au hasard des lieux de vacances. Ce sont aussi les posters scotchés sur les cloisons, les portes, voire le plafond. Ils retracent les différentes étapes de la passion musicale de Séverine. Ainsi voisinent ou se concurrencent les stars de sa génération : Céline Dion, Patricia Kaas, Mylène Farmer, Balavoine, Gainsbourg, Johnny Hallyday, plus surprenant : Brassens, Reggiani, Alain Souchon.

Ordinateur, lecteur de CD, disques et cassettes

investissent tout le fond de la vaste pièce. Six mètres de rayonnages de bibliothèque mesurent et imposent aux regards l'évolution des goûts de la jeune fille depuis ses premières curiosités livresques jusqu'à sa disparition. Bibliothèques rose et verte, héritées de ses parents, y trouvent leur place mais aussi *Bambi, Dumbo, Poil de carotte, Le Roman de Renart, L'Appel de la forêt, Croc-Blanc, Voyage au centre de la Terre, Sans famille, Les Misérables, L'Aiguille creuse, Les Mémoires d'un âne, Tintin, Astérix, Lucky Luke* et autres BD, puis dans un aimable désordre des œuvres de Corneille, Molière, Racine, La Fontaine, Stendhal, Hugo, tout Hugo, Sartre, Camus, Maupassant, pas Flaubert, elle n'aimait pas, pas Proust, elle détestait, Eluard, Prévert, Du Bellay, Mallarmé, le délicieux Ronsard, Zola, Balzac, Kierkegaard, Nietzsche, Kafka, Schopenhauer, Dumas, Michel de Saint-Pierre, Le Clézio, Patrick Grainville, Andreï Makine, Rezvani, La Varende, Yourcenar, Volkoff, André Druelle, ce splendide écrivain méconnu que lui a fait découvrir son père, Gide bien sûr de A à Z, un peu Hervé Bazin, Teilhard de Chardin, Marx, et bien d'autres encore, qu'il serait fastidieux d'évoquer ici d'autant qu'on ne saura jamais si elle les avait tous lus. Toute une culture en devenir, interrompue brutalement.

Héloïse se lève, se dirige vers la grande armoire où Séverine rangeait ses affaires. Elle l'ouvre, contemple pour la millième fois les robes, les jupes, les pantalons, les tee-shirts, pulls et corsages que portait sa fille. Elle revoit les vêtements sur elle. Des vêtements qui lui allaient à ravir. Elle l'imagine dansant au milieu de la pièce, jaugeant sa gracieuse silhouette dans la glace de l'armoire.

A deux pas de l'ordinateur, adossée au mur, la guitare qui s'est tue, le pupitre où dort une partition qui ne sera plus jamais déchiffrée par sa propriétaire.

Tout est là, dirait-on, en équilibre pour l'éternité. Héloïse referme la porte de l'armoire, pivote sur elle-même puis, immobile, les bras ballants, paupières closes, longuement, narines palpitantes, hume l'espace environnant en quête d'un parfum, d'une odeur qui lui rappellerait la présence de sa fille. Elle renonce. L'air sent l'humidité et le renfermé. La chambre est un sanctuaire aux remugles de tombeau. Héloïse frissonne. Elle ne supporte pas cela, et en même temps elle refuse d'ouvrir les fenêtres, craignant qu'un soleil trop violent ne dénature à jamais les objets et, par là même, l'acuité de ses souvenirs.

Héloïse rouvre les yeux, balaye la pièce d'un dernier regard puis gagne la porte, la referme avec précaution comme si elle appréhendait de réveiller quelqu'un. Parvenue dans le couloir, ses pas l'entraînent sans hésitation vers l'atelier de peinture. Avec la cuisine, cette pièce est la seule de la maison qui ait droit à la lumière du dehors. Une lumière dont elle a besoin pour saisir les couleurs, les nuances, les impressions qu'inlassablement elle jette sur les portraits de sa fille. Figée devant le chevalet, elle contemple Séverine. Yann a raison, elle n'a jamais été aussi proche de la vérité. Depuis une semaine elle traque le regard sur la photo, s'efforce de le coucher sur la toile. Ce regard unique, douceur, mélancolie, espièglerie, bonté, ce délicieux assemblage qui exaltait plus encore le charme de la jeune fille. Héloïse a transcrit, du moins elle l'espère, bonté et mélancolie. L'espièglerie, réfugiée au fond des yeux, lui manque encore.

Elle s'installe devant la table où reposent tubes de peinture, palettes et pinceaux. Elle prépare son matériel, ses mélanges, consciente qu'elle arrive peut-être au terme de sa quête, puis, tremblante, le pinceau dressé, elle s'approche du tableau, étale, pique, recule, modifie d'une touche légère, efface, revient, recule à nouveau. Des heures durant. Elle ne mesure pas la fuite du temps. Elle pense qu'elle n'en finira jamais. Que la tâche est impossible. Elle s'obstine, transcendée par des forces nouvelles. Les dernières, peut-être, avant le suicide ou l'ultime renoncement.

L'ombre envahit l'atelier. Héloïse allume les spots, projette leur lumière crue sur la toile. Et soudain, elle se statufie, la main dressée. Elle demeure ainsi un long moment, puis s'écarte de deux pas du chevalet avant de s'affaler sur un tabouret. Elle n'a pas de mots pour exprimer ce qu'elle ressent, pas assez de ses yeux pour voir. Elle respire à petits coups, avec précaution, comme si elle craignait de se réveiller et de constater qu'il s'agissait d'un rêve. Elle est prostrée, incrédule. Cela dure dix minutes au moins. Davantage peut-être, allez donc savoir !

Puis finalement elle murmure :

— Ça y est ! Je crois que ça y est !

Un tel jugement est trop lourd pour elle. Elle se trompe peut-être. Il faut qu'elle sache. Elle se lève, va vers la porte, agrippe la poignée, colle son front sur le bois rassurant. La tête lui tourne, son corps tangue autour de ses poignets. Le malaise s'estompe. Elle s'avance à petits pas dans le couloir, s'appuie sur la rampe de l'escalier, se penche.

— Yann ?

Des pas s'approchent, sans hâte, dans le vestibule.

— Oui ?

— Viens voir, s'il te plaît !

— Voir quoi ?

— Monte, je t'en prie !

Yann est surpris par l'intonation de la voix de sa femme. Il y perçoit une nuance d'excitation, insolite chez elle depuis la mort de Séverine. Il gravit les marches. Elle le guette devant la porte de l'atelier, s'efface pour qu'il entre, tend un doigt vers la toile.

— Qu'est-ce que tu en penses ?

Il regarde, statufié à son tour. Séverine est dans la pièce. Plus vivante que jamais. Elle va danser. Son rire va s'élancer vers eux. Elle va leur déclamer Verlaine, Rimbaud, Villon ou, timide tout à coup, un poème de sa composition. Car la jeune fille composait, et ma foi, pour une néophyte, elle se débrouillait plutôt bien ! A moins qu'elle ne se décide à chanter en s'accompagnant à la guitare, Igor et Wooly tournant, complices, la queue battante, autour d'elle.

Deux larmes qu'il ne cherche pas à masquer jaillissent sur ses pommettes, dégoulinent sur ses joues, s'écrasent sur le sol.

— Tu as réussi, mon Dieu, tu as réussi !

Il pivote vers elle. Elle est toute pâle. Blanche. Si

blanche, si fragile, si anémiée. Presque transparente. Il s'approche d'un pas, risquant l'impossible, entrouvre les bras. Elle s'abandonne, se blottit pour la première fois depuis des années spontanément contre lui. Ses seins reposent sur la poitrine de Yann, son jean épouse son jean. Sa tête est enfouie dans le cou de son mari. Ses mains étreignent le dos puissant. Yann sent que s'il n'était pas là pour la soutenir elle serait déjà sans connaissance, son corps gracieusement étendu sur le sol.

Yann ne peut détacher son regard de la toile.

— C'est incroyable ! Elle est vivante !

Le front d'Héloïse acquiesce doucement sur l'épaule qui l'accueille.

— Oui, enfin ! Mais je suis anéantie. Tellement anéantie !

Héloïse n'est plus qu'un sanglot. Mais Yann sait que ce sanglot est bénéfique, qu'il la libère du désespoir où elle s'était abîmée.

Elle relève la tête, éloigne un temps sa figure de lui, ébauche un sourire bien timide encore, avant de murmurer :

— Ça y est. Cette fois, je crois que je vais enfin pouvoir assumer mon deuil.

5

Et c'était vrai. En ce mois d'août, quelque chose a changé. Yann observe sa femme avec une vigilante tendresse. Il lui semble, à ses regards, à quelques sourires, à des paroles doucement partagées, qu'il existe à nouveau à ses yeux. Mieux, elle effleure ses lèvres d'un baiser matin et soir, et elle ne se réfugie plus aux frontières du lit si, par inadvertance, une de ses mains vient à la frôler.

Avec le lent écoulement des jours elle s'est remise à cuisiner. Pas de ces mets où elle était experte, et qui demandent de grandes tablées de convives, mais des petits plats où épices, condiments, une note d'invention, d'ingéniosité, marquent l'intérêt que porte le cuisinier à son ouvrage. Plus surprenant encore, elle a troqué son éternel jean pour un short qui dénonce des jambes amaigries et pâles et, peu à peu, elle s'est remise à soigner ses parterres de fleurs. En quinze jours, dépouillés des mauvaises herbes, toilettés, nourris de vitamines, d'engrais, consciencieusement arrosés, dahlias, roses, pivoines, bégonias, marguerites, œillets d'Inde et autres fleurs plus modestes ont redressé le col, exulté à nouveau, égayant le jardin de leur prestigieux éclat.

Un matin, en revenant de l'herbage où il était allé rendre visite à ses bêtes, Yann a entendu, s'échappant par la fenêtre entrebâillée de la cuisine où Héloïse préparait le déjeuner, de la musique d'opéra. Il a tendu l'oreille, étonné. Il l'a été plus encore lorsqu'il a reconnu la voix du baryton Dietrich Fischer-Dieskau dans *Otello* de Verdi.

Il s'est arrêté un moment pour écouter l'incomparable chanteur rompant le silence du domaine. C'est alors qu'il a réalisé qu'à l'exception de celles de la chambre de Séverine, fenêtres et persiennes étaient grandes ouvertes.

Une intense émotion a gonflé la poitrine de Yann. « Ça y est ! Elle reprend goût à la vie ! Mon Dieu, pourvu que ça dure ! »

Il est entré dans la cuisine où, penchée au-dessus de ses casseroles, Héloïse surveillait la cuisson d'une ratatouille de légumes et des côtelettes d'agneau. Il s'est glissé derrière elle, a posé un furtif baiser sur son épaule, et il a dit : « Hum, ça sent bon ! »

Il y a huit jours, elle aurait ébauché un mouvement de recul, aurait considéré son époux avec reproche, un sentiment d'effroi. Elle ne se serait d'ailleurs pas donné la peine de préparer des petits plats. Elle aurait ouvert une conserve ou cuit des pommes de terre à l'eau assorties de jambon ou d'une tranche de charcuterie.

Le portrait de Séverine trône désormais dans le

salon. Son incomparable regard suit les gens qui pénètrent dans la pièce et les observe où qu'ils aillent, où qu'ils s'assoient. Héloïse, et pour cause, y passe des heures chaque jour à lire, tricoter, admirer son œuvre. La sérénité chez elle a remplacé les larmes. Elle ne pleure plus. Elle se souvient de la phrase de Yann lorsqu'il a découvert le tableau achevé : « C'est incroyable ! Elle est vivante ! »

Vivante, c'est bien cela. Séverine est revenue. Elle lui parle ou elle parle d'elle à Yann, comme si elle n'allait pas tarder à rentrer. Héloïse ne perd pas la tête pour autant. Elle sait que sa fille est morte, mais par la magie de l'art, par une force supérieure, peut-être, qui a guidé sa main, elle est présente. Et elle le sera toujours.

Du coup elle a retiré toutes les autres toiles de Séverine accrochées aux murs. Ce n'étaient que des esquisses de son chef-d'œuvre à venir. Désormais elle va pouvoir vaquer à ses occupations avec une liberté retrouvée.

Yann est une éponge. Un homme droit, solide, aimant. Il a remarqué la métamorphose de sa femme. Il respire mieux, remercie le Ciel ou le hasard d'avoir sauvé sa Lise. Certes, elle est encore fragile mais il devine, à des riens, qu'elle s'achemine vers une vraie convalescence. Igor et Wooly partagent cet avis. Ils accompagnent leur maîtresse lorsqu'elle s'affaire dans la maison ou se promène dans le jardin. Ils s'allongent près d'elle, quémandent une caresse, ce qu'ils ne faisaient plus depuis la mort de Séverine. A pas lents mais sûrement, le monde se remet en marche.

Comme pour saluer ces changements, depuis plusieurs jours le soleil est de la partie. Levé tôt, il poursuit jusqu'au soir sa trajectoire triomphale avant de disparaître derrière le grand cèdre dans un halo de teintes roses et bleues.

En revenant hier de Caen où il s'était rendu pour acheter quelques livres indispensables à la rentrée, Yann est allé dans son bureau. Il a tout de suite repéré le dossier du Conseil général concernant les familles d'accueil ouvert sur la table. Il s'est assis, l'a feuilleté rapidement, perplexe. Au cours du dîner, Héloïse lui a annoncé qu'elle l'avait lu avec attention à plusieurs reprises. Qu'elle en avait pesé le pour et le contre. Qu'elle n'envisageait pas de reprendre ses fonctions à la banque, mais qu'Isa avait raison. Il fallait qu'elle réagisse. Qu'elle fasse quelque chose de sa vie. Elle a souri avant de conclure : « Séverine est d'accord avec Isa. Elle pense que c'est bien d'aider des enfants en difficulté. »

Il a souri à son tour. Ils ont laissé la table non desservie. Il a pris sa Lise par la main. Ils sont montés dans la grande chambre aux persiennes ouvertes, se sont allongés sur le lit. Et pour la première fois depuis trois ans, ils ont fait l'amour. Avec précaution. Avec un luxe de tendresse. Il a semblé à Yann émerveillé que sa femme était vierge.

Deuxième partie

6

Neuf mois se sont écoulés. Avant de prendre contact avec la Direction des services sociaux attachés à la protection de l'enfance, Héloïse a d'abord voulu se refaire une santé. Un mois durant, profitant que Yann était encore en vacances, elle s'est astreinte à une sévère hygiène de vie, une étude approfondie du dossier apporté par son mari soulignant la nécessité d'un examen médical imposé aux postulants. Or, elle savait, et pour cause, qu'elle s'était laissée aller pendant plus de trois ans, et qu'on ne confie pas des enfants en difficulté à une femme incapable de résoudre ses propres problèmes. Elle s'est donc remise au vélo, à la marche à pied, au footing. Elle s'est acheté de petits haltères, un banc pour les abdominaux, puis elle a entraîné Yann dans son sillage. Celui-ci a accepté d'autant plus volontiers qu'il voyait jour après jour Héloïse renaître. Elle s'était notamment métamorphosée en un cordon-bleu attaché à trouver un équilibre vitaminique et calorique entre viandes, légumes, poissons, laitages, féculents, fruits, huile d'olive et épices.

Et Yann est redevenu follement amoureux. Plus amoureux que jamais. Il se souvient de leur première rencontre. Il la revoit, plutôt grande, déliée mais sportive, des seins, des hanches, des épaules, des bras, des jambes délicieusement galbés, vêtue à la garçonne : tee-shirt, jean, chaussures plates, toujours prête à chahuter, à défier le sexe opposé à la course, à la nage, au volley-ball, à n'importe quoi, pour le rire, pour la gagne, pour le plaisir de perdre, disons pour la satisfaction de participer à la joie du monde. Tout cela souligné par une chevelure brune, franchement noire, courte, découvrant la nacre de charmantes oreilles, un joli profil, un cou gracieux et long, un grand front sur lequel s'enroulaient des mèches de cheveux en forme d'accroche-cœurs. Et ses yeux d'asiate, sombres, voilés comme ceux de Séverine par une tendre mélancolie. Enfin, le nez droit, un tantinet retroussé, incarnant l'espièglerie, l'impertinence, la liberté de pensée de sa propriétaire.

Ainsi était Héloïse. Ainsi, selon Yann, elle est redevenue. Il le lui a dit. Rassurée, début novembre elle a décidé de déposer une demande d'agrément au Conseil général afin de pouvoir élever des enfants. Elle a rempli les formulaires, présenté toutes les garanties nécessaires « pour accueillir des mineurs dans des conditions propres à assurer leur développement physique, intellectuel et affectif », démontré par un examen médical qu'elle était en parfaite santé physique et mentale, assuré preuves à l'appui qu'elle disposait d'un logement assez vaste pour offrir sécurité et bien-être aux mineurs qui lui seraient confiés.

A suivi une enquête qui a duré près de six mois où on a contrôlé l'environnement, l'habitat, le passé des Le Meur. Un mari professeur, c'était idéal. Pour le psychologue qui s'était longuement entretenu avec Héloïse, le choc dû à la disparition de Séverine était de l'histoire ancienne et il partageait son point de vue quand elle déclarait avec conviction qu'elle assumait désormais son deuil. Quant à l'espace, bienheureux seraient les enfants accueillis dans cette famille.

Après le résultat positif de l'enquête, l'attente a commencé. Deux mois déjà.

« Cela ne va plus tarder », a affirmé Arlette Mesnil, l'assistante sociale, une femme au tailleur strict, aux solides mollets d'adjudant de l'armée française, au regard franc et droit dans lequel flotte une gentillesse désabusée.

Héloïse attend. Elle s'est bardée dans le devenir. Ça n'a pas été facile. Séverine l'a aidée. Ensemble, elles ont médité dans le salon autour d'une tasse de thé. Autour de la tasse de thé d'Héloïse, bien entendu, car Séverine a refusé. Un portrait buvant du thé, ça ne ferait pas très sérieux ! Aujourd'hui, Héloïse sourit devant ces associations d'idées qui lui traversent l'esprit. Elle sait que sa fille est morte, bien morte. Elle sait aussi qu'elle est là, qu'elle ne mourra jamais, du moins tant qu'elle-même sera en vie pour la contempler dans le cadre strict, volontairement choisi pour ne pas distraire l'attention de la plénitude du visage qui lui sourit. En vérité, jamais Séverine n'a été aussi présente. Elles bavardent ensemble. La mère demande des conseils à sa fille, et ceux prodigués par celle-ci sont emplis de lumière. Elle intime à son interlocutrice de bien s'occuper de Yann, de ne pas négliger Isa, ils ont tant besoin d'elle ! Grâce à Séverine, Héloïse est redevenue une épouse et une maman exemplaire. Mieux, elle souscrit aux projets qu'on lui avait suggérés, la défunte lui ayant assuré que son entourage avait raison de la pousser à chercher un nouveau but à sa vie.

Elle s'active désormais, affronte le présent. La maison a retrouvé son lustre. Les toiles d'araignée squattant plafonds, rideaux et recoins sombres ont disparu. L'aspirateur gronde à nouveau, le plancher sent l'encaustique ; à peine salie, la vaisselle gagne l'évier ou la machine pour y être aussitôt lavée. Quant aux animaux, ils ont repris leurs activités. Les pigeons roucoulent, les étourneaux s'engueulent, les poules gloussent, caquettent, les dindons glougloutent, le coq réveille tout le monde, brebis et chèvres paissent dans l'herbage dans une sérénité rappelant les clichés de l'Eden tandis que, de temps à autre, le bouc et le bélier s'affrontent en combat singulier afin de ne pas perdre la forme. Tous sans exception dérivent au milieu des herbes, en quête, selon leurs goûts, d'un ver de terre, d'une graine, d'une pousse tendre, d'une manne quelconque susceptible de remplir des panses jamais rassasiées.

Au-delà de tout cela, le bec dressé, son œil noir

cerclé d'orange scrutant les alentours, Edmond le jars surveille de près sa dulcinée. Sa dulcinée, ce n'est pas Joséphine, une charmante oie encore trop jeune pour convoler en justes noces mais plutôt Pétronille, l'ânesse, la belle Pétronille qui se passerait bien d'un prétendant aussi encombrant.

Car Edmond est jaloux, d'une jalousie incroyable. Il monte la garde auprès d'elle, agresse tout ce qui remue. Au large les importuns ! Il jargonne, bombe le torse, déploie ses ailes, il rugirait s'il en avait le pouvoir ! Le rival potentiel ayant battu en retraite, il s'approche de sa raison d'exister, lui hume le fondement afin de vérifier qu'elle est toujours pure, qu'elle ne l'a pas trahi pendant qu'il avait les plumes tournées. On l'aura compris, zoophile, Edmond craint que toutes les espèces partagent ses outrances et ses errements.

Il devait en tout cas penser que Yann convoitait sa fiancée. Un jour que celui-ci s'approchait de Pétronille pour la soigner, Edmond s'est interposé. D'un geste vif Yann l'a saisi au col, l'a soulevé de terre, l'a secoué sans ménagements puis, la bouche à deux doigts du bec, l'œil vibrant d'une fureur amusée, il a grommelé : « Maintenant tu vas te calmer, parce que tu commences sérieusement à me faire chier ! Si tu continues, tu vas atterrir dans une cocotte ! »

Message reçu. Projeté à deux pas, le jars s'est relevé, s'est éloigné un peu. Depuis, il se méfie de Yann et d'une façon générale de toute bestiole se mouvant sur deux pattes.

Grâce à ce que l'on pourrait nommer une

résurrection, Héloïse est redevenue une mère pour Isa. Avec le recul, elle s'est aperçue qu'elle avait été odieuse avec elle. Elle lui ouvre à nouveau les bras lorsqu'elle la croise, le matin, le soir, à n'importe quel moment de la journée. Car la jeune fille s'attarde volontiers à la maison à présent. Elle surgit le week-end et pendant les vacances scolaires, si toutefois elle ne fait pas un saut en Angleterre. Lors de son dernier séjour à Londres, elle s'est trouvé un *boy-friend.* Si on l'en croit, Peter a toutes les qualités : intelligent, beau, craquant avec son accent chantant, bien élevé, un peu précieux cependant, style vieille Albion. Il parle plusieurs langues, dont le français, et poursuit des études orientées vers le commerce international. Il est venu fêter Noël au Lilas blanc. Héloïse lui a cédé la chambre d'amis, située au premier étage entre celle de Séverine et la sienne.

Dès la première nuit de son arrivée en Normandie, alors qu'Héloïse descendait au cellier pour appuyer sur le bouton du lave-vaisselle qu'elle avait oublié d'enclencher, attirée par des soupirs, des gémissements étouffés, elle s'est arrêtée quelques secondes devant la porte de la chambre de Peter.

Elle a alors accepté l'évidence avec étonnement : C'est vrai, vingt et un ans bientôt, Isa n'est plus une enfant.

Puis elle a poursuivi son chemin. Au bout du couloir elle a pouffé de rire en imaginant le bel Anglais penché au-dessus de sa proie et lui demandant : « M'autorisez-vous à bien baiser vous ? »

Et elle s'est juré de raconter ça à Séverine dès le lendemain.

Séverine... En découvrant son portrait, la veille, Peter s'était figé. Il l'avait longuement examiné avant de se tourner vers la maîtresse de maison.

« C'est votre fille ?

— Oui.

— Elle est belle. Très belle vraiment. »

Héloïse avait regardé Peter avec un sourire reconnaissant. Il avait parlé au présent de Séverine. Cela a comblé sa sérénité revenue.

Deux jours plus tard, Héloïse a pris rendez-vous chez le coiffeur pour redonner à ses cheveux blancs leur couleur d'antan.

Et c'est depuis ce temps que vraiment elle a œuvré pour devenir assistante maternelle.

7

Cette fois, ça y est ! Les Le Meur vont accueillir deux enfants. Cela n'a pas été sans mal. Héloïse se souvient de son émotion quand elle a appris qu'on envisageait de lui confier un garçonnet et une fillette de la même fratrie. Elle a suivi la chronologie définie par l'Aide sociale à l'enfance. Elle s'est d'abord rendue dans un foyer de Caen où les gamins résidaient. On lui a présenté Raphaël, Justine et madame Lemoine, leur mère ; leur père était en prison. Le premier entretien s'étant bien déroulé, sous l'œil exercé d'une assistante sociale, on a pris rendez-vous pour que tout ce petit monde puisse visiter la propriété des Le Meur. Ensuite Raphaël et Justine sont venus passer une journée puis une nuit au Lilas blanc pour vérifier si le courant circulait bien avec la future famille d'accueil.

En ce vendredi de mai 2001, Héloïse entre dans le Foyer de l'enfance, rue X à Caen. Elle est seule. Elle pénètre dans un petit hall, s'engage dans le couloir. Sur la droite, elle découvre un jardin d'enfants avec un bac à sable, des jeux, des balançoires. C'est l'heure de la sieste et le lieu est désert. Elle se présente dans le bureau où la directrice, deux assistantes sociales, un éducateur et un médecin de la Protection maternelle et infantile l'attendent. A leur invitation, elle s'assied devant eux, impatiente et inquiète.

Hiérarchie oblige, avec un sourire de circonstance, la directrice entame la conversation :

— Chère madame, ainsi que vous le souhaitiez, nous allons vous confier Raphaël et Justine. Ils vont bientôt arriver avec leur mère.

— Je vais donc repartir avec eux aujourd'hui comme prévu ? questionne Héloïse.

L'assistante sociale chargée du suivi de madame Lemoine opine du bonnet.

— C'est ce qui est convenu. Madame Lemoine est d'accord.

— Le père sera là ?

— Non, comme on vous l'a dit, il est incarcéré, intervient l'éducateur, il a pris six mois fermes pour conduite sans permis en état d'ivresse. Il en est à son troisième retrait. Mais cette fois-ci, le juge s'est fâché : il s'était rendu au commissariat de police pour récupérer le permis qu'on lui avait ôté en conduisant sa voiture avec trois grammes dans le sang ! Vous imaginez la suite.

Héloïse ne peut réprimer un sourire avant de questionner :

— Il aura un travail à sa sortie ?

— C'est peu probable. Il est au chômage, il exécute des petits boulots de maçonnerie au noir, de quoi payer ses bouteilles de vin. Quant à sa femme, elle travaille dans un bar de nuit. Elle y pointe de dix-sept heures à deux heures du matin. Malheureusement, elle aussi est portée sur la boisson.

Un court silence. La directrice contemple Héloïse, pianote d'une main sur le bureau devant elle.

— Madame Lemoine et les petits viennent d'arriver. Ils vous attendent dans une pièce à côté. J'espère que votre entrevue se passera bien.

Héloïse inspire profondément avant de quitter son siège. Elle songe aux épreuves à venir. En même temps, elle comprend la prudence des membres du service de l'Aide sociale à l'enfance. N'est pas pédagogue qui veut. En outre, certaines familles d'accueil acceptent ce job uniquement pour percevoir un salaire, ce qui n'empêche pas la plupart d'entre elles de bien se comporter avec les gosses qu'on leur a confiés. D'autres, comme Héloïse, choisissent cette voie par humanisme, parce qu'elles ont un trop-plein d'amour, de charité à partager. Déjà, avant même d'avoir rencontré Raphaël et Justine, elle craint qu'on ne les lui retire prématurément.

L'anxiété d'Héloïse n'échappe pas à madame Mesnil, l'assistante sociale chargée du suivi des enfants. Celle-ci lui adresse un sourire de circonstance avant de lui rappeler quelques principes :

— Souvenez-vous que vous devez aimer Justine et Raphaël mais éviter de trop vous attacher à eux ou de chercher à les modeler. Leurs parents ont de gros problèmes d'insertion mais, à notre connaissance, ils ne les ont jamais molestés, et ils conservent l'autorité parentale. S'ils évoluent dans le bon sens, on peut vous reprendre les enfants à tout instant pour les leur confier à nouveau.

— En ce qui concerne la santé des petits, tout va bien, complète le médecin. Raphaël n'a marché qu'à l'âge de deux ans et Justine fait toujours pipi au lit, mais en dehors de ça, les examens dénotent un bon état général. Il vous faudra vous plier aux visites médicales obligatoires, mais ce n'est pas la mer à boire.

Dans l'immédiat, tout est dit. D'un geste large de la main, madame Mesnil indique la sortie à Héloïse, ajoutant « Je vous accompagne » avant de la précéder d'un pas glissé dans une pièce voisine. Justine et sa mère sont assises sur des chaises. Raphaël s'est agenouillé sur le sol pour tripoter la terre d'un pot contenant une plante grasse. De gros galets blancs et ronds, probablement récoltés sur une grève, décorent le dessus de la composition. Au moment où les deux femmes s'encadrent dans l'embrasure de la porte, le gosse empoigne une pierre puis, posément, se cogne le front avec.

— Madame ! s'écrie Héloïse en désignant le gamin.

La mère se tourne vers lui, secoue la tête d'un air résigné, brandit un bras vers le plafond, gémit :

— Raphaël, arrête tes bêtises !

Puis, pivotant vers les nouvelles venues, elle quitte son siège pour les accueillir.

— Vous savez, madame Le Meur, je suis bien contente que vous me les preniez, parce que moi je ne m'en sors plus avec eux !

— Bonjour, madame Lemoine.

— Bonjour. Les enfants, venez dire bonjour à madame Le Meur !

Ils s'approchent, tendent une joue distante. Héloïse les embrasse en souriant. La mère observe la scène sans cacher une sorte de soulagement.

— Ils ne sont pas méchants, vous verrez, mais ils me bouffent la vie. Avec mon mari en prison et mon travail le soir, comment voulez-vous que je m'en sorte toute seule ?

— C'est vrai que ce n'est pas facile.

Un silence. Héloïse examine madame Lemoine. C'est une femme grosse, aux chairs grises, aux cheveux poisseux, aux yeux jaunes. Une odeur rance d'aisselles que n'atténue pas une eau de toilette bon marché accompagne chacun de ses gestes. Elle porte une robe d'un rose agressif qui souligne ses bourrelets à la taille et d'énormes seins étouffant dans un soutien-gorge à l'évidence trop exigu pour eux.

Héloïse bloque sa respiration, sourit. Zen, il faut rester zen !

Les enfants la dévisagent avec méfiance. Héloïse sort un Kleenex de son sac, se penche vers le garçon, efface d'un geste doux un peu de sang qui perle sur son front.

— Raphaël, dis merci à la dame !

— Merci, consent Raphaël en fixant ses chaussures.

— Il n'y paraît pas comme ça, mais c'est un gentil. Quant à sa sœur, c'est la préférée de son papa. Pas vrai, Justine ?

— Oui, admet la fillette en jetant un regard noir à sa mère.

— On dit : « Oui, madame », tu peux même lui dire « maman », c'est elle qui va me remplacer...

— Ah non, l'interrompt Héloïse, la mère c'est vous, moi je suis juste là pour vous seconder dans une passe difficile. Quand tout ira mieux, vous pourrez les reprendre.

— Alors ça, c'est pas demain la veille ! Pour l'instant, comment il faut qu'ils vous appellent ?

— Eh bien, Héloïse, ou à la rigueur tante Héloïse ou bien Lise, comme me nomme mon mari.

Madame Lemoine acquiesce pensivement du chef. Elle a croisé ses mains, entrelacé ses doigts.

— Ils vont se plaire chez vous. Vous avez une belle maison, plein d'animaux et un grand jardin. Ils seront mieux que dans mon gourbi. Depuis qu'ils sont allés chez vous, ils n'arrêtent pas de m'en parler. J'espère qu'ils ne vous causeront pas trop de tracas. Je vous l'ai dit, ils sont turbulents mais ils ne sont pas méchants. S'ils vous embêtent, n'hésitez pas à leur filer une ou deux calottes, c'est pas nous qui vous chercherons des ennuis. Faut ce qu'il faut.

Puis, prenant à témoin les gamins debout devant eux :

— Hein, les enfants, que vous vous tiendrez bien ?

La petite lève vers Héloïse un regard où insolence et crainte forment un insolite mélange.

— Oui.

— Oui, madame ! complète madame Lemoine.

— Oui, tante Héloïse, rectifie perfidement Justine.

— Je ne vous l'avais pas dit, mais vous voyez qu'elle est intelligente, ma fille, et qu'elle a du caractère ! triomphe modestement madame Lemoine.

Héloïse approuve d'un sourire. Elle observe les gamins. Ils portent des habits bon marché mais propres et, à l'inverse de leur mère, ils ne dégagent aucune odeur méphitique. Raphaël est blond, mignon, mince, presque maigre, plutôt petit pour son âge. Son regard est chargé d'une tristesse indicible. A cinq ans et demi, Justine en paraît sept. Elle est grande, solidement charpentée, mais la joliesse de son visage, aux traits réguliers et fins, est contrariée par des yeux noirs où l'on déchiffre méfiance et dureté.

Son examen terminé, Héloïse jette un regard vers l'assistante sociale qui suit la conversation avec attention sans y participer puis, s'adressant à madame Lemoine, elle propose :

— Et si on s'asseyait ?

— Vous avez raison, on va finir par prendre racine, à rester debout comme ça ! Bon, Raphaël, Justine, allez jouer dans le couloir, on a des choses à se dire. On vous appellera tout à l'heure !

Elles se sont donc assises, à l'exception de madame Mesnil, qui préfère rester debout pour mieux observer la scène. Madame Lemoine se penche vers sa voisine, amène sa figure tout près d'elle.

— Vous savez, si ce n'était pas mon métier qui m'en empêche, je les aurais gardés, mes enfants. Mais mon mari c'est un bon à rien, un poivrot, et je ne peux pas compter sur lui !

Chez les aveugles, les borgnes sont rois... Héloïse

s'écarte vivement de madame Lemoine pour échapper à l'odeur d'aisselles, bien sûr, mais surtout à une haleine empestant le pastis et le mauvais vin. Pour ne pas vexer son interlocutrice, elle place une main en écran sur son nez qu'elle masse d'un air pensif, et elle respire avec parcimonie dans le but inavoué d'éviter un malaise.

— Il a des qualités, quand même. Il n'a jamais battu ses gosses. Juste une calotte ou deux de temps en temps à Raphaël qui fait parfois de grosses bêtises.

— De grosses bêtises ?

— Enfin, pas très grosses. Le problème de Raphaël, c'est qu'il veut qu'on s'intéresse à lui. Enfin, vous verrez à l'usage. Et puis une femme comme vous, je suis sûre qu'il ne s'y frottera pas !

— Ai-je l'air d'une sorcière ? plaisante Héloïse.

— Non, non, pas du tout ! Ah, du coup, je ne sais plus ce que je voulais vous dire !... Ça y est, j'y suis ! Oui, mon travail. Ce que je gagne n'est pas mirobolant, et même avec les allocations familiales et une allocation logement on a du mal à s'en sortir, mais heureusement je sais comment arrondir mes fins de mois. Il faut bien, avec un mari en prison ou au chômage !

Elle marque une pause pendant laquelle Héloïse bloque à nouveau sa respiration, car sa voisine s'est penchée vers elle pour lui avouer sur le ton de la confidence :

— Au bar, le soir, je fais quelquefois des extras. Vous savez, je suis bien connue. Faut dire aussi que j'aime ça. Les hommes m'apprécient, et ils ne sont pas regardants sur le pourboire. Mais attention, je leur fais seulement des câlineries avec la bouche. Pas question de faire autre chose. Je suis une épouse fidèle, moi. Et si on m'embêtait, je saurais me défendre !

— Ah, c'est intéressant !

Héloïse s'est levée de crainte d'exploser de rire devant cet ahurissant aveu. L'assistante sociale a détourné la tête elle aussi pour masquer l'hilarité qui la gagne. Elles se mettent à déambuler devant madame Lemoine tout en jetant un coup d'œil à Justine et Raphaël qui, assis dans le bac à sable, les observent à la dérobée.

Madame Mesnil s'arrête de marcher, consulte sa montre.

— Ça va bientôt être l'heure du départ. Vous avez apporté des affaires pour les enfants ?

La mère désigne deux sacs posés sur le sol à ses pieds.

— Tout est là. Il n'y a pas grand-chose. Juste ce qu'il faut, le temps de vous retourner. Je vous donnerai le reste quand ils viendront me voir à la maison.

— Alors, tout est bien calé ?

Les trois femmes sursautent. Elles n'ont pas entendu arriver la directrice du foyer.

— Oui, ronronne madame Lemoine, mes petits seront heureux avec madame Le Meur.

L'assistante sociale opine du menton.

— Je le pense aussi.

— Dans ce cas, chère madame, conclut la directrice en pivotant vers Héloïse, vous pouvez emmener vos protégés. L'éducateur et l'assistante sociale passeront à votre domicile pour contrôler si tout va bien.

Puis, se tournant vers la mère :

— Je vous laisse accompagner Justine et Raphaël jusqu'à la voiture de madame Le Meur, ensuite je vous demanderai de nous retrouver dans mon bureau pour régler certains détails vous concernant.

Dix minutes plus tard, Héloïse, les enfants et leur mère débouchent sur le trottoir. En découvrant l'Espace, madame Lemoine laisse échapper un sifflement d'admiration.

— Elle est neuve ?

— Oui.

— Eh bien ! Une belle maison, une belle auto, vous avez les moyens. Pourquoi vous vous obligez à travailler, à garder des gosses ?

Héloïse ouvre la portière, installe Justine et Raphaël sur le siège arrière, vérifie les ceintures de sécurité avant de répondre. Elle va mentir. Elle pourrait lui expliquer qu'elle a vécu trois ans de nuit. Qu'elle a songé à la mort, qui efface toutes les blessures. Qu'elle a oublié ceux qui l'aimaient. Qu'elle a besoin de se racheter. De donner un sens à sa vie.

Oui, elle va mentir. Elle ne dira pas qu'elle possède une fortune personnelle, une résidence secondaire au Pouliguen, des actions en Bourse.

— Vous savez, rien n'est simple. J'avais un poste à responsabilités dans une banque et j'ai été licenciée. Mon mari est professeur. C'est suffisant pour affronter le quotidien, pas pour mettre du beurre dans les épinards. Nous avons une grande maison et son entretien nous coûte cher.

— Ah, je comprends mieux !

Madame Lemoine est soulagée. Elle a des repères. Madame Le Meur appréhende les fins de mois difficiles, comme tout le monde ou presque. Elle est jolie. Elle est aimable. Pour un peu elle lui sauterait au cou. Elle regarde la toute fraîche assistante maternelle faire claquer le coffre après y avoir engouffré les effets des gamins.

— Je suis sûre que Raphaël et Justine seront bien avec vous !

— Je le souhaite aussi. Bon, eh bien, nous allons y aller.

— Oui.

Le visage de madame Lemoine s'embrume. Elle s'approche de la portière arrière restée grande ouverte pour embrasser ses petits. La fillette répond aux adieux de sa mère par un baiser distant, un baiser de reproche ; Raphaël enroule ses bras autour de son cou, niche sa tête contre une épaule, bredouille, les yeux emplis de sanglots :

— J'veux pas y aller ! J'veux pas y aller !

— Il faut, mon petit, il faut !

Elle s'écarte. Héloïse sent une main brûlante happer la sienne, croise un regard à la dérive.

— Je pourrai leur téléphoner ?

— Bien sûr, ce sont vos enfants.

Un pâle sourire effleure les joues de madame Lemoine.

— Vous êtes bonne. Je les appellerai demain... Appelez-moi Berthe.

— Entendu, Berthe.

— Et vous, c'est comment déjà ?

— Héloïse. Au revoir, Berthe, ne vous inquiétez pas, je ferai tout mon possible pour qu'ils soient bien.

— Au revoir, Héloïse. A bientôt.

Madame Lemoine contemple la voiture qui s'efface lentement au loin. Tout en conduisant, Héloïse observe les enfants dans son rétroviseur. Raphaël a suivi sa mère du regard jusqu'à ce qu'elle ait disparu. Justine n'a pas détourné la tête. Elle fixe la route devant elle, le front buté. Héloïse ne peut réprimer un léger frémissement. Les yeux de la petite sont chargés de rancune. Elle en veut à sa mère de les avoir abandonnés.

8

Ils ont redécouvert la grande maison. Ils ont redécouvert le jardin, le potager, l'herbage où règnent les animaux. Ils ont redécouvert des toits, des murs immenses, un ciel empli du chant des oiseaux. Ils ont été déconcertés par le roucoulement des tourterelles et des pigeons, le vol des hirondelles tranchant l'espace avant de s'engouffrer par les portes grandes ouvertes dans les étables désaffectées où, depuis des lustres, elles ont bâti leur nid à l'aide de boue, de fétus de paille, de crins, de radicelles avant d'en garnir l'intérieur de foin sec et de plumes.

Ils n'imaginaient même pas que cela pouvait exister. Ils viennent d'un immeuble vétuste dans les faubourgs de Caen, d'un deux-pièces. Une chambre de douze mètres carrés avec deux lits pour les enfants, un clic-clac dans la salle à manger pour les parents. Le charme de la précarité. Ici, on leur offre deux nids séparés, de plus de quinze mètres carrés chacun, avec un bureau. Les jouets, ce sera pour plus tard, a pensé Héloïse. Il lui fallait d'abord connaître l'âge, le nombre et le sexe de ses futurs protégés, et savoir si on l'autoriserait à les garder.

Ils sont donc là, silencieux, les yeux grands comme des soucoupes, désorientés comme la première fois. Les sacs ont été vidés de leur contenu dans les armoires. Héloïse leur a donné un bain puis, en attendant le retour de Yann, ils se sont promenés dans la propriété. Ils déambulent d'un parterre de fleurs à l'autre, s'attardent sous l'imposant noyer, s'extasient devant le hêtre pourpre, demandent si les cerisiers produiront beaucoup de fruits, s'effraient un peu de la familiarité du bouc et du bélier, de la taille de Pétronille accourue quêter une caresse, suivie d'Edmond, l'incontournable jars toujours aussi jaloux. Ils ont considéré Igor et Wooly avec appréhension avant de comprendre que les deux chiens ne leur voulaient aucun mal.

Ils parlent peu ou pas, impressionnés par cet univers inconnu qui s'ouvre à eux.

Après avoir vérifié que le portail de la cour était bien fermé à clé, Héloïse les a laissés jouer dans le jardin qui s'étend devant les fenêtres de la salle à manger et de la cuisine. Penchée au-dessus de l'évier où elle épluche des légumes pour le dîner, elle les surveille. Ils jouent à la balançoire, glissent sur le toboggan utilisé par Isa et Séverine enfants. Tout cela en silence. Sans un rire. Le visage aux aguets. Sans même se regarder. Ils s'arrêtent quelquefois pour mieux scruter les environs, mieux mesurer cette étrange prison.

Au dîner, ils ont grignoté du bout des lèvres la

délicieuse ratatouille concoctée par la maîtresse de maison, effrayés sans doute par ce qui leur arrivait. Ils fixaient Yann comme s'il était un extraterrestre. Il leur a fait la bise en entrant, afin de briser la glace. Ils lui ont répondu d'une bouche distante. Justine surtout. Elle n'a pas cessé de l'observer à la dérobée pendant qu'il résumait sa journée au lycée afin de les distraire. Avec une sorte de méfiance, mêlée d'anxiété. Yann la subjugue avec ses vastes épaules, ses bras trop longs, ses énormes mains, ses sourcils en broussaille, sa figure de gargouille raturée au menton par une incroyable fossette.

Le soir venu, Héloïse les a emmenés dans la chambre de Justine pour leur conter une histoire avant qu'ils ne s'endorment. Elle n'a pas fait preuve d'une grande imagination en choisissant le loup et les trois petits cochons.

Le récit terminé, Justine a demandé :

« Pourquoi tu nous racontes ça ?

— Eh bien, parce qu'on raconte toujours une histoire aux enfants afin qu'ils s'endorment en faisant de beaux rêves !

— Je ne fais jamais de beaux rêves ; de toute façon, c'est la première fois qu'on me raconte une histoire. Et puis, je ne suis pas un bébé ! »

Héloïse a contemplé Justine un long moment. Assise sur son lit, les couvertures ramenées jusqu'au cou, la fillette la défiait du regard.

« Bon, nous parlerons de ça plus tard. Dors bien. »

Elle a posé un baiser sur le front de Justine qui ne le lui a pas rendu. Elle a pris Raphaël dans ses bras pour l'emmener dans sa chambre. En arrivant sur le seuil de la pièce, elle s'est retournée vers sa sœur.

« Je ferme la porte ?

— Oui.

— Oui qui ?

— Oui.

— Je te rappelle que je m'appelle Héloïse.

— Je sais.

— Eh bien, je crois qu'il faudra qu'on parle, demain. »

Et Héloïse a refermé la porte derrière elle. Un instant plus tard, elle a déposé Raphaël dans son lit. Le gamin s'est allongé sans un mot, la bouche et le nez pincés, l'œil lourd d'angoisse. Son regard errait sur les murs et le plafond, en quête de repères.

Puis, finalement, il a dit :

« Où elle est, maman ?

— Pas loin. Ne t'inquiète pas. Tu la reverras bientôt. Tous les dimanches, a dit l'assistante sociale.

— C'est quand, dimanche ?

— Dans quatre jours.

— Quatre jours ? »

Son front s'est plissé dans un effort de réflexion. Héloïse a souri. A quatre ans, on ne sait pas compter et le temps n'a ni début ni fin. Elle a caressé la joue du petit. Lentement. Avec douceur.

« Tu veux que je laisse la porte ouverte ?

— Oui, j'ai peur.

— Il ne faut pas, petit cœur. Je suis là, dans la chambre d'à côté. Il ne peut rien t'arriver.

— Oui, mais j'ai peur quand même !

— Dors bien. Si tu appelles, je viendrai te voir tout de suite. Ici, il n'y a que des gens gentils qui te veulent du bien.

— Et le gros bonhomme aussi ? »

Héloïse a éclaté de rire.

« Yann n'est pas un gros bonhomme. Il est beau, il est fort, c'est différent.

— Oui, mais il a un grand nez et de grandes dents et son menton il est coupé en deux !

— D'accord, mais il est gentil, très gentil, tu verras. Bon, à présent je te laisse. »

Elle a embrassé Raphaël sur les deux joues, il a jeté ses bras autour de son cou. Elle lui a dit au revoir mon petit homme. Il a répondu au revoir. Au revoir qui ? Au revoir, tata Lise ! Elle a failli ajouter : Au revoir mon petit amour. Elle y a renoncé. On le lui a assez rabâché : ces enfants ne sont pas à elle. Elle doit les élever, les protéger, pas s'y attacher. Pas les aimer.

Elle s'est allongée près de Yann. Elle cherche sa hanche, la flatte d'une tendre caresse avant d'abandonner sa tête sur sa poitrine. Il l'enlace d'un geste protecteur, la presse doucement contre lui, joue d'un doigt avec les mèches de cheveux sur son front. Ils restent soudés, pensifs.

Leur vie a changé ce soir. Brusquement.

— Alors, qu'est-ce que tu penses d'eux ? demande finalement Héloïse.

Yann réfléchit un moment avant de répondre.

— C'est difficile à dire. Ils sont sur leurs gardes. Ils

souffrent. Ils se savent différents des autres. Tu imagines, si on avait largué Séverine et Isa parce qu'on était incapables de les élever ? Ce que j'en pense, c'est que tu auras des difficultés avec la petite. Elle a un caractère tranché, elle est plus grande, elle réalise mieux que son frère ce qui leur arrive. Elle en souffre davantage.

— Peut-être, mais c'est lui qui réclame sa mère, c'est lui qui se cogne la tête avec des cailloux.

— C'est vrai, mais il est plus jeune, plus malléable. Il est à un âge où on oublie plus vite.

— Oublier ? Ils iront voir leur mère chaque dimanche, et le week-end à partir du samedi midi quand le père sera sorti de prison.

— S'ils nous les laissent, s'ils ne nous les reprennent pas trop vite.

Yann sent Héloïse frémir sur sa poitrine. Un sourire délie ses lèvres dans l'obscurité. Isa avait raison. Il fallait un but à sa Lise pour revenir parmi les vivants.

— J'espère qu'ils ne vont pas nous faire un coup pareil, gronde Héloïse. Ce serait trop injuste, on ne peut pas ballotter des enfants comme ça ! Ce n'est pas de la marchandise !

— Tu as raison, mon cœur. Maintenant il faut dormir. J'ai cours à huit heures demain matin et je rentrerai tard le soir. J'ai deux conseils de classe. Il ne faudra pas m'attendre pour dîner. Bonne nuit.

— Bonne nuit.

Elle s'est redressée sur un coude, pose ses lèvres sur celles de Yann, les entrouvre d'un petit coup de langue, inspecte tendrement la bouche qui lui répond.

Cela dure une minute. Comme au premier jour de leur rencontre. Paupières closes, Héloïse revoit Dinard, la plage de l'Ecluse, la promenade au clair de lune, le sable fin, éclatant, où ils n'en finissaient pas de confondre leurs pas ou de se prélasser. Plénitude de l'instant.

Elle abandonne enfin la grotte tiède, rassurante, s'allonge sur le dos. La main de Yann tapote à nouveau sa hanche.

— Bonne nuit, ma Lise.

— Bonne nuit, amour.

Il s'engouffre sur-le-champ dans un sommeil profond, réparateur. Il est ainsi, Yann. Organisé. Dès qu'il ferme les paupières, il plonge dans les bras de Morphée.

Héloïse n'a pas envie de dormir. Elle guette la nuit, s'efforce de deviner la respiration des petits qu'on lui a confiés. Mais la maison est spacieuse, les murs épais. Seul le plancher, parfois une poutre, craque de temps à autre. C'est vrai que sa vie va changer. Elle reste une heure ainsi à mesurer le silence, à méditer sur demain. Les tâches nouvelles à accomplir. Elle prend conscience tout à coup que, happée par l'instant, elle a presque oublié Séverine.

Un sourire irradie ses joues. Ma petite fille, je suis sûre que tu ne m'en veux pas.

Puis elle pense à Isa. Elle sera bientôt là pour les vacances. Elle resplendit, Isa. Elle est amoureuse de Peter, et Peter est amoureux d'elle. Ils vont bien ensemble. Il est guindé, elle est libre. Il semble un tantinet pantouflard, elle est délicieusement sportive.

Quand il vient en France, elle l'oblige à se secouer, à faire du vélo, elle l'emmène avec elle s'initier au tennis. Il adore lui obéir dans une complicité rieuse. Car il y a réciprocité. Elle est à ses pieds, disons plutôt à son cou, soucieuse de le séduire encore et encore. Ils sont beaux à voir, car leurs yeux, à l'évidence, sont emplis de l'image de l'autre. En les regardant, Héloïse songe à Yann et elle vingt-cinq ans plus tôt, et elle est convaincue qu'eux aussi parcourront un bout de chemin ensemble. Le seul problème est : comment ?

Peter vit de l'autre côté du Channel, Isa en France. Qui se décidera à rompre ses racines pour rejoindre son alter ego ?

Héloïse soupire. Ils sont jeunes, leurs études en cours. On verra bien. Comme dirait Yann, friand de maximes toutes faites : « Demain est un autre jour. » Elle en est là de ses réflexions quand soudain un cri, des cris plutôt, des hurlements déchirent la nuit.

Héloïse se dresse sur son séant, jette ses jambes hors du lit, bute dans ses pantoufles, culbute la lampe de chevet en voulant l'allumer et s'élance dans le couloir.

— Non, papa, pas ça ! Je veux pas ! Je veux pas !

Les cris viennent de la chambre de Justine. Héloïse se rue sur la porte, qui refuse de s'ouvrir. La petite l'a fermée à clé.

— Justine, Justine ! C'est moi ! Ouvre !

— Maman ?

— Non, Héloïse ! Ouvre !

— Non ! Je veux pas !

— Pourquoi ?

— J'ai peur !

Réveillé en sursaut, les yeux brouillés de sommeil, Yann accourt à son tour.

— Que se passe-t-il ?

— Elle s'est enfermée.

Des pleurs provenant de la pièce voisine détournent leur attention.

— Yann, va voir à côté, Justine a réveillé son frère. Il doit être affolé !

Puis, tandis que son mari s'éloigne, elle reprend, d'une voix douce :

— Justine, ouvre s'il te plaît. Tu n'as rien à craindre. Allez, viens ouvrir. Je suis là, je te protège.

Des pas, des reniflements, la clé hésite dans la serrure, la porte s'entrebâille. Justine apparaît, offre une figure défaite, minuscule, comme rétrécie sur le cou et les épaules.

D'un geste spontané, Héloïse s'agenouille devant la fillette et la prend dans ses bras.

— Il ne faut pas avoir peur, ma puce, tout le monde ici te veut du bien !

— Lui aussi ? s'étonne Justine en désignant du menton ce colosse de Yann qui revient, une main de Raphaël engloutie dans l'une des siennes.

— Bien sûr ! Il n'y a pas plus gentil que lui. Qu'est-ce que tu vas chercher là ? Et puis, pourquoi tu criais : « Papa, pas ça ! Pas ça ! Je veux pas ! » ?

— J'ai pas crié ça ! T'es une menteuse !

Elle a repoussé l'intruse, s'est éloignée au milieu de

la chambre pour mieux l'ignorer du regard. Héloïse entre dans la pièce, subtilise la clé au passage.

— Ici, on ne s'enferme pas à clé. Comment ferais-je si tu étais malade la nuit ?

— Je suis jamais malade !

— C'est ce qu'on dit jusqu'au moment où ça arrive.

— Chérie ?

Héloïse pivote vers Yann.

— Oui ?

— Une bonne nouvelle, Raphaël a pissé au lit. Le matelas et les draps sont trempés !

Héloïse hausse les épaules.

— Ce n'est pas grave.

Elle a à peine prononcé ces mots que ses sourcils se froncent. Un sourire sale éclaire la frimousse de Justine. Prise d'un doute subit, Héloïse s'approche du lit de la fillette, découvre une tache le souillant généreusement du pied jusqu'à l'oreiller.

— Décidément, c'est une épidémie ! remarque-t-elle d'un ton dégagé.

L'œil goguenard de la petite s'éteint.

— Tu ne me grondes pas ?

— Non. Tu ne l'as sans doute pas fait exprès. Je vais changer les draps et demain on te mettra une alèse.

— Ma mère, elle les change pas, elle me laisse dormir dedans !

— Ah bon, parce que ça t'arrive souvent ? interroge Yann d'une voix soulignant qu'il a déjà été de meilleure humeur.

— Toutes les nuits !

— Ça doit sentir bon chez toi, dis donc !

— Yann, s'il te plaît !

Il pivote vers sa femme, qui lui adresse un clin d'œil discret.

— Va te coucher, je m'occupe de tout. Ils sont dépaysés, ça ira mieux demain.

Elle s'approche de lui, clôt d'éventuelles remarques par un baiser, le pousse aux épaules, conclut par un « A tout à l'heure » qui en dit long puis, sous le regard narquois de Justine et de Raphaël à demi endormi, elle ôte les draps du lit.

Quand elle retourne se coucher, un quart d'heure plus tard, Yann l'attend.

— Alors ? dit-elle tout en se logeant contre lui.

— Alors quoi ?

— Qu'est-ce que tu en penses ?

— Je pense qu'ils sont chamboulés et qu'il faudra être patients.

— C'est tout ?

— Tu as remarqué ce qu'elle a crié ? « Papa, pas ça ! Je veux pas ! Je veux pas ! »

— Chut ! Elle pourrait t'entendre. Bien sûr que j'ai entendu. Mais ce n'est pas forcément ce que tu crois. C'est vague. Ça peut avoir plusieurs sens. Son père la bat peut-être.

— Tu m'as dit toi-même que l'assistante sociale a affirmé que Justine et Raphaël n'ont jamais été molestés, et, à part le front du gamin qui s'automutile, ils n'ont aucune trace de coups sur le corps.

— Oui, bien sûr, mais si j'ai tout compris,

monsieur Lemoine est en prison depuis près de quatre mois et il n'a pas dû les tabasser depuis un moment.

— Ecoute, si on dormait un peu ? Ça ne sert à rien de se poser des questions sans réponses. C'est leur première nuit. Laisse-les s'acclimater. La petite se livrera peut-être davantage plus tard. Tu ne m'en veux pas de t'avoir suggéré de devenir assistante maternelle ?

Héloïse remue près de lui. Une main rampe vers la figure de son mari, pince, légère, une de ses joues.

— Tu plaisantes ! Tu crois que je vais renoncer pour deux pipis au lit ? J'ai vu leur mère. Elle est immature, incapable de les assumer, du moins tant qu'elle sera dépendante de l'alcool. Et tu voudrais que j'abandonne ces deux petits bouchons ?

— Lise, ma Lise, comment peux-tu me prêter d'aussi vilaines pensées ?

Ils se taisent enfin. Héloïse s'est endormie. Elle doit récupérer. Elle sait qu'on a besoin d'elle. Elle est à nouveau utile. Indispensable. Il lui faudra peut-être, tout à l'heure, bondir du lit pour apaiser les peurs. Yann sonde la nuit, la respiration de l'aimée. Il remercie Isa. Il lui est reconnaissant d'avoir redonné de l'élan à celle sans qui il n'aurait même pas le désir d'appréhender demain. Il s'endort enfin à l'aube, de ce sommeil si vaste, si profond, qui le caractérise, et qui s'apparente à celui du tombeau.

Il n'entendra pas Héloïse se lever pour calmer Raphaël qui gémit et sanglote, une main plaquée sur la bouche, assis dans son lit.

9

Elle a bondi de son lit toutes les nuits pour apaiser les peurs, ainsi qu'elle l'avait prévu. Elle a de petits yeux, Héloïse, le matin, lorsqu'elle se lève pour préparer le chocolat des enfants.

Raphaël va mieux, c'est sûr. Certes, il se cogne encore la tête contre les murs, les arbres, se lacère un peu le visage mais avec moins de furie, moins de violence. Comme pour se souvenir qu'il le faisait avant. Des sourires, parfois des grands, traversent ses joues, éblouissent son regard, sitôt éteints par les souvenirs de sa vie d'hier.

Il ne parlait pas ou si peu. Aujourd'hui, sa langue se délie. La gentillesse d'Héloïse et de Yann y est, bien entendu, pour quelque chose. Que des mots lénifiants. Que de la mesure. Mais la nature a aussi une grande part dans cette lente transformation. Gamins issus du bitume, du béton et des décibels, Justine et Raphaël découvrent les sobres langueurs d'une presque campagne. Pas de disputes, pas de véhémence, pas de cris, pas de mobylettes ou de scooters au tuyau d'échappement trafiqué hurlant leur fureur sur l'asphalte. Les soins donnés aux animaux, au potager, au jardin, à l'herbage, à la maison. Un travail finalement incessant mais désiré.

Justine, elle, reste sur ses gardes. Chaque nuit elle lance sa terrible accusation : « Papa, papa, pas ça ! Je veux pas ! »

Quelquefois elle ajoute : « Tu m'avais promis ! »

Ce « Tu m'avais promis ! » est lourd de sens. Promis de ne plus battre maman ? Héloïse et Yann en doutent. L'angoisse, la peur sont trop grandes, la position de la fillette, recroquevillée dans son lit, éloquente.

Les grandes vacances approchent. Comme prévu avec les services sociaux, l'assistante sociale et l'éducateur référents sont venus à plusieurs reprises au Lilas blanc pour contrôler la situation. Ils en sont repartis très satisfaits. Des visites chez le médecin et le psychologue ont confirmé de sensibles améliorations dans les corps et les âmes des enfants.

Pourtant, Héloïse et Yann le savent, tout ne va pas bien. Du moins en ce qui concerne Justine. Il y a des plaies redoutables à cicatriser. La petite conserve un visage fermé. Elle consent à dire bonjour, merci, s'il te plaît du bout des lèvres. Lorsque tata Lise conte une histoire le soir, elle écoute d'un air dégagé, s'efforce de ne marquer aucun sentiment. Héloïse note cependant, à un frémissement des paupières, à une palpitation des ailes du nez, un front qui se détourne, une lippe brusquement pincée, que celle-ci suit la narratrice avec attention. Un fait est certain, Raphaël et

Justine sont en friche mais intelligents. Ils se sont immédiatement intéressés aux tableaux peints par la maîtresse de maison. La fillette est fascinée par le portrait de Séverine. Elle s'arrête souvent devant lui, médite, dit : « Elle est belle ! On dirait qu'elle va descendre du mur ! »

Confortée par leur attirance pour l'art, Héloïse initie Justine et Raphaël au dessin et à la peinture. Elle a acheté des cahiers de coloriage. Elle s'évertue aussi à leur apprendre à compter, jusqu'à dix pour Raphaël, cent pour Justine. Les enfants en effet n'iront à l'école qu'à la rentrée, la seconde période d'essai de deux mois tombant avec le début des vacances scolaires. Ainsi, en septembre, s'ils sont toujours au Lilas blanc, Raphaël entrera en maternelle, sa sœur en CP.

Berthe Lemoine n'a pas abandonné ses gamins pour autant. Elle les accueille chez elle chaque dimanche ou presque, téléphone souvent pour avoir des nouvelles. Fataliste, Héloïse note que la voix est claire si elle appelle le matin, vacillante, voire pâteuse, sinon inaudible l'après-midi, avant qu'elle parte au travail dans son fameux bar.

Berthe est également venue trois fois à la maison. Elle ne conduit pas. La première fois, elle était accompagnée de l'éducateur référent. Les suivantes, Héloïse a préféré aller la chercher chez elle, de même que c'est elle qui chaque dimanche assure le trajet aller et retour des petits, du Lilas blanc au domicile de leur mère. Lourde charge dont les frais de déplacement sont pris en compte par l'Administration, mais qui stérilisent les week-ends en famille.

Berthe est là aujourd'hui, en ce lundi de fin juin. Dans la matinée, accompagnée des petits, les deux femmes ont fait le tour du domaine à pas lents. Un soleil estival, chaud, exaltait les couleurs des fleurs, du grand cèdre, du hêtre pourpre, du saule bruissant de feuilles et du sapin bleu. Berthe n'avait pas assez de ses yeux pour se gorger de toute cette nature résonnant de pépiements, de gloussements, de roucoulements, de sifflements d'oiseaux, pour observer le jeu du bouc et du bélier, occupés à s'affronter au fond de l'herbage, pour se gausser d'Edmond, sentinelle à plumes surveillant sa Pétronille à poils !

Autour des deux femmes, Justine et Raphaël réglaient leurs pas sur elles, tout en leur jetant des regards à la dérobée.

C'est alors que Berthe s'est exclamée, avec un étonnement ravi : « Ils sont bien chez vous, vous les rendez heureux ! »

Elle a marqué une pause avant d'ajouter :

« Si j'ai un autre enfant, je vous le confierai !

— J'espère que d'ici là votre situation se sera arrangée, et que vous n'aurez plus besoin de nos services », a répliqué Héloïse.

Elle s'est tue ensuite, affolée, réalisant une fois de plus que les gamins n'étaient que de passage, qu'on pouvait les lui enlever à tout moment. Or, elle s'est attachée à eux. Elle aime leur fragilité. Sous des dehors révoltés ou butés, ils sont assez dociles. Justine demeure distante mais le petit recherche les câlineries.

Ils mangent à présent, dehors, sous un parasol, dans le jardin orienté au sud. Héloïse a placé son invitée de sorte que son odeur ne balaye pas les narines des autres convives. Berthe arbore une robe à fleurs qui semble tout droit sortie du magasin, mais dessous, hélas, elle exhale comme à l'ordinaire un fumet singulier, étonnant mélange de fosse septique et de vieux cuir.

Le déjeuner terminé, Héloïse se tourne vers les petits qui, durant tout le repas, n'ont pas quitté leur siège.

— Vous pouvez aller vous amuser, si vous voulez.

Justine et Raphaël se lèvent, hésitent un instant avant de se décider à jouer à la trottinette sur la terrasse.

— Désirez-vous un café ?

— Bien volontiers.

Berthe a répondu d'un air distrait. Elle contemple ses enfants avec une sorte d'affection désabusée.

— Je n'en reviens pas des progrès qu'ils ont faits. A la maison, jamais ils ne seraient restés à table aussi longtemps.

Héloïse glisse des doigts rêveurs sur son front pour y agencer des mèches de cheveux se rebellant contre les assauts d'un vent chaud qui s'est levé.

— Le leur avez-vous demandé ?

— Ben, non.

— Nous si. On a insisté et c'est devenu une habitude.

— Et vous avez mis la télé dans leur chambre ?

— Surtout pas. Les enfants sont fragiles. Ils ont besoin de sommeil, d'horaires réguliers, de repères, certainement pas d'une télé vomissant des programmes débiles à tout moment de la journée.

— Il y a aussi des dessins animés, de jolies histoires...

— Ils en regardent, à des horaires précis, une heure par jour maximum, dans le salon. Pas question de les laisser voir des films violents, des infos pleines d'images d'attentats, de crimes, de tremblements de terre, de cataclysmes de toutes sortes. Il y a un temps et un âge pour tout. Je préfère m'occuper d'eux et leur ouvrir l'esprit dans la mesure de mes moyens.

— Vous avez de grands moyens.

— Pardon ?

— Je veux dire que vous avez des idées pour élever les enfants. Je n'avais jamais pensé à tout ça.

Berthe a adossé ses chairs grises contre son fauteuil de jardin. Un coude dressé, elle savoure le café brûlant en prudentes gorgées. Ses yeux se sont voilés. Non pas par abus d'alcool. Elle sait se tenir. Elle n'a bu que deux verres d'un aimable côtes-du-rhône. A cette heure, chez elle, elle aurait déjà épongé un bon litre de vin, un de ces pinards bon marché qui vous font oublier la grisaille d'un quartier cerné par des immeubles géants, les cages d'escaliers dévorées par les tags, l'étroitesse d'un deux-pièces aux murs lépreux, humides, usés par le temps, les rumeurs de la rue où traînaille une jeunesse désœuvrée, décapitée par la crise et le chômage. Un de ces pinards qui vous font oublier qu'on est né sous une mauvaise étoile, dans le mauvais quartier, avec de mauvais voisins, un mauvais mari et de mauvaises chances de s'en sortir. De mauvais voisins, Berthe secoue la tête, mauvais, pas plus que d'autres. Broyés par le malheur, voilà tout. Berthe n'est pas une intellectuelle, loin s'en faut. Sa pensée s'arrête là, ce n'est déjà pas si mal. Elle se reconnaît dans les miséreux qui l'entourent et qui, parqués dans des ghettos, ne connaîtront jamais les pistes de l'Alpe-d'Huez, les îles Sous-le-Vent et les croisières autour du monde.

Ses yeux se sont voilés parce qu'elle constate que ses enfants ont plus de veine qu'elle. Ils vivent dans un havre de paix, loin des turbulences du monde. Madame Le Meur, pardon, Héloïse, s'occupe d'eux comme s'ils étaient sa propre chair. Elle devrait être jalouse. Eh bien non, Raphaël et Justine sont en sécurité ici. Pourvu que ça dure. Pourvu qu'ils aient plus tard une chance d'exister. Pour elle, il n'y a plus d'avenir. Il faudrait qu'elle puisse quitter son appartement, son quartier pour apercevoir le bout de la queue de l'espoir. Il faudrait pour cela qu'elle ait un autre mari que celui qui l'a entraînée dans l'alcoolisme pour ne pas boire seul, que celui qui slalomait de petits boulots au noir en petits trafics quelquefois crapuleux. Il faudrait qu'elle gagne davantage que son maigre salaire de serveuse de bar. Une lueur dans sa nuit : les quelques pipes hebdomadaires qu'elle accorde à ses meilleurs clients lui permettent d'acheter son alcool sans compromettre le règlement du loyer et les charges quotidiennes.

Berthe a trop pensé. Privée de boisson, elle a les doigts qui tremblent et manque de renverser sa tasse, heureusement vide, en la reposant sur la table. Elle adresse un petit sourire fautif à sa voisine, contemple autour d'elle le vol des hirondelles, un couple de tourterelles se contant fleurette en se balançant sur un fil électrique, des papillons folâtrant dans un parterre de géraniums, Igor et Wooly affalés à ses pieds, la sérénité de l'instant. Elle soupire, loin et profond. Un soupir qui allège ses poumons, récure ses neurones. Elle se sent bien. Elle voudrait rester là, ne plus jamais partir. Ne plus regagner la cité.

— Vous avez de beaux chiens !

Elle a dit ça pour montrer qu'elle est polie. Qu'elle s'intéresse. Qu'elle n'est pas ingrate. Qu'on ne l'invite pas à déjeuner pour rien !

— Beaux, précise Héloïse, oui et non. Igor est un prince, ça se remarque tout de suite. Wooly est moche, voyou, mais ses défauts le rendent irrésistible.

— Lequel est le chef ?

— Aucun. Igor essaie d'empêcher son copain de commettre des bêtises, mais l'autre n'en fait qu'à sa tête. Il passe son temps à filer et à contourner les ordres qui ne lui conviennent pas. Un jour, on le retrouvera sous une voiture.

— Il se sauve souvent ?

— Très souvent. Toujours lorsque les chiennes du voisinage sont en chaleur. C'est un grand consommateur de la gent féminine.

— De la quoi ?

— De la gent féminine, je veux dire des femelles.

Un gros rire découvre les dents jaunes de Berthe.

— Ah, ah, ah ! Il est comme nous alors ?

— Comme les hommes, comme certains en tout cas.

Les deux femmes se taisent, sourient afin de meubler le silence. Berthe ferme les yeux, tend son front vers le soleil qui la réchauffe délicieusement entre deux passages nuageux. Héloïse se penche vers elle.

— L'heure tourne, il va falloir que je vous raccompagne si vous voulez être à l'heure à votre travail. Auparavant, voulez-vous revoir les chambres de Justine et Raphaël ?

— Avec plaisir.

Elles se lèvent, se dirigent vers la maison, s'y engouffrent, suivies par les gamins qui ont compris que l'heure du départ était proche. Héloïse ouvre la marche. Le regard de Berthe glisse sur les murs, les meubles, les étoffes, les baies vitrées, toute cette discrète mais élégante aisance qu'elle connaît déjà pour être venue visiter la propriété avec les services sociaux.

Les chambres sont propres, sentent l'encaustique et les produits d'entretien. Elles sont spacieuses, presque aussi grandes que l'appartement de Berthe. Lit, armoire, commode, bureau, coffre rempli de jouets meublent chacune des pièces.

Madame Lemoine contemple avec stupeur l'univers où vivent ses petits. Elle désigne le coffre de Raphaël.

— C'est vous qui avez acheté tout ce qu'il y a dedans ?

— Oui, mais il y a longtemps. La plupart de ces jouets appartenaient à nos enfants. Nous les avons conservés. Mon mari déteste jeter. Il avait raison. Vous voyez, ça fait plaisir à vos petits.

— D'accord, mais vous avez des filles, et là je vois une caserne et une voiture de pompiers !

— C'est vrai, c'étaient surtout des jouets de filles. C'est pour cela que nous avons acheté quelques babioles supplémentaires pour votre fils.

Héloïse observe son invitée à la dérobée. Celle-ci semble désorientée. Des ombres, des rougeurs circulent sur sa figure. Elle happe l'espace autour d'elle comme si elle allait s'étouffer.

— Excusez-moi !

Elle s'affaisse sur le lit de Raphaël pour reprendre ses esprits, accepte le verre d'eau que la maîtresse de maison lui tend.

— Merci.

Elle boit lentement, éponge son front moite avec le gant humide qu'on lui présente, souffle un grand coup.

— Ça va mieux !

Les enfants se sont précipités vers leur mère. Raphaël a posé sa tête sur son giron pour mieux enlacer sa taille. Justine a relégué son éternel regard fermé. Elle semble inquiète. Berthe sourit. Elle existe encore dans les yeux de ses loupiots. Même si elle les a un peu abandonnés. Même si madame Le Meur s'efforce de les lui voler ! Berthe hausse les épaules, honteuse d'avoir eu cette vilaine pensée. Héloïse ne vole rien. Ses enfants sont toujours à elle. Elle pourra les récupérer si elle met de l'ordre dans ses idées, dans ses finances, dans sa vie privée. Les récupérer ? Quand ? Comment ?

Pierre, son mari, sortira bientôt de prison. Elle est allée lui rendre visite au parloir à plusieurs reprises. Il est plein de bonnes intentions. Il dit qu'il ne picolera plus. Il travaillera. Ils déménageront. Ils quitteront leur quartier de merde ! Si tout cela était vrai... Elle veut y croire. Elle contemple madame Le Meur avec reconnaissance, saisit sa main pour se relever, la conserve un moment, serrée dans la sienne.

— Merci, madame, vous êtes bonne avec mes petits. Très bonne.

— C'est tout naturel.

Berthe hoche la tête. Un index dressé au-dessus de son visage, elle circonscrit les murs, l'espace autour d'elle.

— Non, c'est plus. Je vois votre maison, et je vois bien que vous n'avez pas besoin d'élever des mioches pour gagner votre croûte. C'est par bonté que vous faites ça pour eux.

Héloïse écarte le compliment d'une phrase :

— La bonté est souvent égoïste. Vos enfants m'apportent énormément, beaucoup plus que ce que je leur donne. Ils m'aident à me reconstruire.

— Ah ?

Un silence. « Me reconstruire » ? Décidément, Berthe ne comprendra jamais la moitié de ce que lui dit madame Le Meur.

Elles rejoignent le jardin, se dirigent vers la voiture,

car l'heure est venue de ramener madame Lemoine à son domicile.

Au moment où les gamins grimpent à l'arrière et bouclent leur ceinture, Héloïse se penche à l'oreille de sa voisine.

— Dites-moi, une chose me turlupine : Justine refuse d'avoir une poupée. Savez-vous pourquoi ?

— Non. Elle n'en a jamais voulu, sauf quand elle était bébé. Depuis qu'elle a trois ans, c'est fini. C'est une enfant difficile, vous savez.

Héloïse acquiesce pensivement.

— Oui, je sais, très difficile, très secrète. Mais je suis sûre que le fond est bon.

Entre-temps elles se sont installées dans l'Espace. Le moteur ronronne. Berthe se tourne vers sa fille, hausse les sourcils, soupire.

— J'espère que vous avez raison et que vous arriverez à en tirer quelque chose. Je l'aime, vous savez, mais je renonce à la comprendre.

Le dernier trimestre scolaire s'achève. Les vacances approchent, les conseils de fin d'année et d'orientation se multiplient. Depuis plusieurs jours, Yann rentre tard le soir.

Aujourd'hui, c'est pire encore. Héloïse et les enfants ont dîné quand il gare sa voiture dans la cour. L'ombre gagne peu à peu sur la lumière. Un soleil rose tremblote sur la ligne d'horizon. Yann s'attarde dehors pour le contempler. Il aime ces heures où la nuit et le jour se disputent le pouvoir. Tout est calme.

Quand il pénètre dans le salon, assise dans un fauteuil, un gamin attentif blotti sur chaque accoudoir, Héloïse lit une histoire.

Yann s'approche d'eux pour les embrasser. Il s'arrête soudain, hume, les narines palpitantes, l'atmosphère environnante, renverse la tête vers le plafond, questionne :

— Madame Lemoine est venue à la maison ?

— En effet.

— Je vois, ou plutôt… je sens !

Et il se précipite pour ouvrir la fenêtre afin de renouveler l'air de la pièce.

10

Après des vacances d'été durant lesquelles les enfants et les Le Meur ont appris à mieux se connaître et à tisser des liens d'affection, la rentrée des classes est arrivée. Les parents paraissent plus émus que les écoliers qui, en vieux routiers de l'événement, à l'exception des cancres authentiques, sont ravis de retrouver leurs copains. Justine et Raphaël sont suspendus aux basques d'Héloïse. Cependant la fillette est moins stressée que son frère. Elle est plus grande, plus fière, elle a vécu les sections de la maternelle, elle sait qu'avec le cours préparatoire elle entre dans la grande école et qu'elle apprendra à lire. Or elle le désire ardemment, car elle est séduite par les histoires que leur conte tata Lise, le soir. Elle ne veut néanmoins rien devoir à personne. Surtout pas à Lise, qui est gentille, c'est vrai, mais qui joue trop à vouloir être sa mère. Et plus. Car jamais Berthe ne lui a lu ou raconté une histoire. Berthe, elle s'en fout. D'abord, le soir, elle trime dans son bar. Et de toute façon, quand elle ne travaille pas, elle est vautrée sur le divan de la salle à manger, un litron de vin dans une main, un verre plein dans l'autre. Bref, quand elle saura lire, Justine ne devra plus rien à personne. Et elle attend, guette le rassemblement dans la cour qui lui permettra de s'émanciper et de connaître enfin le visage de sa nouvelle institutrice.

De son côté, Raphaël observe ses futurs camarades qui vaguent dans la cour, les parents qui devisent comme de vieux amis. Accoutumé depuis plusieurs mois au calme du Lilas blanc, il est déconcerté par les cris des gamins, leurs courses joyeuses et sans but, leur impressionnant désir d'exister.

Aussi, quand sonne l'heure solennelle de la rentrée des classes de ce mois de septembre 2001, et tandis que les enfants se hâtent avec leur mère vers le lieu de ralliement, Raphaël presse sa chevelure blonde contre les cuisses de tata Lise, les étreint de toutes ses forces et, d'une voix brisée par les sanglots, s'écrie :

— J'veux pas y aller ! J'veux pas y aller !

Il ira pourtant, comme tous les autres. Il reviendra le soir après avoir déjeuné à la cantine, ravi de sa journée, ravi de la nourriture, ravi d'avoir dégotté des copains, ravi de sa maîtresse Christel, aussi gentille que tata Lise mais bien plus vieille et beaucoup moins jolie !

Il en va différemment de Justine. Elle n'a pas aimé les carottes râpées, le jambon et les petits pois en conserve, elle n'a pas aimé les contraintes de la vie scolaire, elle n'aime pas sa maîtresse Irène, une grande bonne femme râblée, avec un drôle de gros nez, qui commande tout le temps ; elle déteste la cour de l'école goudronnée cernée par des grillages et des portes verrouillées avec soin, destinées à empêcher les gosses les plus indociles de se hasarder sur la chaussée voisine. Elle ne le dira pas, mais elle hait surtout ses camarades qui ont une vraie maman qui les mène à l'école et vient les y rechercher. A six ans, Justine sait qu'elle est différente, et les enfants n'ont pas hésité à le lui faire sentir.

— Est-ce qu'elle travaille, ta mère ?

— Et ton père, quel métier il a ?

Etc. Car les réponses évasives de la fillette ont piqué la curiosité des écoliers. Pour ne pas perdre la face, elle leur a laissé entendre que ses parents étaient malades, et qu'elle habitait chez tante Lise avec son petit frère le temps qu'ils se rétablissent. Elle n'allait tout de même pas leur avouer que son père est en prison et que sa maman oublie de s'occuper d'eux !

Elle a honte, Justine. Et de grosses larmes de désespoir, de peur du lendemain, lui obstruent la gorge à l'étouffer. Pourtant, elle ne pleure pas. Sa figure s'habille de davantage de dureté. Tout simplement.

Par la fenêtre de la cuisine, Héloïse surveille les enfants. Ils jouent dans le jardin. Raphaël glisse sur le toboggan avec un bel entrain. Il escalade la petite échelle, s'aventure à plat ventre, la tête en bas. Igor et Wooly le guettent à la fin de sa descente. Il atterrit sur eux, les bouscule, se redresse d'un bond, fuit jusqu'au hêtre pourpre, poursuivi par les chiens qui lui mordillent gaiement les mollets avant de le doubler et de freiner brusquement afin qu'il les rejoigne, puis ils reprennent leur jeu au commencement.

Justine a largué sa trottinette au beau milieu de l'allée. Assise sur la pelouse, jambes croisées, elle contemple sans la voir la nature triomphante autour d'elle. Son tronc, ses épaules oscillent d'avant en arrière dans un mouvement de métronome. Dans la cuisine, Héloïse frémit. La fillette a mal. C'est ce qui la rend si distante, méfiante, secrète. Elle irait bien vers elle pour lui demander ce qui ne va pas, la consoler, mais elle sait qu'elle recevra une réponse froide, cinglante. Jamais Justine ne lui a dit : « Fous-moi la paix ! », cependant Héloïse a souvent ressenti ce genre d'insulte dans le silence de phrases non exprimées.

Héloïse consulte sa montre. Presque dix-huit heures, le moment choisi pour la douche des petits avant d'achever les dernières corvées précédant le dîner. Ce soir, soupe, omelette aux pommes de terre, yaourt ou fruit. Au Lilas blanc, on vit en autarcie ou presque. Les légumes sortent du potager, les œufs du cul des poules, les fruits, pommes, poires, cerises, framboises, mûres, prunes, viennent en partie du jardin. Leur succéderont cet hiver bananes et agrumes. Seuls les fromages et les laitages sont importés. En revanche, les Le Meur n'ont jamais consommé poules, poulets ou dindons nés dans leur basse-cour. Ils les respectent parce qu'ils les élèvent et s'y sont attachés. Ils en achètent cependant car, quoi qu'on en dise, la viande c'est bon et c'est indispensable à l'équilibre de l'espèce.

Au moment où Héloïse ouvre la fenêtre pour appeler les enfants, le téléphone sonne. Elle se hâte vers le salon, décroche le combiné tout en adressant un sourire à Séverine qui la fixe de son regard bienveillant.

— Allô !

— Allô ! Je suis bien chez monsieur et madame Le Meur ?

— En effet, bonsoir, monsieur.

— Bonsoir, madame. Voilà, je suis le papa de Justine. J'ai été libéré ce matin, et je voudrais lui parler. Elle est là ?

— Oui, dans le jardin. Attendez un instant, je vais aller la chercher.

— Merci. Prenez votre temps.

Héloïse repose le combiné. Une sensation étrange, troublante, l'habite tandis qu'elle se dirige vers le vestibule. La voix de monsieur Lemoine l'a mise mal à l'aise. Une voix sucrée, mielleuse, trop aimable pour être honnête. Autre chose la désoriente. Il n'a pas dit : « Je voudrais parler à mes enfants. » Seulement à Justine. Comme si Raphaël n'existait pas.

Quand Héloïse franchit la porte conduisant au-dehors, Justine a quitté l'endroit où elle était assise, et elle se chicane avec son frère parce qu'ils convoitent tous les deux l'une des trois balançoires.

— Justine ! Ton papa au téléphone ! Il te demande !

La fillette se fige, contemple tata Lise la bouche entrouverte, pâle tout à coup.

— Il est plus en prison ?

— Il faut croire.

En quelques secondes, étonnement, colère,

angoisse, peur, résignation, révolte se disputent la figure de Justine.

— Je veux pas lui parler ! Je veux pas le voir !

— Tu ne vas pas le voir, seulement lui parler. Tu ne peux pas faire autrement, c'est ton père et il a le droit. Allez, viens !

Elle s'est avancée jusqu'à la fillette, lui saisit la main avec douceur, l'entraîne vers le salon, lui tend le téléphone. Justine le prend en tremblant.

— Allô ? Papa ?

— ...

— Oui, tu es mon papa d'amour. Je suis contente que tu sois revenu.

— ...

— Bien sûr ! Je t'aime comme le soleil, comme la mer, comme le ciel et le bon Dieu !

— ...

— Oui, tu m'as manqué !

— ...

— Oui, mon papa chéri !

— ...

— Oui, je t'aimerai toujours !

— ...

— Oui, bien plus que maman ! C'est toi que j'aime le plus au monde.

— ...

— Tante Lisa, papa voudrait te parler. Au revoir, mon papa chéri d'amour !

— ...

— Oui, je suis contente, à bientôt.

Et Justine tend le combiné à Héloïse.

— Allô !

— Ah, madame Le Meur, merci de m'avoir passé ma petite fille. Elle a l'air d'être bien chez vous. Oui, je suis revenu. Elle ne vous a pas dit de mal de moi, j'espère ?

La voix est tendue, inquiète.

— Comment cela ? Non, pas précisément.

Un petit rire soulagé à l'autre bout du fil.

— Je disais cela pour plaisanter, vous l'avez entendue, elle m'adore. Donc, je suis revenu et à présent les enfants pourront venir chez nous chaque week-end à partir du samedi midi jusqu'au dimanche dix-huit heures, comme c'était convenu avec les services sociaux.

— Très bien. Ecoutez, je vais prévenir l'assistante sociale, et dès que j'ai une réponse je vous appelle.

— Entendu, on fait comme ça. Je vous remercie, je vous laisse. A samedi. Embrassez bien Justine et Raphaël pour moi.

— Je n'y manquerai pas.

Au moment de raccrocher, Héloïse découvre Raphaël debout, grave, silencieux, figé au milieu de la pièce.

— C'était mon papa ?

— Oui.

— Il est plus en prison ?

— Il est rentré chez toi. Tu le verras bientôt. Il t'embrasse.

— Ah !

Raphaël regarde sa sœur. Elle s'est recroquevillée en position fœtale sur le divan, ses bras encerclant ses genoux. Elle a ôté son masque. Les cheveux éparpillés autour de la tête, elle sanglote. De grosses larmes roulent sur le cuir fauve. Elle dit :

— Je veux pas le voir ! Je veux pas le voir !

Raphaël tourne les talons, se dirige vers la sortie puis, posément, avant que tata Lise ait eu le temps d'intervenir, avec une froide violence il heurte son front à plusieurs reprises contre le chambranle de la porte.

11

Après avoir obtenu l'accord des services sociaux, Héloïse a accompagné dès le samedi midi Raphaël et Justine chez les Lemoine. Devant l'immeuble où ils habitent, un homme attendait en fumant une cigarette.

« C'est mon papa », a simplement précisé la fillette d'une voix neutre.

Héloïse a garé sa voiture le long du trottoir. Monsieur Lemoine s'est avancé, a ouvert la portière arrière sans qu'on l'y invite pour aider les enfants à descendre.

Ses pieds à peine posés sur le sol, la figure comme illuminée par une lumière intérieure, Justine s'est précipitée dans les bras de son père.

« Papa d'amour !

— Ma petite chérie ! »

Il a pivoté vers Raphaël qui patientait devant lui, les épaules basses, un sourire indéfinissable sur les lèvres.

« Ça va, toi ? »

Il a déposé un baiser distrait sur le front du gamin avant de lui tourner le dos pour saluer Héloïse.

« Bonjour, madame. Excusez-moi d'être presque impoli, mais ça fait si longtemps que je n'avais pas vu mes petiots.

— Bonjour, monsieur. Je comprends. »

En réalité, elle ne comprend pas. Ou plutôt, elle comprend trop bien. Elle contemple le petit homme râblé, à demi chauve, rasé de près, aspergé d'une mauvaise eau de Cologne, pomponné comme une dame et perché sur des chaussures à semelles compensées qui se dresse devant elle. Un sourire rusé s'accordant avec un regard oblique et une moustache brève à la Hitler est censé fournir une image flatteuse de lui-même. Ce sourire dérange Héloïse, l'emplit de méfiance, de répulsion. A l'évidence, ce gaillard-là a la franchise d'un reptile.

Monsieur Lemoine enlace Justine à la taille avant de désigner son immeuble d'un signe du menton.

— Je vous aurais bien proposé de monter prendre l'apéritif... Ma femme aurait été contente de vous voir, mais aujourd'hui j'ai besoin d'être seul avec mes enfants.

— Bien sûr, ce sera pour une autre fois.

Un autre sourire, dévastateur celui-là, écartèle les joues de monsieur Lemoine.

— Je vous remercie de votre compréhension, chère madame. Donc demain à dix-huit heures ?

— Dix-huit heures, c'est ce qui est prévu.

— Bien, alors bon week-end.

— Merci. Au revoir, monsieur.

— Au revoir, madame.

Il a déjà tourné les talons, sa fille vissée contre sa hanche. Raphaël hésite un instant, fixe Héloïse, le regard en déroute, hausse les épaules, dit « Au revoir, tata Lise » avant de suivre sa sœur et son père qui le devancent de quelques pas.

Héloïse les regarde disparaître dans le hall de l'immeuble puis, la gorge nouée par l'amertume, elle monte dans sa voiture.

— Alors, comment est-il ?

Yann a vu arriver l'Espace dans la cour. Il a ouvert la fenêtre du salon pour questionner sa femme. Elle s'approche de l'embrasure, dépose un baiser sur les lèvres offertes.

— Faux jeton, sûrement pervers.

— Comme tu y vas !

— Je suis certaine de ce que j'avance.

— Alors, raconte !

— D'accord, si tu nous sers l'apéritif dehors. Profitons des derniers beaux jours, et puis surtout, depuis qu'il a posé ses yeux sur moi, je me sens sale. J'ai besoin de respirer de l'air pur pour me laver l'esprit.

— Eh bien !

Il s'efface de la croisée, revient un moment plus tard avec un plateau contenant trois verres, des amuse-gueule, une bouteille de Coca-Cola, une autre de whisky. Il dépose l'ensemble sur la table de jardin devant laquelle s'est installée Héloïse.

Il se laisse choir sur une chaise près d'elle, étend les jambes devant lui avant d'annoncer :

— Isa est arrivée. Elle prend une douche et elle nous rejoint.

— Ah, enfin une bonne nouvelle !

Les sourcils de Yann se froncent. Il masse pensivement sa fossette au menton, regarde sa femme.

— Oui, alors venons-en au fait. Raconte !

— Eh bien, j'ai vu monsieur Lemoine. Plus fourbe que lui, tu meurs !

— Tu en es sûre ?

— Certaine. Il est trop poli pour être honnête. Il essaie de phraser pour mieux t'endormir, tu ne croises jamais ses yeux, il sourit tout le temps ; en un mot il cherche à te séduire pour mieux te rouler ensuite dans la farine.

Une grimace furtive éclaire la figure de Yann.

— Et tu as remarqué tout ça en quelques secondes ?

— Eh oui, l'intuition féminine ! Et s'il n'y avait que cela...

Elle marque une pause pour porter à ses lèvres le verre que Yann lui a servi. Elle en absorbe une gorgée, la conserve quelques instants sur sa langue. Elle aime à petites doses le Jameson, whisky irlandais qu'elle considère comme un don de Dieu.

— J'ai maintenant la certitude que ce type abuse de sa fille.

Yann abandonne le dossier de son siège, contre lequel il se prélassait. Penché en avant, les coudes échoués sur ses cuisses, ses mains enroulées autour de son verre, il fixe Héloïse avec étonnement.

— Attention, c'est grave, ce que tu avances là. Qu'est-ce qui te fait dire ça ?

— Lorsqu'il a retrouvé ses enfants, il n'en a eu que pour Justine. Il l'a embrassée, enlacée, ne l'a plus quittée. Il a complètement ignoré Raphaël. Le pauvre gamin était totalement désorienté.

— Tous les psychologues te diront que les pères préfèrent leurs filles et les mères leurs fils.

— Oui, ce qui d'ailleurs est faux une fois sur deux. Mais il y a les cris de la petite la nuit et ses « papa d'amour chéri » le jour, quand il est au téléphone ou qu'ils se retrouvent ensemble comme aujourd'hui !

— Peut-être as-tu raison, mais tu n'as pas de preuves formelles et nous devons rester prudents.

— Les preuves, je les aurai, je te le garantis.

— On s'arrête là, voilà Isa. Son séjour en Angleterre s'est plutôt mal passé. Pour changer un peu, elle a des problèmes de cœur et il est inutile d'assombrir sa journée avec de sombres histoires d'inceste et de pédophilie.

— Des problèmes de cœur ?

— N'aie crainte, elle va sûrement t'en parler.

— Elle a effectivement sa tête des mauvais jours.

— C'est le moins que l'on puisse dire.

Isa arrive en effet, longue, souple, liane, solide quand même, enveloppée dans un peignoir de bain vert tendre. Tout en se déhanchant comme un mannequin, une brosse à cheveux à la main, la nuque penchée en avant, elle s'efforce de discipliner sa tignasse brune. Elle s'arrête devant sa mère, l'embrasse sur le front avant de s'effondrer sur le fauteuil le plus proche.

— Ça va, maman ?

— Oui, et toi ? Tu n'as pas l'air dans ton assiette.

— Bof !

— Bof, c'est vaste.

— Pas tant que ça. Je viens de quitter Peter.

D'un geste agacé, Isa a posé la brosse à cheveux sur la table. Elle fixe le sol tandis que la pointe de ses chaussures creuse des sillons rageurs dans les gravillons de la cour.

— Il m'a trompée !

Yann et Héloïse se dévisagent. Isa a fait cet aveu d'un ton si détaché qu'ils sont obligés de lutter pour ne pas éclater de rire.

— Comment l'as-tu appris ? questionne Yann en orientant son nez busqué vers sa fille.

— Il y a huit jours. On était dans une boîte de Londres avec des copains. Peter avait bu un coup. Ils avaient tous bu un coup. Faut pas croire, les Anglais sont encore plus portés que nous sur la bouteille. Il a dansé avec une soi-disant cousine et il l'a embrassée, tranquille, sur la bouche devant moi. Comme si je n'existais pas ! Sans complexe ! Le salaud !

— Ce n'est pas grave, il était éméché, temporise Yann, il ne se rendait peut-être pas compte de ce qu'il faisait.

— Alors, ça, c'est la meilleure ! Tu défends les gens infidèles maintenant ?

Un silence. Chacun digère l'information. Isa est au bord des larmes.

— Donc, tu le quittes ? se hasarde finalement Héloïse.

— Bien sûr, je ne pourrai plus jamais avoir confiance ! D'autant qu'il est loin et que ça ne doit sûrement pas être la première fois qu'il me fait cocue !

— Bah, il n'y a pas que Peter, plaisante Yann, les beaux mâles ne manquent pas !

— Les beaux mâles, tu crois être drôle ! Peter, c'est différent : je l'aimais. Ma vie est finie !

Héloïse hoche la tête, enlace sa fille assise près d'elle.

— Mais non, tu as de la peine mais tu viens d'avoir vingt et un ans, tu as toute la vie devant toi !

— Tu connais la durée de ma vie, toi ? Tu connaissais la durée de la vie de Séverine ? Il est trop tard à présent. Tout est foutu !

Elle a repoussé le bras de sa mère, soulevé le col de son peignoir à deux mains pour y enfouir son visage. Elle pleure à gros sanglots comme une toute petite fille. Héloïse et Yann en profitent pour échanger un regard attendri. Ils se souviennent d'Isa lorsqu'elle était en grande section de maternelle. Elle avait cinq ans et demi. Elle avait alors un fiancé de son âge. Elle était revenue un jour, catastrophée, de l'école, et elle avait déclaré d'une voix funèbre :

« Julien il m'aime plus, il préfère Mathilde !

— Tu en trouveras un autre, avait répliqué sa mère en pouffant de rire, un encore plus gentil et encore plus beau. »

La fillette avait haussé les épaules avant d'affirmer, des larmes au bord des cils : « Oh, non, c'est impossible, maintenant c'est trop tard ! »

Comme aujourd'hui.

« Tu connaissais la durée de la vie de Séverine ? »

Cette petite phrase, chargée de fiel, a échappé à Isa et, malgré son chagrin, elle doit déjà la regretter. Cette petite phrase n'a pas blessé Héloïse. Séverine est vivante désormais, présente dans le grand salon aux chaudes tentures. Elle est la confidente, la complice de sa mère. Ensemble, elles réfléchissent sur l'emploi du temps des journées à venir, l'éducation à apporter à Justine et Raphaël. Ensemble, elles méditent sur les grands soucis et les petits bonheurs quotidiens. Elles rêvent de rendre leur entourage heureux. Séverine a complimenté Héloïse pour la qualité des soins qu'elle dispense aux enfants qu'on lui a confiés, pour sa propre résurrection et l'équilibre qu'elle distribue à nouveau autour d'elle.

Héloïse regarde Isa. Elle a cessé de pleurer. Les yeux brouillés, la jeune fille contemple au fond de l'herbage Pétronille, flanquée de son éternel Edmond. Elle hausse les épaules d'un air agacé.

— Qu'il est con, ce jars ! S'il savait que sa copine n'attend qu'une occasion pour le tromper !

Et tout à coup, elle éclate de rire, tandis que deux ravissantes fossettes s'épanouissent sur ses joues un peu rondes. Des joues qui dénoncent, à travers un présumé chagrin, des millions de petits bonheurs à venir.

12

Ils sont revenus. Ils sont montés dans l'auto. Quelques monosyllabes arrachés au compte-gouttes. Un baiser furtif sur la joue d'Héloïse. La mère absente. Un sourire doucereux du père qui s'est emberlificoté en de vagues promesses qu'il ne tiendra pas. Puis les figures à l'arrière de la voiture. Mornes. Fermées.

« Ça a été ?

— Oui.

— Qu'est-ce que vous avez fait ?

— Rien.

— Rien ? »

Pas de réponse. Héloïse se perd en conjectures. Ils ne parlent pas de leurs parents. Impossible de savoir ce qu'ils ont mangé, s'ils sont sortis, s'ils ont ri, pleuré. Ils se sont passé le mot. Ne rien dire, c'est ne pas se tromper.

Arrivés à la maison, Héloïse leur fait couler un bain. Elle les glisse tous deux dans la vaste baignoire comme elle en a pris l'habitude depuis qu'ils habitent au Lilas blanc. Certes, ils sont d'un sexe différent, mais à quatre ans et demi et six ans il n'y a pas de malice. Un peu de curiosité, et encore !

De l'eau jusqu'aux épaules, de la mousse sur tout le corps, ils se détendent un peu, jouent avec les bulles, plongent le nez, les oreilles dans l'eau, apprennent à composer avec l'hygiène. Mais, alors que Raphaël s'offre de tous ses pores à l'élément liquide, sa sœur se frotte avec un gant. Elle nettoie ses pieds, son entrecuisse, sa zézette comme elle dit, sa bouche avec une méticuleuse frénésie. A peine fini, elle revient sur l'ouvrage. Elle userait le gant si on la laissait faire.

Assise sur un tabouret, Héloïse l'observe avec attention. Elle a déjà remarqué que la petite avait la manie de la propreté. Dans sa chambre, tout est rangé au cordeau. Dès le lever, elle plie ses affaires, les replie avant de les empiler avec soin dans la vaste armoire normande. Le soir, après le dîner, armée d'un balai elle traque la poussière, les toiles d'araignée, les mouches qui, à l'automne, envahissent les pièces de la maison. Il n'y a que le lit qu'elle délaisse car elle continue de le mouiller chaque nuit ou presque, et il faut en changer les draps.

Pour l'heure elle frotte, récure, s'use la peau, encore et encore, l'œil rivé sur la faïence de la salle de bains.

— Allez, c'est fini, debout ! Il y a école demain !

Héloïse s'est levée, a actionné le bouchon de vidange, saisi la pomme de douche. Elle attend que les enfants se soient dressés à leur tour, les fesses et le dos pleins de mousse, et que la baignoire se soit vidée presque entièrement avant d'actionner le jet d'eau.

— C'est trop chaud ! ronchonne Raphaël en sautillant sur place.

Héloïse règle la température avant de rincer les gamins qui savourent la caresse liquide, paupières closes. Justine les rouvre la première, son regard descend vers le pubis de son frère qui lui fait face, constate, avec la froideur d'un clinicien :

— Il a un petit zizi, Raphaël !

Héloïse ne peut s'empêcher de noter que la fillette paraît rassurée. Et une fois de plus, le doute l'assaille. Si son père...

Ils sont sortis de la baignoire. Héloïse a voulu aider Raphaël à mettre ses vêtements. Il a refusé : « Je suis grand maintenant, je sais m'habiller tout seul ! »

Elle n'a pas insisté, même si elle appréhende le résultat : chemise et culotte seront enfilées dans le bon sens, pull et pantoufles à l'envers. On verra plus tard. Héloïse s'occupe donc de Justine. Elle lui vient en aide avec des gestes précis, des gestes doux. La gamine apprécie. Elle adore qu'on s'intéresse à elle, même si elle s'enferme dans sa carapace, même si elle conserve son air buté, des yeux sombres saisissants de beauté, des yeux de gitane qui semblent fouiller l'insondable. Qui semblent seulement. Car à cet âge, l'insondable...

Et ce que craignait Héloïse arrive. Vêtue avec soin, propre comme un sou neuf, Justine contemple ses habits. Elle relève la tête, admire son reflet dans la glace, sourit. Un sourire équivoque, qu'Héloïse, hélas, connaît trop bien.

— Justine ! Tu ne vas pas...

Elle n'a pas le temps de terminer sa phrase. Trop tard. Ce qu'elle redoutait est arrivé. Les jambes légèrement écartées, les orteils ancrés dans le carrelage de la salle de bains, son regard affrontant celui de tata Lise agenouillée devant elle pour lui lacer ses chaussures, elle pisse. Un petit jet pervers, juste ce qu'il faut pour qu'il s'étale dans les vêtements, et que ceux-ci soient bons à retourner à la machine à laver. Juste ce qu'il faut pour bien emmerder tata Lise et lui montrer qu'on a du caractère.

Comme à l'accoutumée, car cela se produit deux à trois fois par semaine, Justine reçoit deux solides claques sur les fesses. La fillette ne discute pas la sanction. Elle est méritée. Cependant elle recommencera. C'est tellement agréable de contrevenir, de mesurer son pouvoir, de vérifier jusqu'où on peut aller.

Pantalon et culotte ont été ôtés. Justine passe avec douceur une main sur son postérieur afin d'en apaiser les picotements. Des fesses rouges, d'accord, mais un sourire goguenard traverse son visage. Elle a encore gagné.

Héloïse remâche son échec. Autant Raphaël est docile, reconnaissant des bienfaits qu'on s'efforce de lui prodiguer, autant sa sœur est rebelle, imprévisible. Lourde tâche que d'élever les gosses des autres. Surtout quand ils ne seront jamais vraiment à vous.

Surtout quand on peut vous les retirer à tout moment.

Les semaines, les mois se sont écoulés. Chaque week-end, les enfants retournent chez leurs parents, chaque week-end ils en reviennent brisés. Et ça dure, sans possibilité d'y apporter le moindre remède. Ainsi vont les consignes. La mère touche un salaire, le père a déniché un boulot de manutentionnaire en intérim à mi-temps dans une grande surface de Mondeville. Ils conservent l'autorité parentale. Justine et Raphaël ont fêté Noël chez eux. Monsieur et madame Lemoine ont cependant accepté qu'ils réveillonnent au jour de l'An chez les Le Meur. Isa est présente ce 31 décembre 2001. Pas seule. Elle a invité Antoine. Un copain. Juste un copain. Un petit gros sympa qui ne paie pas de mine. Qui rit à tout propos. Qui a de l'esprit et le partage volontiers avec autrui. Un drôle de copain, si l'on en juge par de curieux gestes et des œillades parfois scélérates qu'il échange avec Isa quand ils pensent ne pas être vus. Elle a près d'une demi-tête de plus que lui, mais ça ne semble pas leur poser de problème. Antoine compense ce handicap par une irrésistible bonne humeur. D'emblée, il a séduit les petits. Même Justine qui, de toute façon, adore plaire, s'assoit volontiers sur ses genoux.

Ainsi cette soirée de réveillon se présente-t-elle sous les meilleurs auspices. Un imposant sapin de Noël trône dans le salon à trois pas du portrait de Séverine qui participe aussi à la fête. Gui et houx étalent leur verdure et leurs boules grises et rouges au détour de chaque porte, chaque meuble, chaque candélabre, chaque lustre. Tout est équilibre et beauté.

Yann, le menton en avant-garde, parcourt les pièces, s'attarde souvent dans la cuisine où Héloïse s'affaire, encadrée par ses chiens qui guettent, la truffe palpitante, les délicieux fumets qui s'exhalent. La queue de Wooly balaie l'espace tandis que, digne comme à l'accoutumée, Igor se contente de clore ses yeux bridés pour mieux s'imprégner des délicates essences s'échappant du four et des chaudrons.

Yann est heureux. Heureux d'un bonheur simple qui consiste à vivre entouré de ceux qu'on a la faiblesse d'aimer. Le comportement d'Isa l'amuse. Très vite, forte de sa jeunesse, elle a renoué avec l'insouciance. Même si, il y a à peine trois mois de cela, les frasques de Peter aidant, elle estimait son existence fichue !

Mais si Yann est heureux, c'est surtout parce que sa femme l'éblouit. Elle œuvre du matin au soir, babille sans cesse alors qu'elle n'a plus une minute à elle. Elle renaît littéralement de ses cendres. Son dynamisme emplit la maisonnée, et elle trouve de surcroît le temps de s'occuper de lui, Yann, au point d'en oublier de se livrer à sa passion primordiale, la peinture. Elle peint moins, c'est vrai. Il y a les petits, les animaux, le jardin, le potager, l'intendance du domaine. Il y a aussi les week-ends trop courts, en raison des navettes chez les Lemoine. Des week-ends où Héloïse et Yann se redécouvrent, affinent leur différence et leur inaliénable complicité. Jamais ils n'ont été si proches l'un de l'autre.

Alertée par une main de son mari sur sa hanche, Héloïse détourne le regard d'une casserole au-dessus de laquelle elle était penchée pour vérifier que tout y mijotait bien.

— C'est bientôt prêt ?

— Dans cinq minutes. Si tu veux, on peut distribuer les cadeaux et prendre l'apéritif.

L'instant solennel est arrivé, les offrandes échangées. Chez les Le Meur, on fête Noël avec faste. Justine et Raphaël ont eu leurs jouets en revenant du réveillon de Noël chez les Lemoine. A la veille du jour de l'An, chacun reçoit une babiole symbolique, l'essentiel étant surtout d'être ensemble et d'échanger la traditionnelle bise de minuit. Les cadeaux sont retirés du pied de la cheminée où flambent deux grosses bûches. Isa offre une montre à Antoine afin qu'il n'oublie pas d'être exact à ses rendez-vous, Antoine un mouchoir en dentelle à la jeune fille pour qu'elle puisse pleurer les retards ou les infidélités de ses amoureux ! Par ailleurs, Isa a investi dans deux tabliers de cuisine pour ses parents, l'un vantant les qualités d'un père, l'autre, celles d'une mère. En retour, Yann lui glisse une enveloppe garnie d'un chèque censé l'aider à arrondir ses fins de mois d'étudiante. Raphaël hérite d'une panoplie de Batman dont il rêvait depuis plusieurs mois, Justine d'une poupée. En découvrant celle-ci, la fillette la rejette d'un geste vif et la fait claquer sur un fauteuil.

— J'aime pas les poupées !

Elle a proféré ça d'un ton rageur. Tous la dévisagent, surpris.

— Toutes les petites filles aiment les poupées, s'étonne Yann.

— Pas moi !

Elle se dissimule à nouveau derrière son masque fermé, celui qui en dit long sur les souffrances qu'elle a endurées et endure peut-être encore.

Héloïse s'est approchée d'elle. Elle prend la poupée, l'inspecte d'un air désolé.

— Pourtant elle est belle, elle a de jolis habits, une jolie frimousse, et elle parle. Elle dit : « Maman je t'aime ! Maman pipi ! » Et plein d'autres choses encore !

— J'aime pas les poupées !

— Regarde la belle table qu'on a dressée ! temporise Héloïse. Tu ne vas pas nous faire de la peine un soir de réveillon. Allez, prends-la pour nous faire plaisir. Essaye de jouer avec, tu changeras peut-être d'avis.

Justine serre les dents, contemple le jouet avec mépris.

— Elle s'appelle Valentine, dit Isa. C'est joli, Valentine.

— C'est moche !

— D'accord, s'impatiente Yann, c'est moche, mais elle est belle. Alors tu en veux ou tu n'en veux pas ? On la jette par la fenêtre ou tu la gardes ?

D'un geste vif, Justine arrache la poupée des mains de tata Lise.

— Bon, donne ! Je vais la mettre dans ma chambre.

Et, l'infortunée Valentine coincée sous une aisselle, elle s'éloigne vers le corridor.

Yann la regarde partir. Pris d'une intuition subite, il se tourne vers Héloïse.

— Tu sers le champagne ? Je reviens dans une minute.

— Où vas-tu ?

— Je te le dirai plus tard.

Il se hâte sur les talons de la fillette. Il ralentit devant la porte entrebâillée de la chambre, jette un coup d'œil à l'intérieur en prenant soin de ne pas se faire remarquer. Justine est assise sur son lit, Valentine couchée entre ses jambes écartées. Elle contemple la poupée, ses charmants atours, ses boucles blondes, ses lèvres trop rouges, ses joues rehaussées d'un fard léger. Elle hausse les épaules : une poupée qui dit « Maman je t'aime, maman pipi ! » alors qu'elle est vêtue comme un mannequin s'apprêtant à participer à un défilé de mode, c'est ridicule ! Décidément, on aura tout vu !

Elle reste ainsi un long moment, sans ébaucher un geste, sans parler, pensive. Enfin elle se décide, maladroite, à contrecœur. Elle déshabille entièrement Valentine, l'amène à son visage puis, avec application, elle lui lèche l'entrecuisse et les fesses.

Yann en sait assez. Il pousse toute grande la porte, pénètre dans la chambre, s'écrie :

— Qu'est-ce que tu fais ?

L'enfant sursaute, lève les yeux vers lui.

— Ben, je joue à la maman. Alors je la lave, je lui lèche sa zézette !

— Oh, là, là, qu'est-ce que tu me racontes ? On ne lèche pas la zézette des poupées pour les laver. Ce n'est pas comme ça que font les mamans. Qui t'a montré ça ? Mais réponds, que diable ! Je ne vais pas te manger ! Bon, comme tu voudras. Allez, viens, on va rejoindre les autres. On dîne bientôt.

Yann observe la petite. Elle a sa figure des mauvais jours. Elle se laisse glisser du lit, empoigne Valentine par un bras et la flanque dans un tiroir de la commode qu'elle referme d'un geste définitif avant de suivre Yann.

Quand ils entrent dans le salon, le champagne et les petits fours aidant, l'atmosphère s'est détendue. On rit à gorge déployée. Antoine raconte une histoire. C'est un véritable clown, drôle et jamais vulgaire. Le visage de Yann s'efforce de retrouver des couleurs mais Héloïse, qui l'a vu entrer, a tout de suite compris qu'il était arrivé quelque chose d'important. Elle tend une coupe à son mari avant de murmurer :

— Un problème ?

Les sourcils de Yann se crispent dans une grimace fugace.

— Ce n'est pas le moment. Je t'en parlerai plus tard. Mais tu avais raison. Il est probable que son salaud de père abuse d'elle. Il y a sûrement inceste !

Il approche sa coupe de celle d'Héloïse, trinque avec prudence car le cristal, ça se respecte.

— Allez, à la tienne !

13

Printemps 2002

Ils ont alerté les services sociaux. Ils ont évoqué les hurlements la nuit, la poupée léchée en des endroits que la morale réprouve. Ils ont conté la tristesse de Justine et Raphaël au retour des week-ends chez leurs parents.

On les a écoutés. Les a-t-on crus ? Du moins, si on les a crus, on n'a pas accepté leurs conclusions :

« Oh, là ! Il faut rester prudent ! Les enfants fabulent beaucoup, mentent parfois ou se trompent. Il faut interpréter leurs paroles avec circonspection.

— Oui, mais leurs cris, leurs gestes ?

— C'est pareil. Certains adultes passent des cassettes pornos devant leurs gosses. Ils sont souvent très tôt informés de tout, vous savez. Cela dit, si vous découvrez d'autres éléments plus révélateurs, n'hésitez pas à nous les soumettre. On avisera. Mais dans les domaines d'inceste et de pédophilie, il faut avancer avec précaution. On a trop condamné d'innocents. »

Et on en est resté là.

Grisaille, vent, humide fraîcheur, nature dans l'expectative, tous les éléments se sont ligués pour retarder le rendez-vous des premiers beaux jours. Ce temps maussade n'entame pas l'énergie d'Héloïse. Une raison à cela : les enfants travaillent plutôt bien à l'école. De l'avis des maîtresses, ils sont rêveurs, réservés, quelquefois l'esprit absent ; toutefois ils sont intelligents, assimilent le contenu des cours. Justine caracole dans le premier tiers de la classe. Elle a appris à lire très vite, et déjà elle déchiffre de petites histoires à son frère, qui frétille d'aise en voyant sa sœur s'occuper de lui.

Mais il y a mieux. Un jour, après le bain donné à Justine, il s'est passé un événement considérable. Comme d'habitude, Héloïse a aidé la fillette à s'habiller. Comme d'habitude, du moins comme elle le fait souvent, celle-ci a planté ses prunelles dans les siennes avant de s'abandonner à un délicieux pipi. Son forfait accompli, la petite a guetté en vain la venue du châtiment. Ses yeux ont alors changé d'expression.

« Tu ne me punis pas ? Tu ne me donnes pas une fessée ?

— Non.

— Pourquoi ?

— Parce que je t'aime ! »

Et Héloïse a éclaté en sanglots. Renoncement, aveu

de défaite, elle ne savait plus quoi faire pour endiguer ces assauts urinaires.

Justine l'observait bouche bée. Elle s'est approchée de sa bienfaitrice. L'incroyable est alors arrivé. Elle a dit : « Moi aussi, je t'aime ! »

Et pour la première fois, elle s'est jetée dans ses bras. Elles ont mêlé leurs larmes, se sont embrassées, sont restées longtemps enlacées à la surprise ravie de Raphaël quand celui-ci est entré dans la salle de bains pour succéder à sa sœur.

Depuis ce jour, Justine ne mouille plus sa culotte après sa toilette. Elle est devenue attentive à tata Lise. Comme une petite femme, elle la seconde désormais pour dresser le couvert, débarrasser la table, essuyer la vaisselle, nourrir la volaille quand il n'y a pas école. En un mot, elle est transformée. Son visage a abandonné sa carapace. Elle sourit à présent, rit parfois. Elle quête volontiers une caresse, la rend de plus en plus souvent. Parfois, un petit gloussement d'aise lui échappe.

Un soir, à l'étonnement de tous, elle s'est installée sur les genoux de Yann, a tripoté son menton à pleines mains, a déclaré, perfide : « Dis donc, il est gros ton menton ! »

Elle a ensuite pincé son appendice nasal avant de compléter : « Et ton nez aussi ! »

Puis elle a enlacé la taille du colosse et a joliment posé sa tête sur la vaste poitrine.

Yann a lui aussi remarqué la métamorphose de la fillette. Mais il a également remarqué celle de sa femme. Celle-ci rayonne. Elle a remporté une énorme victoire sur elle-même en perçant par hasard les défenses de Justine. Tout est plus simple aujourd'hui. Ou presque. La petite souille toujours ses draps la nuit, et réveille les hôtes du Lilas blanc par ses hurlements.

Yann observe son univers avec tendresse. Il veille sur lui. Avisé, il a prévenu Héloïse : « Prends garde, ne t'attache pas trop à ces enfants, tu pourrais en souffrir plus tard ! »

Elle a haussé les épaules.

« Les sentiments ne se commandent pas. Pour l'instant ils sont là, apparemment plutôt heureux d'y être, et moi heureuse qu'ils soient là. Demain est un autre jour. Ne me gâche pas ce plaisir que tu m'as offert de les élever du mieux possible. »

Un samedi d'avril. Yann est au volant, Héloïse à ses côtés. Après avoir déposé Justine et Raphaël chez les Lemoine, ils iront déjeuner en ville puis finiront dans les magasins du secteur piétonnier pour acheter quelques vêtements de saison.

Les enfants sont assis à l'arrière. Comme chaque samedi, leurs visages sont graves. Il est évident qu'ils vont à reculons passer le week-end chez leurs parents. Raphaël a bien questionné à plusieurs reprises : « On est obligés de toujours aller chez papa et maman ? »

La réponse fuse, toujours la même : « Oui, c'est la loi. On ne peut pas faire autrement. »

La voiture ralentit, s'arrête doucement le long du

trottoir. Par une fenêtre ouverte de l'immeuble, Berthe adresse un signe amical à Yann.

— Bonjour, monsieur Le Meur, mon mari descend ! Vous pouvez les laisser monter !

Héloïse sort de l'Espace, ouvre la portière. Baisers rapides. Les gamins sont partis comme s'ils fuyaient, se sont engouffrés dans le hall d'entrée où des adolescents chahutent et qui, en cette fin de matinée, exhale des odeurs d'oignon, de pot-au-feu et de couscous. Ils n'aiment pas que leur père parle à Héloïse et Yann. Ils éprouvent un malaise. Ils ont honte. Pierre Lemoine sort de l'ascenseur au moment où ils arrivent. Il bloque la porte pour leur permettre d'entrer, la referme sur eux, appuie sur le bouton du cinquième étage.

— Alors, ça va ?

Il a embrassé la fillette sur les joues, le front, flanqué une tape amicale derrière la nuque de son fils.

— Oui, mon papa chéri !

Justine doit dire « mon papa chéri, mon papa d'amour ». C'est la règle établie. Un manquement et le danger menace.

Son frère se contente d'acquiescer silencieusement d'un hochement de tête.

Madame Lemoine et Ruffus – un gros labrador noir qui n'a jamais été brossé ni lavé de sa vie – les attendent sur le palier quand ils sortent de l'ascenseur. Berthe tend ses bras, un sourire heureux sur ses joues grises, tandis que le chien leur lèche dans le désordre la figure et les mains.

— Mes petits !

Elle les embrasse avec tendresse, empoigne le sac contenant les pyjamas et les brosses à dents, puis s'efface pour les laisser passer. Ils pénètrent dans la salle à manger où la table est déjà dressée devant une télévision allumée déversant images et décibels. Ici, la télévision fonctionne toute la journée, meublant le silence des âmes. Il arrive même qu'elle reste allumée toute la nuit, ses propriétaires, ivres morts, ayant oublié de l'éteindre.

Et la fête commence.

— Vous êtes contents de nous voir ?

— Oui, papa chéri !

— Oui, papa.

— Ah, j'espère bien ! Eh, Berthe, sers-nous un petit apéro, c'est pas tous les jours qu'on a les petiots avec nous !

Ils se sont installés entre-temps autour de la table ronde. Toujours à la même place : Berthe et Pierre Lemoine face à face, les enfants entre eux. Ils se dévisagent en souriant. Puis le spectacle démarre vraiment. Berthe et Pierre lampent coup sur coup trois pastis chacun. Alcool et glaçons. Surtout pas d'eau ! Explications du père : l'eau c'est mauvais pour le moral et ça ferait rouiller les canalisations ! Rire de la mère qui semble apprécier les grosses plaisanteries de son époux. A moins qu'elle n'en rajoute pour éviter d'éventuelles représailles. En vérité, non. Elle ne ressemble en rien à une femme battue. Elle ronronne dans sa graisse. Ils doivent être souvent d'accord, notamment pour faire baisser ensemble le niveau du pastis, suivi par deux carafes d'un mauvais bordeaux venant accompagner les steaks hachés, les frites, le camembert normand et une mousse au chocolat amoureusement concoctée par Madame.

Arrive l'heure du café. Monsieur Lemoine se lève, se hasarde d'une démarche hésitante vers le buffet imitation teck, en extirpe une bouteille de calvados issu d'un obscur alambic, qui arrache tout ce qu'il rencontre : palais, gorge, œsophage, avant de dévaster l'estomac. Il la débouche, en verse deux larges rasades dans les verres à vin des adultes, une cuiller à soupe dans ceux des enfants, lance :

— Tenez, mes minots, c'est bon pour la santé !

Puis, naviguant au plus près, il va s'échouer lourdement sur sa chaise.

Raphaël gigote ses petites jambes sous la table. Il secoue la tête, le cœur au bord des lèvres.

— J'en veux pas ! J'aime pas ça !

Le père se redresse, renverse son siège.

— Tu vas le boire ! C'est bon pour la santé, je te dis, et puis c'est bon pour la sieste !

— J'ai pas envie de faire la sieste, j'ai pas sommeil et je suis plus un bébé !

Les doigts de Pierre Lemoine étreignent le bord de la table, blanchissent sur la toile cirée bleu et rouge.

— Tu vas faire ce que je te dis, bordel de Dieu, et tu feras la sieste si je te le dis aussi !

Raphaël courbe le dos sous l'avalanche. Tout son corps tremble. Il dresse son verre devant lui, le porte d'une main hésitante à ses lèvres, avale une minuscule gorgée. Et soudain ses yeux explosent, ses joues s'embrasent, il tousse, halète, prêt à chavirer sur le sol.

— Tata Lise !

Il a crié sans réfléchir, acculé dans sa peur, son dégoût.

— Qu'est-ce qu'elle vient foutre ici, celle-là ! s'égosille Pierre Lemoine. Qu'est-ce qu'elle vient nous emmerder jusque chez nous ?

Il a repoussé sa chaise, s'est planté au milieu de la pièce. Sa figure s'est adoucie. Il tiraille sur sa petite moustache brune, modère le roulis de ses épaules râblées. Pas de vagues. Surtout pas de vagues. S'il la ramène trop, on va finir par lui faucher sa fille.

— Après tout, laisse-le si t'en veux pas. Mais – il brandit un index solennel vers le plafond – je te le dis ici : tu ne seras jamais un homme, mon fils !

Sa tirade achevée, tournant le dos à l'assistance, son précieux verre à la main, il se dirige vers le canapé sur lequel il s'affale dans un grognement satisfait.

Ainsi va le rituel. Les autres abandonnent leurs sièges, quittent la table à pas mesurés pour le rejoindre. Ils ne sont pas pressés. Ils savent ce qui les attend. Du moins les enfants. Justine est condamnée à s'asseoir sur les genoux de son père qui lui caresse le dos, les cuisses avec un regard trouble, lui adresse des baisers mouillés dans la nuque et le cou et des « Tu m'as manqué, tu sais ! ». De son côté, Raphaël subit le giron maternel, des câlins plus posés, plus sincères, presque une vraie tendresse. Il subit également une haleine empestée par l'alcool et une odeur de femme négligée, si insinuante, si puissante qu'il lutte contre la nausée.

Le prétexte à cette séance hebdomadaire devant la télé à regarder du foot, du rugby ou une médiocre série américaine, c'est la volonté d'être ensemble parce qu'on ne s'est pas vus de la semaine et qu'il est de toute façon impossible d'aller se balader en ville ou ailleurs, monsieur Lemoine restant sous le coup de son retrait de permis pour conduite en état d'ivresse.

Berthe aime son fils. Elle niche une fois encore son nez dans son cou, hume avec ravissement l'odeur de la nuque offerte.

— Hmm ! Tu sens bon, mon petit !

Le gamin sourit d'un air vague. Il est à des années-lumière de là. Il pense au Lilas blanc, à sa chambre, au bouc, à Edmond, à l'adorable Pétronille, aux facéties de Wooly toujours à l'affût d'un trou dans le grillage pour aller vaguer à sa guise, il pense au potager dans lequel Yann lui a confié un coin de terre où il cultive lui-même des fraises, des salades, des framboises, des radis et des haricots verts. Il pense à deux agnelets qui gambadent en ce moment dans l'herbage. Il a assisté à leur naissance, il a vu tata Lise leur placer un gros élastique sur la queue pour que celle-ci se détache d'elle-même plus tard, et tombe. Il frotte ses mains l'une contre l'autre, déconcerté tout à coup : il a oublié de demander à tonton Yann qui a inventé les carottes.

L'heure tourne. Seize heures, déjà ! Dans moins d'une heure, madame Lemoine prend son service au bar. Elle se lève, se dirige vers la salle de bains.

Pschitt ! Pschitt ! Une infernale odeur d'eau de Cologne à deux euros le litre envahit l'appartement. Berthe a dompté sa tignasse en désordre en la camouflant sous un bonnet violet qui d'ailleurs lui sied plutôt bien, elle a raturé sa bouche d'un trait de rouge à lèvres couleur sang, enfilé un imperméable indigo parce qu'il pleut dehors, empoigné son sac à main comme on empoigne une fronde. La voilà fin prête pour affronter ses clients !

Elle s'approche de ses petits, les enlace avec tendresse.

— Au revoir, mes anges, à demain !

— Au revoir, 'man !

Elle se plante devant son mari pour l'embrasser.

— Occupe-toi bien d'eux.

— Evidemment, tu me connais !

Il s'approche de sa femme, lui souffle dans l'oreille :

— Sois sage !

Elle hausse les épaules.

— Ce que tu peux être bête ! Tu ne penses décidément qu'à ça !

Puis elle s'éloigne, digne, gagne le palier, appelle l'ascenseur, disparaît jusqu'au lendemain.

Pierre l'a accompagnée afin de vérifier qu'elle était bien partie. Il revient flanqué de Ruffus, ferme la porte de l'appartement au verrou, s'approche des enfants en se frottant ostensiblement les mains. Les gamins l'observent avec appréhension. La tradition est respectée. Les mots, toujours les mêmes, renaissent chaque samedi.

— Bon, maintenant, Raphaël, tu vas aller faire une

sieste ou jouer dans ta chambre, mais tu nous fous la paix, à ta sœur et à moi. Il faut que tu te reposes.

— J'ai pas sommeil !

— Alors, amuse-toi.

— Pourquoi je peux pas rester avec vous ?

— Parce que c'est comme ça !

Pierre a saisi son fils à pleins bras, l'a soulevé du sol. Il l'entraîne dans la chambre, ouvre la fenêtre, vérifie qu'il n'y a personne dehors à cette heure avant de le suspendre au-dessus du vide.

— Si tu n'obéis pas, si tu cries, je te lâche !

Les yeux emplis d'épouvante, Raphaël regarde au-dessous de lui. Il va tomber, c'est sûr ! Son ventre se noue, se vide.

— Dégueulasse ! Il pisse dans sa culotte, en plus !

Le père ramène le gamin dans la pièce, le flanque par terre, referme la fenêtre. Le petit n'a pas une trace. Monsieur Lemoine ne bat jamais ses enfants. Ni Berthe, d'ailleurs.

— Tu as compris maintenant ? Tu restes là et tu nous fous la paix ! Nage dans ton jus ! Tu te changeras plus tard !

Puis il sort et ferme la porte à clé. Seul, il est enfin seul avec la femme de sa vie. Sa petite fille. Il l'adore. Elle est petite, c'est vrai. Mais justement, elle subit tous ses caprices et, outre le plaisir, il éprouve avec elle un inimaginable sentiment de puissance. Elle est sa chose, son objet, son odalisque, sa reine. Il serait prêt à lui offrir tout ce qu'elle désire, s'il en avait les moyens. Hélas, il n'a pas le sou. En retour, puisqu'il n'a rien à lui donner, il lui prend tout ce qu'il peut.

Son innocence, sa jeunesse. Il la piétine, la brise irrémédiablement. Mais il s'en moque. Il ne faut pas trop réfléchir. Les pulsions. L'instinct. Le plaisir. Ne l'appelle-t-elle pas « papa chéri d'amour » ? Ne lui dit-elle pas : « Mon papa d'amour, je t'aime aussi fort que le soleil » ? Etc. Certes, c'est lui qui lui a soufflé, imposé ces formules absurdes, mais lorsqu'il la viole et qu'il entend ces mots, cela redouble, exacerbe sa jouissance. Cela l'aide à ignorer la détresse, les pleurs de la petite éventrée par sa fureur. Il a le pouvoir absolu. Il est Dieu, Satan ! Peu importe, il est quelqu'un d'unique.

Pierre Lemoine s'approche de la table où s'ennuie une bouteille de vin. Il s'en verse deux verres qu'il lampe coup sur coup. Puis il pivote vers Justine qui l'observe avec un morne désespoir.

— Déshabille-toi, je vais faire ta toilette ! Tu es sale, tu sais, tu en as grand besoin !

— Oui, papa chéri.

— Couche-toi sur le canapé.

Elle obéit. Que faire d'autre ? Il ne l'a jamais frappée. Si elle se rebelle, il se contente de la serrer un peu au cou avec le pouce et l'index, un peu, un tout petit peu, juste ce qu'il faut, à un endroit où circule le sang. Un truc qu'il a appris à l'armée. Elle voit des étoiles, éprouve des vertiges qui multiplient sa peur, la contraignent à la soumission, à la passivité.

Dans la chambre voisine, Raphaël est assis, inerte, au milieu de la pièce. Les premières fois, il collait son oreille contre la cloison. Aujourd'hui, il est blasé. Il connaît le scénario par cœur. La musique que l'on pousse à fond pour que les voisins n'entendent pas les cris de la petite. Les larmes, les reniflements, les gémissements, les halètements d'extase. Les mots, toujours les mêmes : « Arrête ! Tu m'avais promis ! Tu me fais mal ! » La porte qui s'ouvre deux heures plus tard sur la figure défaite de Justine et celle, triomphante, de Pierre Lemoine.

Raphaël a demandé à plusieurs reprises à sa sœur ce que lui faisait subir son père. Elle n'a jamais voulu répondre. Elle a seulement dit : « Tu es trop petit pour comprendre. Ce sont des choses de grands. » Des choses de grands, elle qui est haute comme trois pommes à genoux !

Comme il insistait, elle lui a confié que ce que faisait son père n'était pas bien, qu'il le savait, qu'il ne pouvait pas faire autrement, et que, comme elle avait accepté de lui obéir, elle serait punie aussi. Tout le monde serait puni, leur père, leur mère, Raphaël, Justine. La honte. Ils iraient tous les quatre en prison ! Tu as envie d'aller en prison ? Non ! Alors tu dis rien. A personne. Surtout pas à tonton Yann et à tata Lise. J'ai promis. Et j'ai pas envie d'aller en prison !

Raphaël admire sa sœur. Elle a un secret. Elle le garde. Pour sauver les autres. Il ignore ce que son père inflige à Justine. Il est trop petit pour même l'imaginer. Il sait seulement qu'elle souffre, qu'il lui fait mal. Qu'elle se réveille toutes les nuits pour hurler.

Alors il pense à un petit lapin de garenne qu'il a découvert un matin écrasé sur la route devant le Lilas blanc. Il y avait du sang partout, il ne bougeait plus.

Ses yeux étaient vidés de la lumière du jour. Inquiet, il a interrogé tonton Yann qui se trouvait avec lui.

« Il est mort, a répondu celui-ci.

— Ça fait mal, la mort ?

— Ça dépend, au moment de mourir, souvent, oui. Après, c'est comme un sommeil qui dure toujours.

— Ah ? »

Raphaël contemple les murs de la chambre couverts d'un papier d'apprêt d'origine. D'une origine qui a vingt ans. Des lézardes, dans lesquelles prospèrent des moisissures, serpentent un peu partout. Quelques posters de célébrités d'un jour, placés dessus pour masquer la misère, se décollent çà et là.

Dans la pièce voisine, à travers ses larmes, Justine crie : « Oh, mon papa chéri d'amour ! Oh, mon papa d'amour ! » Grâce à ces mots, toujours les mêmes, marquant la fin du calvaire de l'infortunée fillette, Raphaël sait que la porte va s'entrebâiller et qu'il pourra sortir.

Il est toujours assis sur le sol, jambes croisées. Il oscille d'avant en arrière comme un culbuto. Il ne peut pas s'arrêter. Ça durera ainsi jusqu'à ce qu'il retrouve sa sœur, jusqu'à ce qu'il croise son regard tragique.

En attendant, il s'expédie de petits coups de poing sur le front. Il voudrait que son père soit un lapin. Il voudrait le voir mort.

Troisième partie

14

L'été est arrivé. Avant l'heure. En ce début de mois de juin, le soleil offre ses rayons comme il le ferait en août lorsqu'il est de belle humeur.

Justine et Raphaël ont quelquefois connu la chaleur : une touffeur de quartier, une odeur de poussière, de goudron fondu, de poubelles mal fermées, de gazole et d'essence, le tout accompagné des clameurs des mobylettes, des motos, des voitures au tuyau d'échappement trafiqué, des cris, rires et disputes de gosses et d'adolescents en mal de repères, d'espace, d'occupations et de verdure.

Mais, cette fois, ils sont à la campagne. Et tout est rencontre, nouveauté, beauté. Comme l'année passée, ils ont observé le printemps se jeter avec éclat à l'assaut de la nature. Emerveillés, ils ont couvé du regard l'apparition des primevères, des jonquilles, des tulipes, les pétales roses et blancs des pommiers, la neige immuable des cerisiers en fleurs, l'arrivée des vols d'hirondelles prenant possession de leur nid dans les dépendances du domaine. Ils ont guetté leurs couvées fin mai, l'éclosion des œufs. Mais ce qui les a le plus éblouis, c'est la présence inattendue d'une chouette effraie encore joliment appelée « dame blanche ». Elle a élu domicile dans une niche de pierre creusée dans le mur de la tourelle dont l'escalier en colimaçon conduit aux greniers à grain situés au-dessus des anciennes étables.

De loin, afin de ne pas effrayer la mère, ils ont suivi la naissance de cinq petits. Un après-midi, ils se sont étonnés de ne plus en compter que quatre. Yann leur a expliqué que le dernier-né avait sans doute été dévoré par les autres parce qu'il n'y avait pas assez de nourriture pour les alimenter tous, et qu'il était le plus faible. Les enfants ont détourné le regard pour masquer l'arrivée de larmes inopinées. En même temps, ils ont admiré Yann. Pour eux, Héloïse, c'est la patience, l'équilibre, l'affection, le suivi scolaire, les mots qui cicatrisent ; Yann c'est la force, la connaissance. Il sait tout ce qui touche à la nature : les mœurs des poules à petite huppe, celles des chèvres, de l'oie de Bavent. Il colle son oreille contre l'écorce des arbres pour mieux surprendre leurs conversations. Il prédit la venue des arcs-en-ciel, prévoit s'il y aura beaucoup de pommes, de poires, de framboises, de cerises ou non ; il lit dans les étoiles, il commande aux éléments et aux animaux. Tous l'admirent et le craignent. Le jars notamment, qui se méfie de lui.

Il sait tout, oui. Un jour, cependant, Justine a réussi à le prendre en défaut. Pédagogue averti, le maître du Lilas blanc avait expliqué aux enfants que les oiseaux et les reptiles étaient issus d'un œuf et les mammifères du ventre maternel. Un matin où ils observaient, amusés, le manège du jars et de l'ânesse, la fillette a questionné, perplexe :

« Quand on s'aime, on a des bébés ?

— En général, oui, a répondu Yann en souriant.

— Edmond et Pétronille, ils s'aiment ?

— On peut dire ça.

— Donc, ils auront des petits. Alors, comment ils naîtront ? Dans un œuf ou en sortant du ventre de la maman ? »

Une crise d'hilarité a secoué les épaules et la poitrine de Yann. Il a enlevé la petite dans ses bras, a collé deux gros baisers sur ses pommettes avant de la reposer avec douceur sur le sol. Il a pensé : Qu'est-ce qu'elle est futée, cette gamine ! Il a recouvert sa tête d'une de ses vastes paumes, l'a caressée avec précaution.

« Ça, je ne sais pas, c'est l'avenir qui nous le dira.

— C'est quoi, l'avenir ?

— C'est tout ce qui est après aujourd'hui. Demain, après-demain, la semaine prochaine, etc. Pour Edmond et Pétronille, c'est quand ils auront des enfants ! »

Justine a triomphé. En même temps, elle a été un peu triste de constater que tonton Yann ignorait la réponse concernant ses propres animaux. Elle aurait voulu qu'il sache tout, tout, tout ! Elle a cherché à le consoler. La grande main protégeait toujours ses cheveux, sa nuque, son front. Elle s'est appuyée contre le colosse, a enlacé la cuisse la plus proche, posé sa joue contre sa hanche. Puis des larmes ont brûlé ses paupières.

Ah, si mon papa il était aussi gentil que lui !

Pour Yann, les semaines s'écoulent sans qu'il ait le loisir de mesurer les jours. Les conseils de classe se succèdent, les réunions de fin d'année, le baccalauréat, la corvée des épreuves à corriger, les oraux de rattrapage. Il n'a plus beaucoup le temps de s'attarder dans le domaine, plus le plaisir de se consacrer autant à l'éducation des enfants qu'on leur a confiés. Il a toutefois trouvé un moment pour leur construire une petite cabane au fond de l'herbage, deux mètres sur deux, recouverte d'une toiture en tôle ondulée, avec une table et un banc confectionnés par lui-même. Justine et Raphaël ont dérobé deux chaises de jardin pour compléter l'ameublement. Il leur arrive en effet, le mardi soir et le vendredi soir après la classe, d'aller jouer chez des camarades du voisinage. En retour, ils les invitent au Lilas blanc. Ils sont parfois trois ou quatre à chahuter avec eux dans la cabane ou dans les arbres sous la discrète surveillance d'Héloïse, qui veille à prévenir les accidents, car Robin des Bois, Batman, Zorro, Superman règnent tour à tour sur ce petit monde en mal de héros.

Les animaux ne sont pas dérangés par ces aventuriers d'un jour, une clôture séparant l'herbage en deux. Ainsi, quand Raphaël et Justine reçoivent leurs copains, les bêtes sont parquées du côté où elles ne risquent pas d'être importunées par les cavalcades et les cris.

Avec l'école, le cercle des relations des Le Meur s'est élargi. Héloïse a sympathisé avec les mères de certains écoliers. On s'est retrouvé aux conseils de classe, aux réunions de l'association des parents d'élèves, à la soirée du loto, aux diverses manifestations organisées pour financer l'achat de fournitures et des voyages scolaires. On y a rencontré également des pères. A la suite de quoi, on s'invite parfois à prendre le thé ou le café.

Héloïse s'est aperçue avec étonnement que, parmi ses nouvelles connaissances, trois s'occupaient aussi d'enfants en difficulté. Deux assistantes maternelles ont choisi ce travail afin de combler des fins de mois difficiles, la troisième par amour de son prochain. Dans tous les cas, les gamins semblent bien traités. Héloïse les observe. Ils sont propres, en bonne santé, attachés à leur famille d'accueil. Néanmoins, la moitié d'entre eux obtiennent de mauvais résultats scolaires et, à l'image de Justine, certains restent instables, turbulents, mordent ou décochent sans prévenir de redoutables horions à leurs camarades.

Il arrive que les assistantes maternelles concernées évoquent entre elles les problèmes qu'elles rencontrent. Elles abordent à mots couverts les cas d'enfants relevant plus de la psychiatrie que de la pédagogie et elles parlent surtout de leur travail. Un labeur aussi difficile, qui demande une vigilance vingt-quatre heures sur vingt-quatre, devrait selon elles être mieux rémunéré, les indemnités de fonctionnement

– déplacements et transports – majorées, et surtout la paperasserie, mal endémique français, simplifiée.

Héloïse participe de loin à ces discussions. Elle juge exemplaires les moyens déployés par la Protection de l'enfance. Elle sait que la perfection n'existe pas, que chaque cas est particulier et que ce qui convient aux uns ne convient pas nécessairement aux autres. En ce qui la concerne, elle est satisfaite, le terme est faible, heureuse. Avec le secours de Yann, elle a lutté pour aider Raphaël et Justine à s'en sortir. Elle s'est attachée à eux. Par un penchant naturel, elle est à l'écoute d'autrui. Et en ce cas précis, autrui le lui rend bien.

Une seule ombre au tableau : on peut leur retirer les enfants à tout moment pour les redonner à leurs parents. Héloïse ne veut pas y songer. Elle pense d'ailleurs que ce n'est pas pour demain. Après un bref travail en intérim, monsieur Lemoine se retrouve de nouveau au chômage et sa femme boit de plus en plus. Elle s'enivre, pourrait-on dire, avec acharnement, comme si elle avait décidé de se détruire.

Pour l'heure, donc, les Le Meur vivent au présent. Demain débutent les vacances. Après un rude combat, appuyée par les services sociaux, Héloïse a obtenu de pouvoir emmener Justine et son frère pour trois semaines. Ils séjourneront au Pouliguen, station balnéaire de Loire-Atlantique où ils possèdent un appartement. C'est mieux que de les expédier en colonie comme le font la plupart des familles d'accueil, ou chez leurs parents si ces derniers sont aptes à les recevoir. Berthe a accepté avec reconnaissance, son mari a rechigné – trois semaines sans voir sa petite fille chérie ! – mais il a dû plier devant l'insistance générale.

Le départ a été prévu dans la seconde moitié de juillet, Yann étant pris par les épreuves du baccalauréat. En attendant, les gamins s'occupent dans leur cabane, s'ébattent dans une piscine gonflable, se disputent à la balançoire, jouent aux gendarmes et aux voleurs, à Zorro avec leurs copains, ou aux trappeurs du Grand Nord avec une planche de bois à roulettes tirée par Igor en guise de traîneau.

En ce début de juillet ensoleillé, le monde paraît en équilibre. Héloïse compte les jours qui les séparent du Pouliguen. Elle pense surtout à ne pas oublier pelles, seaux, râteaux, bouées pour apprendre à nager, maillots de bain, trousseaux d'été pour tout le monde.

En ce moment, Isa est au Lilas blanc, mais elle ne viendra pas avec eux. Elle quitte la France pour le Maroc via l'Espagne en compagnie d'Antoine. En copains, bien entendu. Toutefois, pour d'évidentes raisons d'économie, ils n'ont prévu qu'une modeste tente de camping à deux places pour dormir. Plus hypocrites, tu meurs !

L'avant-veille du départ au Pouliguen, Héloïse et Yann ont été invités à déjeuner par Maud et Patrick Marie, un couple un peu plus jeune qu'eux dont ils ont fait la connaissance à la sortie de l'école. Un repas tout simple destiné à finir de sympathiser. Un méchoui organisé chaque année avec une vingtaine de voisins du quartier. Chacun apporte quelque chose, les uns les entrées, les autres les desserts ou les fromages. Les frais concernant l'achat du mouton, l'apéritif et les vins seront ensuite équitablement partagés. Raphaël et Justine auraient aimé participer à la fête car, en sa qualité d'assistante maternelle, Maud élève chez elle deux enfants à peu près de leur âge, un frère et une sœur, avec lesquels ils auraient pu s'amuser. Mais nous sommes dimanche et les petits ont dû aller la veille chez leurs parents pour leur dire au revoir avant de partir en vacances.

Quand les Le Meur arrivent chez leurs nouveaux amis, la vaste véranda où ont été dressées plusieurs tables est déjà emplie de monde. Héloïse dépose sur une desserte la mousse au chocolat qu'elle a confectionnée pour l'occasion, une bouteille de riesling, puis, les présentations faites, ils se mêlent aux convives, un verre de punch à la main.

— Vous êtes bien installés, dit Yann à son hôtesse en jetant un regard circulaire.

Maud acquiesce en souriant.

— C'est vrai que la maison est grande, et nous avons près de deux mille cinq cents mètres carrés de terrain. C'est suffisant pour ne pas avoir une minute à soi quand on revient du boulot. Tenez, voici ma fille. Anne, viens par ici, je vais te présenter à monsieur et madame Le Meur.

— Bonjour, Anne.

— Bonjour.

Elle a douze ans, une grande tresse dorée qui pend entre ses omoplates, un long nez austère, un regard fuyant, des boucles d'oreilles. Elle a hérité de la tête de « la petite fille qui ne souriait jamais ».

— Et les petits que vous accueillez, je ne les vois pas ? s'étonne Héloïse.

— Ils sont chez leurs parents pour le week-end. Ils rentreront demain. Ensuite, ils filent en colonie de vacances dans les Côtes-d'Armor. Ça fait deux ans qu'ils y vont. Ils adorent ça.

Héloïse connaît les deux enfants de vue. Elle les croise tous les jours devant l'école. Elle ne les imagine pas adorer quoi que ce soit. Ils affichent en permanence des mines mélancoliques, voire tristes. La fillette est en maternelle, dans la même classe que Raphaël. Elle ne parle presque pas, participe peu ou pas du tout aux activités. Son frère est en CE2. Il bénéficie d'un soutien scolaire grâce auquel il passera peut-être en CM1, ce qui serait un véritable exploit car, à entendre Maud, il frise la débilité mentale. Tableau peu reluisant, à l'image de leurs origines sociales, souligne la jeune femme avec un froid dédain.

Héloïse s'est d'ailleurs demandé à plusieurs reprises pourquoi Maud, qui ne semble pas posséder une fibre humaniste très développée, a accepté de devenir assistante maternelle. Sans doute parce que, comme beaucoup d'autres, elle pointait au chômage après avoir subi un licenciement et qu'il faut bien continuer de régler les traites d'une maison acquise dix ans auparavant.

Le déjeuner a commencé sous la véranda dont on a ouvert grandes les portes afin de donner un courant d'air. Défilent alors devant les convives crudités, charcuterie, poisson, sa mayonnaise et sa sauce béarnaise, méchoui avec ses haricots et ses légumes verts, fromages ainsi qu'une multitude de gâteaux.

A cinq heures de l'après-midi, les ventres ayant capitulé, on amène quelques tables au milieu de la pelouse du jardin pour y savourer le café et l'incontournable calva acheté à un cultivateur du cru. Réchauffés par un vent tiède et un soleil timide jouant à cache-cache avec les nuages, les convives devisent tandis que leurs regards dérivent, nonchalants, sur les splendeurs du jardin. Un beau jardin, vraiment. Un parc, plutôt. Rectangulaire. Profond. Entouré d'une belle haie de lauriers palmes. Sur la vaste pelouse centrale où ils se sont installés sourient des massifs de rosiers, d'hortensias, de fuchsias, de marguerites, de dahlias, de fleurs de toutes sortes, de toutes couleurs. Quelques arbres, saule, cèdre, sapin bleu, marronnier, dispensent une ombre bienfaitrice quand le soleil devient implacable. Au fond, tout au fond, un charmant bosquet composé d'une dizaine de bouleaux, d'un prunier, de deux cerisiers et d'un merisier. Au-dessous de ces arbres, dissimulé par les frondaisons, se devine un petit chalet, probablement destiné à ranger brouettes, tondeuse à gazon et outils de jardinage.

Yann a trop mangé, trop bu. Son corps, pourtant puissant, proteste. Poussé par un besoin pressant, il se lève, gagne la maison, cherche les toilettes. Il les trouve aisément, deux dames patientant devant la porte. Il hausse les épaules. Il ne peut pas attendre. Il a repéré le bosquet. Il ressort, emprunte, d'un pas de flâneur, l'aimable sentier tapissé de dalles qui serpente jusqu'à lui. Il s'enfonce sous les arbres, se dissimule derrière le chalet puis, les yeux mi-clos, il s'abandonne en poussant un ouf ! de soulagement.

Yann ne retourne pas tout de suite vers les convives. Il respire à fond, s'abreuvant des parfums exquis qui l'entourent. Au-dessus de lui des frôlements d'ailes, des envols brefs d'une branche à l'autre, toute une vie grouillante et secrète. Il lève les yeux, aperçoit des tourterelles, un couple de pigeons qu'il a dérangé.

C'est alors qu'il distingue des murmures, des voix étouffées. Cela vient du chalet. Il s'approche, étonné. Les volets de l'unique fenêtre sont fermés. Il se dirige vers la porte, ôte le verrou placé à l'extérieur, tourne la poignée, l'ouvre. Sa surprise est totale. Un garçon et une fillette le dévisagent, apeurés.

— Qu'est-ce que vous fichez là ?

C'est la première question qui lui est venue à l'esprit tant il est abasourdi.

Les enfants demeurent silencieux. Il paraît évident qu'ils redoutent quelque chose.

— Ne craignez rien, je ne suis pas un ogre ! Je ne dévore pas les Petits Poucets ! Je vous demande seulement ce que vous faites là. Vous êtes les petits que Maud et Patrick ont en garde ?

Le garçon se décide :

— Oui.

Il a dix ans, peut-être davantage, déjà l'air vaincu par la vie.

— Je vous croyais chez vos parents ?

— Ben, non.

— Pourquoi n'êtes-vous pas à table avec nous ?

Le gamin hésite. Sa sœur s'est réfugiée derrière lui, la tête inclinée sur le côté pour mieux dévisager l'étrange bonhomme aux grosses mains et à l'incroyable menton qui pose tant de questions indiscrètes.

Le garçon s'enhardit. L'homme a une voix douce. Il grogne, il est impressionnant, mais ses grognements ressemblent à des caresses.

— Parce qu'on mange toujours avant les autres.

— Comment ça ? Vous voulez dire que vous mangez toujours tout seuls ?

— Oui, sauf à la cantine le midi. Le soir et les autres jours, quand il n'y a pas école, on mange avant dans la cuisine, et quand les autres mangent, on va se coucher ou on va jouer dehors ou on va dans la cabane s'il y a des invités.

— Et vous trouvez ça normal ?

— Euh… marmonne le gamin en jetant un regard à la dérobée à la fillette toujours postée derrière lui.

Il ne sait que répondre. Il a eu son content d'audace. Il craint les foudres de l'assistante maternelle et de son mari. Il appréhende de retourner dans un foyer, d'être séparé de sa sœur, alors qu'ils n'ont rien fait de mal. Il est affolé à l'idée d'errer à nouveau de famille d'accueil en famille d'accueil. Des larmes roulent sur son visage. Sans prévenir. Creusent un sillon sur ses joues, s'écrasent sur le plancher de la cabane.

Puis il secoue ses épaules, essuie sa figure d'un bref revers de manche, relève la tête vers son interlocuteur, rive ses yeux dans les siens. Il fait front. Il ne veut pas qu'on l'importune, il ne veut pas qu'on embête sa sœur. Il ignore le sens du mot, mais la révolte est en lui. Et il dit :

— Laissez-nous tranquilles. Fermez la porte ! On est bien là !

Un court silence envahit le chalet. Dressé sur ses ergots, le torse bombé, les poings ramassés, prêts à frapper, le petit se sent investi d'une mission : défendre la fratrie. Alors il enfonce à nouveau ses prunelles dans celles de l'intrus fanfaronnant devant lui, et il conclut :

— Laissez-nous tranquilles, tête de mule !

Yann retient un sourire. Il admire ce courage qui s'alimente dans le désespoir. Il s'agenouille devant le garçon, enfouit d'un geste vif ses poings crispés dans ses mains, cherche à l'apaiser :

— Tu as raison, je suis une grande bête. Comment t'appelles-tu ?

— Victor.

— Eh bien, Victor, tu sais ce qu'on va faire ?

— J'veux rien faire du tout, j'veux seulement rester ici avec ma petite sœur. C'est mieux qu'à la maison !

Yann hésite un moment avant de poursuivre. Si c'est bien ici, qu'est-ce que ça doit être ailleurs...

— D'accord ! Je m'en vais rejoindre les autres. Ça te va ?

Victor pousse un soupir.

— Ça me va.

Yann recule de deux pas, leur adresse un signe d'adieu avant de refermer la porte au verrou derrière lui. Il reste immobile, le temps de se recomposer un visage, puis il s'engage dans le sentier qui le conduit vers les invités. Sa colère s'est apaisée. Il était à deux doigts d'emmener de force les gamins avec lui pour commettre un esclandre. Victor l'a ramené à la raison. Pas au silence.

Lorsqu'il arrive près des autres, Patrick a organisé un tournoi de pétanque. Héloïse l'attend avec impatience pour faire équipe avec lui.

— Où étais-tu passé ? On ne pouvait pas démarrer sans toi !

Il hausse les épaules.

— Je suis allé aux toilettes. Je te raconterai.

Elle veut le questionner, étonnée par la solennité de ses propos, mais elle n'en aura pas le loisir. Il s'est approché de Patrick et Maud qui, des boules et un chiffon à la main, observent les autres joueurs. Il se penche vers eux, souffle :

— Je reviens du chalet. J'ai découvert vos protégés. Les cacher, les faire manger à part, les traiter comme des esclaves, c'est indigne !

Les enfants ne lui ont parlé que des repas. Yann devine le reste, le manque d'affection, le manque de soutien scolaire, l'absence d'une main tendue pour les aider à s'en sortir…

Maud et Patrick pâlissent. Ils demeurent un moment bouche bée.

— Qu'est-ce que vous racontez ? murmure enfin Patrick.

— La vérité. Voulez-vous que j'aille les chercher ?

Vous pourrez ainsi leur offrir une part de gâteau devant tous vos amis...

— Ne faites pas ça ! supplie Maud au bord du malaise.

— A une condition. Désormais les petits mangeront avec vous et vous vous en occuperez décemment, sinon je porte le pet à la Mission de la protection de l'enfance et vous serez radiée de votre fonction d'assistante maternelle !

— Ne croyez pas qu'on les traite mal, s'interpose mollement Patrick en passant une main moite sur son front.

— Je ne crois rien, je constate.

Il désigne l'aire de jeu derrière laquelle les autres boulistes patientent, immobiles.

— A propos, je pense que c'est à votre tour de jouer !

15

Ils sont arrivés. En pleine nuit. C'est Yann qui conduisait. Villers-Bocage, Villedieu-les-Poêles, Avranches, Rennes, la nationale 137 en direction de Nantes. Bifurcation vers Saint-Nazaire, La Baule, enfin Le Pouliguen.

Trois heures de route à peine, une éternité pour les enfants, qui n'avaient jamais effectué de grands trajets en voiture. A la sortie d'un rond-point, par jeu, Yann s'est brusquement mis à conduire à gauche de la chaussée.

— Qu'est-ce que tu fais ? s'est écriée Héloïse.

Yann a redressé sa direction, remis l'Espace sur la droite avant de déclarer :

— Je double un moustique !

Héloïse a souri. Ce sacré Yann ! Il n'avouera jamais qu'il était en train de s'assoupir !

— Arrête-toi, je vais te remplacer, c'est plus prudent.

Yann a retenu une grimace satisfaite : gagné !

Héloïse lui a succédé au volant. Vers minuit ils sont

parvenus à bon port, c'est le cas de le dire, car ils ont longé le port du Pouliguen, admiré les nombreux bateaux oscillant doucement dans l'ombre, la foule estivale qui, à cette heure tardive, envahissait toujours les terrasses des cafés, les lumières et les fleurs de la ville. Il y a en effet des géraniums et des impatiens partout, sur les trottoirs, suspendus aux réverbères, avides d'étaler aux regards leurs éclatants pétales.

Ils ont ensuite contourné le bois qui pavoise au centre du bourg, puis la route du littoral conduisant à Batz-sur-Mer. Ils se sont arrêtés peu après la mairie, dont une des majestueuses façades s'ouvre sur la baie.

Quelques minutes plus tard, ils rangeaient les bagages dans leur appartement puis, Héloïse ayant dressé les lits, chacun s'est couché sans demander son reste. Une chambre pour les gosses, une autre pour les adultes, une salle de bains, une salle de séjour avec kitchenette, cinquante mètres carrés, l'indispensable pour rêver à deux pas de l'océan.

— Justine, Raphaël, debout ! Il est bientôt dix heures. On doit aller en courses si on veut manger ce midi !

Ils ouvrent des yeux encore emplis de nuit, émergent de leur sommeil avec lenteur. Raphaël se dresse sur son séant, frotte ses paupières, plonge trois doigts dans sa bouche, pousse un soupir de soulagement, sourit.

— Je suis bien content d'être réveillé, je croyais que j'avais avalé une dent en dormant !

Le changement d'air, peut-être ? Héloïse note que la fillette ne les a pas alertés cette nuit avec ses hurlements et, fait exceptionnel, ses draps ne sont pas souillés.

Un moment plus tard, le petit déjeuner vivement expédié, les dents brossées à la hâte, tous dévalent les escaliers de la petite copropriété où ils séjournent au premier étage, s'engouffrent dans l'Espace conduit par Héloïse. Jamais les enfants ne sont allés en vacances, jamais ils n'ont quitté les immeubles gris de leur quartier. A deux ou trois reprises depuis leur naissance, ils ont effectué un aller-retour de Caen à Ouistreham ou à Luc-sur-Mer. De minuscules souvenirs d'une mer plate, de vent piquant, d'étendues de sable sans relief, de ciels gonflés de nuages menaçants, et de parents qui s'engueulaient.

Le regard rivé aux vitres de la voiture, Justine et Raphaël contemplent, sidérés, les splendides propriétés qui bordent la rue. Ils n'imaginaient même pas – sauf à la télévision – que cela pouvait exister !

— Vous allez bientôt voir l'océan sur votre gauche, annonce Héloïse.

Ils le découvrent enfin, stupéfaits.

— Oh, là, là, s'écrie Raphaël en battant des mains, que c'est beau !

Ils ont atteint la Côte sauvage, située à moins d'un kilomètre de leur appartement.

— Arrête la voiture, dit Yann, on va leur faire découvrir le paysage et marcher un peu.

Une minute plus tard, ils foulent le sentier piétonnier qui serpente sur la falaise dominant la mer. Pas un nuage. Un soleil éclatant rehausse l'azur du ciel et procure aux promeneurs, qui contemplent la côte hérissée d'écueils sur lesquels s'écrasent d'immenses vagues, l'illusion qu'ils assistent à la naissance du monde.

Raphaël va résumer ce que tous pensent. Il s'accroche à la main de Yann en découvrant la fureur des lames déferlant sur la côte et les abîmes qui s'ouvrent sous lui, et il dit :

— C'est grand !

C'est grand, en effet. Yann se souvient de son émotion quand il a découvert ce coin de terre où tous les éléments semblent s'être donné rendez-vous. Héloïse et lui étaient venus passer un week-end à La Baule. Ils avaient admiré la baie, déploré que la splendide plage soit irrémédiablement esquintée par les errements de promoteurs adorant le dieu Argent au détriment de l'environnement. Déçus, ils ont rayonné dans les stations voisines. C'est alors qu'ils ont découvert Le Pouliguen. Le port de plaisance et de pêche, la plage du Nau, bien encastrée et protégée des vents dominants, le bourg pittoresque avec ses ruelles, sa halle couverte, tout les a charmés. Enfin, la rencontre avec la Côte sauvage les a définitivement séduits. A tel point qu'ils ont acheté un pied-à-terre pour y revenir le plus souvent possible.

— Dites donc, il serait temps de repartir pour faire les courses, si vous voulez manger ce midi.

Yann sursaute. Il était absorbé par ses pensées. Il pivote vers Héloïse, la prend dans ses bras, se penche vers elle pour picorer son cou.

— Tu sais ce qui serait gentil ?

— Non ?

— Que tu les fasses toute seule et que tu nous prennes ici à ton retour. Regarde comme ils sont heureux !

Héloïse jette un œil vers Raphaël et Justine. Ils observent les paquets de mer se ruant sur les récifs et la côte et applaudissent en poussant de petits cris de joie quand l'un d'entre eux surpasse les exploits des précédents.

— Hmm !

Elle pose un baiser sur les lèvres offertes avant de céder.

— Il faut vraiment que je t'aime…

Puis elle s'éloigne d'un pas vif, assorti d'un petit au revoir de la main.

— A tout à l'heure. Ici. Dans une heure.

— A tout à l'heure.

Yann se retourne vers les enfants.

— Attention, revenez ici !

Ils se sont enhardis, se sont dangereusement approchés du bord de la falaise pour mieux fuir lorsqu'une vague arrive et risque de les tremper. Ils reviennent vers lui, du rire plein les joues.

— C'est géant ! s'écrie Justine en tapant dans ses mains.

— C'est géant, enchaîne son frère qui ignore ce que ce mot signifie.

Yann avise un banc taillé dans le granit.

— Venez vous asseoir près de moi. Il ne faut pas vous approcher autant du bord. Vous pourriez tomber. Pour le moment on ne peut pas descendre dans les criques, la marée est trop forte, mais on reviendra et vous pourrez jouer dans le sable, pêcher des crevettes, des petits poissons, ramasser des coquillages, des bigorneaux et même attraper des crabes.

— Des crabes ! s'écrie Raphaël, émerveillé.

— Tu vois tous ces rochers dans la mer ?

— Oui.

— A marée basse, ils se découvrent. Il y a plein de flaques d'eau autour et, sous les pierres, on trouve des crabes qui se cachent.

— Des gros ? s'extasie Raphaël.

— Des petits.

Il écarte pouce et index pour donner une idée de leur taille.

— Des gros comme ça. Les vrais gros sont plus au large.

— C'est quoi, la marée ? demande Justine.

Yann sourit. Les enfants dévisagent monsieur Je-Sais-Tout avec admiration. Ils sont superbes tous les deux, déjà hâlés par l'air de Normandie, avec leurs grands yeux noirs avides de comprendre, et des casquettes blanches à la Gavroche destinées à les protéger des feux meurtriers du soleil. Car il fait beau et chaud depuis plusieurs jours, et la météo annonce le même temps jusqu'à la fin de la semaine.

La marée : rude question. Yann ne va pas leur parler du mouvement oscillatoire du niveau de la mer assujetti à l'attraction du Soleil et de la Lune sur l'eau des océans en termes savants. Il cherche des mots simples. Raphaël aura six ans fin août, sa sœur a sept ans depuis peu.

— La marée, c'est la mer qui monte et qui descend. Il y a la marée haute et la marée basse. Là, vous voyez, c'est la marée haute. La mer est montée jusqu'au pied de la falaise. Tout à l'heure, elle se retirera sur le sable. Ce sera la marée basse, et c'est alors qu'on peut aller pêcher ou s'amuser dans les mares d'eau et les rochers ou construire des châteaux dans le sable...

— Pourquoi la marée elle fait ça ? s'étonne Justine.

Le piège ! pense Yann.

— C'est à cause de l'attraction de la Lune et du Soleil sur l'eau des océans. Comment vous expliquer... Le Soleil et la Lune attirent l'eau un peu comme les aimants attirent un clou ou un morceau de ferraille.

— Mais l'eau, elle grimpe pas jusqu'au ciel pour toucher le Soleil et la Lune ? s'inquiète Raphaël en plaquant les paumes de ses mains sur sa casquette d'un air catastrophé.

— Non, bien sûr, ça la fait bouger un tout petit peu.

— Mais là, remarque la fillette en balayant d'un bras l'océan devant elle, elle monte beaucoup, elle fait des grosses vagues, elle a l'air en colère !

— Parce qu'en ce moment, c'est la pleine lune.

— C'est quoi, la pleine lune ?

— C'est quand tu vois la Lune en entier dans le ciel la nuit. Dans ce cas-là, quand elle est en entier, elle attire encore plus les grosses vagues et ça donne les grandes marées.

— Ah ?

Justine réfléchit, les sourcils froncés. Assise sur le banc, elle balance ses jambes avec impatience. Yann l'observe en souriant. Il est fasciné par la petite. Elle est vive, curieuse, intelligente. Elle va encore le démontrer. Ses yeux ardents de danseuse de flamenco plongés dans l'azur, elle questionne :

— Pourquoi le Soleil il est rond, et la Lune aussi ?

Elle a quitté les rives du ciel, elle contemple maintenant tonton Yann avec, remarque celui-ci, surpris et flatté, une évidente tendresse. Rester simple. Surtout, rester simple !

— Parce que c'est comme ça. Tout est rond autour de nous.

— C'est pas vrai ! Le banc il est pas rond, les arbres non plus, et les maisons ! Et toi non plus, t'es gros, fort, mais t'es pas rond !

Yann éclate de rire.

— Evidemment, je veux dire dans l'espace, dans l'univers.

Puis, très vite, il ajoute :

— Enfin, je veux dire l'air autour de nous. Tout ce qui est dans l'air, dans le ciel.

Car il sait que, insatiable de connaissances et casse-pieds, elle va lui demander : « C'est quoi l'espace ? C'est quoi l'univers ? »

Elle ne le questionne pas sur l'univers. Elle fait pire. Elle désigne une mouette dérivant au-dessus d'eux.

— Et les oiseaux, ils sont dans l'air ?

— Oui.

— Ils sont pas ronds ?

Cruauté de l'enfance ! Va-t-elle le persécuter encore longtemps ?

— C'est vrai, renchérit Raphaël qui, dépassé par les explications de tonton Yann, avait cessé d'écouter la conversation depuis un moment. Les oiseaux, ils sont pas ronds !

— Oui, mais c'est parce qu'ils vivent surtout sur la Terre. Ils volent pour chasser, pour guetter et attraper leurs proies, enfin je veux dire pour trouver quelque chose à manger.

— Ah ?

— En revanche, la Terre sur laquelle nous habitons est ronde, comme la Lune, le Soleil et les autres planètes.

— La Terre est ronde ?

Justine réfléchit avec intensité, tandis que Raphaël contemple tonton Yann d'un air consterné.

— Ronde comme une balle ?

— Exactement.

Raphaël hausse les épaules.

— Impossible.

— Pourquoi ?

— Parce que sur une balle, on peut pas tenir debout, on tombe. Et puis une balle, ça roule !

Yann tend un doigt vers la ligne d'horizon au-dessus de l'océan.

— Ça dépend de la grandeur de la balle. Tenez, regardez là-bas. Quand le ciel et la mer se touchent, ça forme une ligne, un trait si vous préférez. Qu'est-ce que vous remarquez ?

— J'comprends rien à ce que tu dis, répond Raphaël.

— Je sais pas, avoue Justine, dépitée.

— Ce trait n'est pas plat. Il est légèrement arrondi. Et si on continue à l'arrondir, ça donne ça...

Il se penche en avant pour dessiner une courbe dans le sable avec son index pour mieux se faire comprendre. Puis un cercle.

— La Terre est très grande, immense, il faudrait toute une vie pour la parcourir à pied, mais elle est ronde. D'ailleurs vous avez vu à la maison, dans mon bureau, une boule posée sur un pied qu'on peut faire tourner avec les mains ?

— Oui, confirme Raphaël, les yeux brillants.

— C'est un globe terrestre, la Terre si vous voulez, pas la vraie, une petite qui ressemble à la grande.

— Ah ! admet le gamin qui ne comprend plus rien.

Justine a cessé de balancer ses jambes. Le front penché en avant, elle regarde la pointe de ses espadrilles traçant des courbes dans le sable du chemin.

— La Terre peut pas être ronde, c'est impossible.

— Pourquoi ?

— Parce que ceux qui habitent de l'autre côté de nous, ils auraient la tête en bas !

— Oui, mais il y a la gravitation universelle. C'est elle qui nous permet de garder les pieds sur le sol. C'est comme un aimant.

— Encore un aimant, s'agace Justine en se levant, tu dis toujours la même chose !

Elle hausse les épaules. Une Terre ronde, c'est idiot. La Terre est plate, voilà tout. Ça ne peut pas être autrement. Elle contemple un moment Yann avec un drôle de sourire au coin des lèvres. Elle est déçue. Décidément, tonton Yann, il ne sait pas tout. Le jars et Pétronille, l'œuf ou le ventre, la Terre ronde en plus ! Elle se met à sauter sur place, décolle le plus haut possible, retombe sur le sol, rassurée. La Terre est bien plate, et on pourra toujours essayer de lui prouver le contraire !

Yann s'est levé à son tour.

— Tu es encore un peu petite pour comprendre. Je t'expliquerai plus tard. Allez, venez, on va se promener.

C'est ça, cause toujours, mon bonhomme, ricane intérieurement la fillette en saisissant une des grandes mains du colosse. Raphaël a glissé la sienne dans l'autre et ils cheminent à pas lents, se pénétrant de la splendeur de l'instant.

Chassés des récifs et des criques par la fureur des vagues, des dizaines de mouettes et de cormorans dérivent dans le ciel au-dessus d'eux.

— C'est quand que la mer va descendre pour qu'on puisse aller jouer sur le sable ? s'impatiente Raphaël.

— Quand on aura mangé, répond Yann. On ira à la plage du Nau, et demain on reviendra par ici à marée descendante. Je vais vous acheter des épuisettes et vous pourrez pêcher plein de choses.

— Pas des choses : des poissons, des coquillages et des crabes, précise Raphaël d'un ton sentencieux.

— C'est ça, acquiesce Yann en pressant avec précaution la minuscule main dans la sienne avant de s'écrier : Ah, voilà Lise ! On va la rejoindre. Le dernier arrivé aura droit à l'apéritif ou à un jus d'orange !

Lors, une folle course au ralenti débute, nul ne voulant gagner, sous le regard bienveillant d'Héloïse qui se demande si les provisions qu'elle a rangées dans le coffre de la voiture ne seront pas décomposées par la chaleur avant qu'ils parviennent jusqu'à elle.

Deux semaines durant, ils ont vécu au rythme des marées, du soleil, d'un vent léger, chaud le jour, tiède la nuit. Ils ont attrapé quelques crabes qui filaient sous leurs pas, quelques crevettes bien solitaires, de minuscules poissons coincés dans des mares, ils ont ramassé des moules pour les manger, construit des châteaux de sable, commencé à apprendre à nager avec Yann ; ils ont découvert d'autres sites, d'autres villes. Ils ont flâné dans les vieilles rues de Guérande, admiré les remparts des XIVe et XVe siècles, flanqués de leurs six tours, visité la collégiale Saint-Aubin et le Musée de la Poupée regroupant des centaines de poupées de porcelaine ou de bois, ils se sont extasiés devant l'univers sous-marin de l'Océarium du Croisic. Pour la première fois de leur existence, ils sont allés au cinéma, à La Baule. Subjugués, sur un écran immense, autre chose que celui de la télé, ils ont fait connaissance avec les héros du moment. Ils ont ainsi multiplié les rencontres, et tous deux ont eu le sentiment que le monde devenait grand, grand, grand comme ça !

« Grand comme ça ! » C'est ce que clame Raphaël en écartant les bras le plus largement possible afin d'évoquer la démesure. Alors ses yeux brillent, dénoncent son enthousiasme. Lorsqu'il mime de la sorte ses émotions, Justine le regarde avec une affection suffisante. Elle aime bien son frère, elle le défendrait bec et ongles si quelqu'un s'aventurait à l'enquiquiner, mais il est encore tellement petit ! En vérité, c'est toujours un gros bébé !

Elle rit. Elle est heureuse. Tata Lise et tonton Yann sont vraiment gentils. Lise, elle est géniale, attentive à tout. Belle, si belle avec ses petites mèches, noires comme l'ébène, qui picorent son front. Elle ne vieillira jamais ! Yann, c'est autre chose. Trop costaud, trop plein d'os, de menton, de muscles, de nez, de dents. On dirait qu'il sort d'un dessin animé destiné à faire peur aux enfants. Mais on oublie vite. Il chahute, il fait toujours le fou. Il est si gai, si drôle. Il jette Justine et Raphaël en l'air, les rattrape, leur apprend mille choses : il ne raconte pas que des bêtises quand même ! Il joue au ballon aussi bien avec ses grands pieds qu'avec ses mains. Il balance aussi sa Lise en l'air et la récupère comme si c'était une plume. Quand il fait ça, les yeux de Raphaël se métamorphosent en soucoupes. Pour le gamin, tonton Yann est sans aucun doute l'homme le plus costaud du monde ! Et peut-être le plus gentil, pense Justine, qui n'a plus du tout peur de lui. Le regard de la fillette s'emplit d'ombre quand elle fait un parallèle avec son père. Car il est toujours là son papa chéri d'amour, au creux de son angoisse. Il la persécute chaque nuit. Il ricane. Il se déshabille. Il s'approche d'elle. Il tend ses bras velus. Il revient la hanter car elle sait qu'ils vont repartir bientôt en Normandie. Qu'elle va retourner passer le week-end dans le grand immeuble gris. Alors elle crie, moins fort qu'avant cependant, mais crie quand même, et à nouveau elle souille ses draps.

Lise est près d'elle, caresse son front, essuie ses larmes, la console : « Dors, mon petit cœur, dors. Je suis là. N'aie pas peur, il ne peut rien t'arriver... »

Ils sont repartis. L'appartement a été rangé avec soin, on a coupé l'électricité, l'eau, le gaz, on a vidangé le réfrigérateur et laissé sa porte entrouverte pour éviter les moisissures. Tata Lise a fermé les portes à clé et on est montés dans l'Espace.

Yann a démarré. Deux cents mètres plus loin, il a stoppé le moteur.

« Qu'est-ce que tu fabriques ? s'est étonnée Héloïse.

— Je vais dire au revoir à l'océan ! »

Il a sauté de la voiture. Tous l'ont suivi en courant dans une des venelles ouvrant sur la plage du Nau.

Yann a poussé un cri de soulagement. Il a désigné la mer retirée à marée basse. Il a dit : « Ouf ! Elle est toujours là, j'ai cru qu'elle s'était enfuie ! »

Puis il s'est agenouillé sur la plage pour l'embrasser. Ils l'ont imité, se sont relevés, les lèvres barbouillées de sable et de rires. Raphaël a tapé dans ses mains. Ses yeux exultaient de bonheur.

« Il est fou, tonton Yann !

— Et encore, tu ne sais pas tout ! » a insinué Héloïse d'un air mystérieux.

Ils sont remontés dans la voiture. Le silence s'est installé. Raphaël a pris son copain Nounours dans ses bras, il le caresse d'un geste lent à présent en pensant aux délicieux jours passés. « On reviendra, a dit tata Lise, cet appartement est à nous. » Le regard du gamin s'est voilé. « Qu'est-ce qu'on était bien ! »

Il revoit les courses sur la plage, dans les criques, l'écume des vagues, le varech, le goémon, le sable humide rebondissant sous leurs pieds. Il revoit les pêches miraculeuses, les crabes et les poissons que l'on emprisonne dans un seau à demi rempli d'eau avant de les rendre le soir à la mer.

Car les Le Meur ont appris aux enfants à respecter la vie. Jour après jour, ils leur ont expliqué l'immensité de la Terre et du ciel et l'incroyable chance que l'on a d'exister. Raphaël n'a pas tout compris. Cependant, il se sent tout petit. Il ignore encore que c'est parce que, peu à peu, l'univers entre en lui. Désormais, il déviera son pas quand il croisera un ver de terre ou une fourmi. Il ne les écrasera plus de son talon négligent.

16

Septembre 2002

L'école a repris. Justine est entrée en CE1, son frère en CP. Ils démarrent leur scolarité avec une relative modération. Ils ont la tête ailleurs. Après leur retour du Pouliguen, la réalité est vite venue leur rappeler les écueils du quotidien. Ou plutôt des week-ends chez papa et maman. Leurs yeux se sont à nouveau voilés de mélancolie pour Raphaël, de dureté pour Justine. Le père téléphone souvent pour prendre des nouvelles. De sa fille, exclusivement. Il utilise toujours le même ton mielleux, le même verbe alambiqué de celui qui cherche à séduire. Il n'a jamais répondu à l'invitation des Le Meur lui suggérant de découvrir le lieu où vivent ses enfants, et sans doute a-t-il enjoint à sa femme de ne plus aller au Lilas blanc, de crainte d'être contraint de l'accompagner, car elle n'y a plus remis les pieds depuis la sortie de prison de son mari.

Bref, Justine et Raphaël ne vont pas bien. A la récréation, on parle. Leurs camarades savent qu'ils habitent chez tata Lise et tonton Yann. Pas chez leurs parents. Pourquoi ? Parce que ! Parce que quoi ? Parce que ça te regarde pas ! Parce que c'est des bandits ? Ça se termine parfois par des coups de tête dans le tronc d'un arbre, dans un mur, des coups de griffe, un coup de poing ou de godillot dans la figure ou la jambe d'un qui la ramène un peu trop !

Les maîtresses interviennent, calment les esprits, punissent avec discernement, avertissent Héloïse à la sortie de l'école. Une sortie d'école où Héloïse et Maud Marie s'évitent soigneusement. Maud et la fameuse affaire du cabanon où elle avait enfermé Victor et sa sœur.

Dans la cour, les enfants échangent des confidences. Héloïse sait qu'à présent les petits mangent à table en même temps que les Marie. Cela ne résout évidemment pas tous les problèmes. Victor est en échec scolaire, et il est coutumier de menues fugues au moment des récréations. La dernière fois, on l'a retrouvé à quelques centaines de mètres de l'école, à Mouen, planqué derrière un Abribus.

Il n'est hélas pas le seul à apprécier les escapades. Wooly aussi. Il continue de filer pour conter fleurette aux chiennes des environs. Malheureusement, il a pris la poudre d'escampette une fois de trop. Il est passé sous une voiture alors qu'il rejoignait une congénère en chaleur. On a repéré une dépouille de chien blanc tacheté de noir, de corpulence moyenne, sur la route de Bretagne, à deux kilomètres de la propriété. Une tête broyée, méconnaissable. On en a déduit qu'il s'agissait de Wooly, puisque celui-ci n'est jamais revenu.

Yann a récupéré les restes de la pauvre bête, et on les a ensevelis avec pompe au fond de l'herbage. Raphaël pleurait. Justine n'a pas eu une larme. Pétronille et le jars sont venus jeter un œil curieux à la sépulture. A sa façon, Edmond a marqué son attachement à Wooly en remuant avec son bec la terre fraîchement retournée afin de vérifier qu'aucun ver n'était susceptible de déranger le repos de son défunt ami.

Durant le temps où l'on a creusé la tombe, puis accompli les funérailles, Igor avait été enfermé dans la maison. La cérémonie terminée, Yann est allé le libérer. Igor n'a pas hésité. Il s'est rué dans l'herbage, a reniflé avec frénésie la terre meuble en gémissant et en tournant sur lui-même. Quand il a voulu gratter le sol, son maître s'est interposé.

« Calme, a dit Yann d'une voix compatissante en s'agenouillant pour caresser la nuque et l'échine du chien. Ton copain est mort. Il ne reviendra plus. Laisse-le reposer en paix. »

Igor a cessé de gigoter, rivant ses yeux feuille morte sur le colosse. Il a contemplé ensuite la tombe sous lui avant de s'affaler dessus en poussant un long grognement rappelant le bruit d'une baudruche qui se dégonfle. Il a posé sa mâchoire sur ses pattes avant croisées devant lui, puis, patiemment, il a attendu le retour de Wooly.

Aujourd'hui, en cette fin de septembre, Héloïse a pris une importante décision. Elle s'est assise sur une chaise au mitan de la chambre de Séverine. Elle est seule. Les volets sont fermés. Les derniers de la maisonnée. Tous les autres, depuis longtemps déjà, ont renoué avec le cycle des saisons. Là, une simple lampe allumée qui se souvient.

Le regard d'Héloïse parcourt rêveusement la pièce. Pas une toile d'araignée, pas une once de poussière, pas un vol de moustique, de mouche, de papillon ; le couvre-lit bordé, poupées, bibelots, livres alignés avec soin. Il règne en ce lieu une méticuleuse sérénité. Trop méticuleuse. Obsédée par le désir d'offrir un sanctuaire inviolable à la mémoire de la disparue, Héloïse a tout raté. Lorsque Séverine entrait dans sa chambre, elle jetait son cartable, son manteau, son chapeau de paille, ses chaussettes, n'importe quoi, ce qu'elle portait ce jour-là, sur son lit, son bureau, n'importe où. Elle ouvrait grand la fenêtre l'été, mettait à fond sa chaîne stéréo puis dansait un quart d'heure au moins, le regard planté dans le miroir qui lui renvoyait son image, pour le plaisir de bouger, de voir joliment onduler son corps, de participer au festin de l'existence. Et elle riait, s'administrait une petite tape sur la figure : « T'as pas de bol, tu as les joues trop rondes, le cul trop plat ! Pas étonnant que les copains ne te regardent pas ! » Et elle riait plus encore parce qu'elle savait qu'elle mentait un peu ou beaucoup, selon le moment, selon l'humeur, selon qu'elle allait partir en vacances, sortir en boîte ou passer des « sacré nom de Dieu d'examens ! » qui ne serviraient jamais à rien.

Tout était chambardement, insouciance, avec

toutefois, en filigrane, le souci permanent des choses essentielles bien faites.

Héloïse gigote sur sa chaise. Elle a pris une grande décision. En regardant le manège d'Edmond piétinant sans complexes la tombe de Wooly, elle a eu la révélation. On ne peut pas enfermer la vie. Et soudain, elle appelle :

— Justine, Raphaël !

Une galopade, une bousculade au bas des escaliers, un cri, celui de Justine :

— Oui ?

— Montez !

Encore Justine :

— T'es où ?

— Dans la chambre de Séverine.

Une cavalcade dans les marches, au premier arrivé, dans le corridor de l'étage des pas qui hésitent, ralentissent devant la porte entrebâillée, d'ordinaire fermée à clé, des figures étonnées qui s'encadrent dans le chambranle.

— Entrez.

Ils obéissent, lentement, l'œil aux aguets, conscients qu'ils vivent un moment unique.

— Justine, va ouvrir les volets, s'il te plaît.

La petite se dirige vers la croisée, se retourne vers tata Héloïse pour s'assurer qu'elle ne commet pas une bévue.

— Vas-y, je t'en prie.

Elle obtempère. La lumière se rue dans la chambre, dessine un éblouissant carré sur le sol et le lit. Héloïse éteint la lampe de chevet, regarde autour d'elle.

Pourquoi ai-je attendu si longtemps ?

La pièce revit, retrouve son éclat. L'anxiété des gamins a disparu. Ils trottent partout, pivotent sur eux-mêmes, s'arrêtent, repartent, virevoltent à nouveau. Ils n'ont pas assez de leurs yeux pour découvrir tous les trésors entassés là. Justine évite les poupées du regard – elle hait les poupées ! – mais elle s'immobilise, fascinée, devant les rayonnages de bibelots et de livres.

— Je peux toucher ?

— Bien sûr !

Elle feuillette, palpe, effleure, compare. Raphaël en fait autant. Un aimable désordre s'installe bientôt sous la caresse d'un vent vif véhiculant avec lui les délicats effluves de l'automne.

Héloïse observe le manège des enfants. Elle est bien. Définitivement bien.

— Et Séverine, elle est dans la terre comme Wooly ? demande tout à coup Raphaël.

Héloïse tressaille, fixe le petit bonhomme agenouillé au-dessus d'un vieil album de Mickey qu'il a posé sur le sol pour en tourner les pages. Elle hésite avant de répondre. Comme Yann, elle est convaincue que le ciel est vide. Mais Raphaël a suffisamment de problèmes à résoudre sans qu'on en rajoute pour le perturber, d'autant que ses parents – sa mère surtout – tiennent à ce que, le moment venu, sa sœur et lui suivent une instruction religieuse et fassent leur communion solennelle.

Et elle souffle, d'une voix presque convaincante :

— Elle l'était, mais les êtres humains, je veux dire

les hommes, les femmes et les enfants, quand ils meurent, ils s'en vont dans le ciel rejoindre le bon Dieu.

— Ah, et tu crois qu'elle est arrivée ?

Héloïse dévisage Raphaël avec curiosité.

— Pourquoi me demandes-tu ça ?

Le gamin abandonne Mickey, s'accroupit sur ses talons, tend un doigt inquiet vers la fenêtre.

— Parce que, si elle est pas encore arrivée auprès du bon Dieu, elle va sûrement se perdre, regarde, il y a beaucoup trop de vent !

Héloïse sourit. Elle n'a rien à dire. Un monde incohérent cherche son équilibre. Au milieu, des tonnes de violence, d'angoisse, de questions sans réponse. Des tonnes de douceur.

Ce même soir, les enfants et Yann couchés, assise dans un fauteuil du salon, perdue dans ses pensées, Héloïse contemple les flammes léchant, languissantes, quelques bûches dans la cheminée. Seul le feu éclaire la pièce. Héloïse s'étire. Elle est bien. Elle a demandé à sa fille si elle avait eu raison de rouvrir les volets de sa chambre. Magie du bois brasillant dans l'âtre et des clairs-obscurs tapis dans les recoins, le portrait s'est animé. Une belle lumière a éclairé la figure de Séverine. Ses yeux ne quittaient plus sa mère.

— Merci, murmure Héloïse.

17

— Allô ?

— Madame Le Meur ?

— Elle-même.

— Arlette Mesnil, l'assistante sociale.

— Bonjour, madame, j'avais reconnu votre voix. Quel bon vent vous amène ?

Une toux rauque au bout du fil, très loin.

— Ce n'est pas vraiment un bon vent, le papa de Justine et Raphaël est décédé.

— Quoi ?

Héloïse a crié. Elle éprouve le besoin de s'asseoir. Elle emporte le mobile avec elle avant de s'effondrer dans le fauteuil du salon le plus proche.

— Comment est-ce arrivé ?

Un petit silence. Elle imagine madame Mesnil occupée à organiser ses pensées avant de répondre.

— Comment voulez-vous que ça arrive ? Vous connaissez ses antécédents : l'alcool, une conduite en état d'ivresse... Pour une fois, ce n'était pas lui qui tenait le volant mais un copain de beuverie, aussi saoul que lui et qui, comme lui, s'était vu retirer son permis. Ils ont traversé Caen à tombeau ouvert en brûlant tous les feux à deux heures du matin, après avoir épuisé la tournée des bars. La police les a pris en chasse. Une fausse manœuvre au niveau du cours Caffarelli, et ils ont atterri dans l'Orne. En décembre, ça ne pardonne pas. Hydrocution immédiate. Quand les secours ont réussi à les extraire de la voiture, ils étaient morts tous les deux.

— Ça s'est passé quand ?

— La nuit dernière.

Héloïse respire avec difficulté. Des milliers de questions qu'elle ne posera pas se bousculent sur ses lèvres. Elle pare au plus pressé :

— Pauvre madame Lemoine, comment a-t-elle encaissé la nouvelle ?

— Je suis allée la voir ce matin. Elle venait d'aller reconnaître le corps à l'hôpital. Elle pleurait, mais ça n'avait pas l'air de la bouleverser plus que ça. Je crois qu'elle s'en remettra.

— Et Justine et Raphaël ? Qu'est-ce que je dois faire ?

— Leur dire que leur père a été tué dans un accident de voiture, sans entrer dans les détails. Ils auront bien assez de peine sans qu'on en rajoute en noircissant le tableau.

— D'accord, mais ensuite ?

— Comment ça ?

— Ils resteront chez nous ?

Héloïse a posé cette question d'une voix mourante.

— Naturellement. Vous vous occupez très bien

d'eux. Madame Lemoine ne cesse de chanter vos louanges. De toute façon, elle n'a pas d'emploi stable et j'imagine mal comment elle pourrait reprendre ses enfants avec ce qui lui arrive en ce moment.

Héloïse respire mieux. Elle a honte d'avoir pensé à elle, mais elle est soulagée à l'idée que Justine et Raphaël ne lui seront pas retirés. Il lui fallait ce tragique accident pour réaliser combien elle tient à eux. Elle a le sentiment qu'ils sont sa chair, son sang. Qu'ils ont toujours vécu dans cette maison. Ils le lui rendent bien. Ils n'ont pas résolu tous leurs problèmes, loin de là, mais elle sait, elle sent qu'ils vont mieux, même s'il y a encore des creux parmi les pleins.

— Il faudrait peut-être que j'emmène les petits voir leur mère et leur père ?

— Leur mère, sûrement. Elle est complètement perdue. Elle patauge dans la paperasse, elle n'a pas un euro pour payer les funérailles de son mari. Elle sera heureuse d'avoir Raphaël et Justine auprès d'elle et vous pourrez peut-être lui apporter un peu de réconfort. Vous dire si elle est perdue, c'est elle qui m'a chargée de vous prévenir et de prévenir les enfants à sa place parce qu'elle ne s'en sentait pas la force.

— Et dois-je les emmener voir leur père ?

— Vous verrez avec madame Lemoine. Ils sont encore bien jeunes pour affronter aussi crûment la mort.

— Si madame Lemoine n'a pas un sou, qui va régler les frais d'enterrement ?

— Ne vous souciez pas de cela, le nécessaire sera

fait. Dans ce cas précis, le strict nécessaire, si la famille proche est insolvable. Il ne fait pas bon être pauvre, vous savez.

Héloïse marque un silence. Pauvre, quand on est mort, ce n'est pas important, ça l'est davantage quand on est vivant !

Elle laisse encore filer un soupir avant de répondre, jette un œil à sa montre : seize heures, le moment d'aller récupérer les gamins à la sortie de l'école.

— Je vous prie de m'excuser, madame Mesnil, mais je dois aller chercher les enfants. Je vais leur apprendre la triste nouvelle, ensuite je téléphonerai à madame Lemoine et dès demain nous irons la voir afin d'aviser avec elle de la marche à suivre.

— Entendu, madame Le Meur. De toute façon nous allons nous revoir très vite, ne serait-ce qu'au moment de la mise en terre.

— J'aurais préféré vous rencontrer en d'autres circonstances.

— Moi aussi. Pauvre madame Lemoine, pauvres gosses...

— Oh, oui ! Je les plains vraiment.

— Au revoir, madame Le Meur. Je compte sur vous.

— Ne craignez rien. Au revoir, madame Mesnil.

L'école : seize heures quinze. Héloïse gare l'Espace dans le parking voisin, se hâte vers la porte de la cour d'où sortent déjà les écoliers. Elle salue quelques mères au passage, arrive au moment où la classe de

Raphaël s'égaille comme une volée de moineaux sur le trottoir où Justine attend déjà.

— Bonjour, mes anges, ça a été aujourd'hui ?

— Bof ! commente sobrement Justine.

— Oui, dit Raphaël, les yeux brillants.

— Tu as l'air de bonne humeur, s'étonne Héloïse en prenant le gamin par la main. Que se passe-t-il ?

— Raphaël a une fiancée ! dénonce Justine avec une petite moue méprisante.

— C'est vrai ?

— Oui, avoue Raphaël avec gravité.

— Qui est-ce ?

Justine tend un doigt vers une fillette accompagnée par son père qui trotte à une dizaine de mètres devant eux.

— C'est Pauline. Elle est dans sa classe. Elle est plus grande que lui !

Héloïse oublie quelques secondes la terrible nouvelle qu'elle doit annoncer aux enfants, ébauche un sourire malgré la tristesse qui l'étreint. Elle observe le manège de Pauline qui se retourne tous les deux pas pour adresser des signes à Raphaël. Elle est en effet plus grande que lui, un peu plus âgée sans doute, adorable avec ses nattes blondes encadrant un visage poupin et tendre éclairé par de grands yeux bleus.

— Elle est mignonne, dit Héloïse, tu as bon goût.

Raphaël hausse les épaules.

— Je sais.

— Tu l'épouseras, plus tard ?

— Ben oui.

— Vous aurez des bébés ?

— Ben oui.

— Combien ?

— Trois.

— C'est précis, plaisante Héloïse, angoissée à l'idée de devoir apprendre bientôt la mort de monsieur Lemoine à ses enfants.

— Tiens, tu vois le garçon, là, avec sa mère ? questionne Justine.

— Oui ?

— Il s'appelle Kevin. Il est dans ma classe et ses parents divorcent.

— C'est quoi, divorcer ? s'informe Raphaël.

— C'est quand les parents se quittent, eh, patate ! explique Justine d'un ton suffisant.

Raphaël jette un œil épouvanté à Pauline qui s'engouffre dans la 307 bleue de son père. Une fois installée, la fillette se tourne vers lui, lui adresse un geste enjoué de la main. Il répond par le même geste, regarde la voiture s'éloigner avant de déclarer, tout en ouvrant la portière de l'Espace :

— J'espère que moi et Pauline on divorcera pas !

Un instant plus tard, la voiture se range devant la maison. Les enfants en descendent, précédant Héloïse qui les suit à pas lents. Ils se précipitent dans la cuisine, où Igor les attend. La table du goûter est déjà dressée : thé glacé, jus d'orange, yaourts, pain, beurre, confiture, une barre de chocolat au lait. Pas de bonbons. Une sucrerie par jour suffit largement. Prudente, Héloïse veille à lutter contre les facteurs d'obésité.

Leurs cartables jetés à la hâte sur une chaise, les

petits mangent avec une sorte de farouche recueillement. C'est alors qu'Héloïse se décide à leur annoncer la mort de Pierre Lemoine.

— Mes chéris, j'ai une mauvaise nouvelle...

Ils lèvent les yeux vers elle, pas plus anxieux que ça, attendent la suite, philosophes.

— Votre papa...

Cette fois ils tendent l'oreille, l'œil fixé sur Héloïse, surpris par le ton solennel et le mystère de la phrase laissée en suspens.

— Votre papa a eu un accident. Il est mort.

Ils se figent, la bouche entrouverte, la nourriture en panne. Ils ne mâchent plus, échangent un regard.

— Mort comme Wooly ? interroge finalement Raphaël.

— Non, pas écrasé, noyé. Il était avec un copain, la voiture a dérapé et elle est tombée dans la rivière, dans l'Orne. C'est un accident.

— Il est mort quand même ?

— Oui.

Raphaël imagine la terre sur son père, le jars qui la fouille en quête de protéines, toutes ces choses étranges et effrayantes, et brusquement il éclate en sanglots.

Héloïse vient vers lui, le prend dans ses bras, s'assoit avec lui sur une chaise, le berce, pose ses lèvres sur ses joues mouillées, dit :

— Mon petit cœur, mon petit cœur !

Raphaël s'abandonne à la caresse. Il ne sait pas vraiment pourquoi il pleure. Il n'aimait pas son père. Pierre Lemoine ne lui a jamais offert son affection. Il gardait tout pour Justine. Mais Raphaël n'aime pas cette terre dégueulasse qu'on jette sur les morts. Il se dit : Papa, il va être mal. Il va plus pouvoir respirer. Il sait aussi que c'est définitif, qu'il ne reviendra plus. Il n'est pas sot, Raphaël. Il pense également à sa mère, faible mais gentille, à tata Lise, à Yann, à sa sœur. Eux aussi, un jour ils iront dans la terre. Et lui. Et les autres, tous ceux qui bougent, qui sont vivants. Et ça lui est insupportable, tout à coup. Alors il sanglote de plus belle. Et il envoie balader d'un geste rageur le yaourt à la fraise posté sur la table devant lui avant d'enfouir son front contre les seins de tata Lise.

Près de lui, debout, les mains appuyées sur le dossier d'une chaise, Justine est immobile. Pas une larme. Son regard plonge par la fenêtre grande ouverte, contemple le hêtre pourpre dont les feuilles sont presque toutes tombées. Quelques moineaux, un pinson, un couple de mésanges, plusieurs tourterelles s'y disputent les branches. Justine les regarde sans les voir. Son père est mort. Son papa chéri d'amour a tiré sa révérence. Il ne la prendra plus sur ses genoux, il ne lui murmurera plus des mots qu'elle n'aurait jamais dû entendre, il ne violentera plus jamais ses entrailles. Il ne la menacera plus : sa mère ne sera pas mise en prison, Raphaël et elle n'iront pas dans un foyer parce qu'ils seront punis si elle parle. Elle n'a plus besoin de se taire, de garder son vilain secret pour elle. Pourtant, elle ne dira rien à personne. Il y a la honte.

Elle décolle les mains de sa chaise, s'écarte un peu. Héloïse tourne les yeux vers elle, enlace de ses doigts un de ses poignets.

— Ça va ?

— Ça va.

— Où vas-tu ?

Justine se dirige vers le corridor.

— Je vais me reposer.

— Tu es sûre que ça va ?

— Ça va.

Elle quitte la cuisine à pas mesurés, gagne sa chambre, s'assied sur son lit, les jambes croisées, ses avant-bras calés sur ses genoux, dans cette position qu'elle affectionne entre toutes. Elle reste ainsi sans bouger. Elle guette, à travers les voilages de la fenêtre, la fuite du jour. La pénombre s'étend peu à peu, d'autant qu'au-dehors le ciel s'engorge de gros nuages noirs. Toujours immobile, le visage impénétrable, Justine scrute le temps qui passe. Elle ne distingue presque plus rien. Pourtant il lui semble que la pièce est emplie de soleil.

Quand, inquiète de ne pas la voir redescendre, Héloïse se décide à monter la chercher, elle trouve la fillette repliée en chien de fusil, couchée au milieu du lit, ses mains blotties entre ses cuisses. Héloïse s'approche sur la pointe des pieds, s'arrête, surprise. Justine dort. Son front, sa figure sont lisses. Plus une ombre de dureté sur les traits hier encore noués par la peur.

Elle n'a pas dit un mot, pas marqué de chagrin. La voilà brutalement belle. D'une beauté rare. Apaisée. Une beauté de gitane. Une beauté d'ange.

Le silence d'un ange, pense Héloïse en quittant la pièce.

18

Jour froid de décembre. Une trentaine de personnes sont réunies autour du cercueil de Pierre Lemoine dans le cimetière desservant le quartier où il habitait. Sont présents quelques voisins, quelques cousins et oncles, le frère aîné du défunt – le cadet a refusé de venir car il a depuis longtemps renié son frère, poivrot et fainéant –, une sœur de Berthe, aussi monumentale qu'elle, quelques complices de cabarets reconnaissables à leur nez bourgeonnant et à leur teint écarlate. Sont également là Héloïse, Yann, les enfants et Arlette Mesnil, l'assistante sociale.

Tous affichent les mines affligées de circonstance. Berthe sanglote, accrochée au bras de sa sœur. Elle est la seule à pleurer vraiment. Il n'y a pas eu de funérailles religieuses, Pierre se vantant d'être un mécréant ne croyant ni en Dieu ni au diable. Il est donc enterré à une extrémité du cimetière, dans un cercueil premier prix.

Justine et Raphaël ont embrassé leur père une dernière fois avant qu'on ne cloue le couvercle au-dessus de lui. Ils l'ont découvert chaussé de souliers vernis, vêtu de sa plus belle veste, de son plus beau pantalon, d'une chemise soigneusement repassée et d'une cravate, lui qui, au quotidien, était plutôt débraillé. Berthe leur avait dit que la mort est une sorte de sommeil éternel pour le corps, le reste, l'âme, s'en allant vers le Ciel, le purgatoire ou l'enfer, selon qu'on a été bon, médiocre ou mauvais. Ils s'attendaient donc à trouver Pierre Lemoine pieds nus, en pyjama et couvert d'une couette bien chaude pour se préserver du froid de l'hiver.

Ils ont aussi été frappés de le voir rasé de près et peigné avec soin. Seule la peau, jaune, cireuse, les a impressionnés. Raphaël a remarqué que son père était en bien meilleur état que Wooly pour faire le grand voyage. Il a pleuré un peu en songeant au chien qui n'avait pas eu droit à une véritable sépulture.

Il doit avoir de la terre dans les yeux !

Berthe a pensé que ces larmes étaient destinées à son mari. Elle a pris l'assistance à témoin :

« Il a du sentiment », a-t-elle dit en serrant son fils contre elle.

En revanche, Justine n'a marqué aucune émotion. Elle a contemplé son père.

Il a les yeux fermés. Il fait mine de dormir. Il va sortir de la boîte, il va encore venir m'embêter ! Il est jaune, quand même !

Elle ne s'est sentie vraiment rassurée que lorsque le cercueil a été définitivement fermé.

A présent, ils sont massés devant le trou dans lequel sera inhumé Pierre. Son frère extirpe d'une poche de son manteau une feuille pliée en quatre. Il l'ouvre avec précaution avant de la lire à l'assistance. Il ne va pas laisser le mort partir sans prononcer un éloge funèbre. Il n'a pas vu son frère depuis vingt ans. L'éloignement. Il habite à Saint-Etienne. Il n'a pas amené sa femme avec lui. Pourquoi serait-elle venue se fourvoyer en Normandie ? « Oh, là, là, ton frangin je l'ai vu une seule fois à notre mariage, et il était rond comme une queue de pelle ! La honte de ma vie ! En fait, je ne le connais pas ! »

Il débite son texte donc, d'une voix monocorde, habille par diplomatie Pierre de toutes les vertus tandis que les autres autour de lui, qui fréquentaient le disparu depuis longtemps et ne lui prêtaient pas de grandes qualités, se pèlent de froid en piétinant sur place pour se réchauffer en attendant qu'il en ait terminé.

Succède ensuite le défilé devant le cercueil qu'on a descendu dans la fosse. Chacun adresse au disparu un geste ou un signe de croix avant de jeter une fleur sur le couvercle.

Raphaël a exécuté cette petite cérémonie comme un grand. Il a dit « Au revoir, Pierre » au lieu de « Au revoir, papa », et il a lancé sa fleur comme les autres, puis il a jeté un coup d'œil à sa mère et à Héloïse afin de s'assurer qu'il n'avait pas commis d'erreur.

Arrive le tour de Justine. Elle s'immobilise devant la tombe, une rose à la main. Elle est toute pâle, à la limite de la défaillance. Elle chancelle légèrement, se reprend, lance la fleur d'un geste précis et murmure, d'une voix dans laquelle le soulagement se mêle au défi :

— Au revoir, mon papa chéri d'amour que j'aime tant !

Puis elle éclate en sanglots.

Berthe Lemoine s'est précipitée vers sa fille. Elle la serre contre elle, se tourne vers l'assistance et, comme pour Raphaël tout à l'heure, elle dit :

— Je le savais. Elle cache ses sentiments, mais elle a du cœur, ma petite !

Justine conserve un moment la figure plaquée contre la poitrine de sa mère. Elle est apaisée. Cette fois, son père est bien parti. Il ne viendra plus jamais la persécuter.

Une pluie fine et glacée s'est mise à tomber, ruisselle sur les parapluies et les chapeaux, une de ces pluies qui durent des siècles et vous donnent des envies de meurtre. Tous se hâtent vers la sortie du cimetière. Il est temps d'accueillir la famille, celle qui habite loin. Il n'y a pas de place dans le deux-pièces de Berthe.

La veille, Héloïse et Yann ont proposé à madame Lemoine de la recevoir chez eux, autour d'un verre de vin chaud, d'une bolée de cidre, d'une soupe à l'oignon et d'un buffet froid. Ensuite, le frère du défunt dormira au Lilas blanc, la sœur de Berthe chez elle.

Arlette Mesnil observe tout ce petit monde. Poussée par une naturelle empathie, le désir de partager les problèmes et les souffrances des autres, elle a choisi de devenir assistante sociale. Intelligente, intuitive, elle aurait pu briguer une plus glorieuse situation. Ses modèles sont l'abbé Pierre et mère

Teresa ; catholique fervente, elle lutte pour secourir les faibles, les sortir de l'ornière où ils s'enlisent, offre son énergie aux Restos du cœur, combat les égoïsmes lorsqu'elle les croise, s'efforce chaque jour de rappeler à chacun que l'autre existe, a le droit de survivre, mieux : de vivre.

Pour l'heure, elle contemple monsieur et madame Le Meur, toute cette humanité spontanée qui foisonne en eux, et elle se dit que Justine et Raphaël ont bien de la chance de les avoir rencontrés.

Les gens sont montés dans les voitures. L'Espace ouvre le chemin, Arlette Mesnil, qui connaît la maison des Le Meur, ferme le convoi afin d'éviter que certains perdent le contact à un carrefour ou un feu rouge. Berthe l'accompagne. Elle est perdue, Berthe. Elle est comme une enfant. Elle rêve d'être une adulte mais elle n'y parvient pas. Il lui faut un tuteur en permanence. Pierre est mort. Ce n'était pas un tuteur. Un bâton, enfin si, au lit, et encore ! Bref, Pierre, c'était rien. Juste une rencontre malheureuse, de gros rires gras, une habitude qui avait élu domicile chez elle et qu'elle avait fini par épouser dans un moment de distraction. Il n'y avait rien à en tirer. Le travail l'épouvantait. Seul l'alcool avait droit de cité à ses yeux. Il l'a entraînée dans son vice. Soyons honnête, elle avait de sérieuses prédispositions. A la fin elle le supplantait, le dominait dans tous leurs affrontements éthyliques. « Il m'a détruite ! » C'est ce qu'elle raconte à Arlette Mesnil en ce moment. Avec une syntaxe approximative, des mots à elle. Des mots simples, directs, violents, trempés dans l'acide du malheur.

Tout en surveillant le ballet des voitures qui se suivent, Arlette Mesnil écoute avec attention. Il n'y a pas vraiment de dialogue. Berthe parle, ne s'arrête plus, perce les nombreux furoncles de son existence. Elle voudrait être une bonne mère. Elle voudrait reprendre ses enfants chez elle, avoir la force de les élever. En même temps, elle loue les mérites des Le Meur, éclate brusquement en sanglots parce qu'elle ne leur arrive pas à la cheville.

Arlette est assistante sociale. Elle profite d'un feu rouge pour se tourner vers sa voisine.

— Madame Lemoine, Raphaël et Justine sont à vous. Ils vous aiment. Mais il faut aussi que vous leur prouviez que vous les aimez. D'une façon claire, concrète.

Berthe entrelace ses doigts boudinés, renifle un grand coup.

— Oui, mais comment ? D'abord, ils savent bien que je les aime !

— Peut-être, mais pas assez. Il faut cesser définitivement de boire. C'est possible : votre mari – paix à son âme – n'est plus là pour vous entraîner.

Le front buté, l'œil fiché dans le cul de la voiture qui les précède, Berthe secoue la tête avec vigueur.

— C'est impossible ! Je n'y arriverai pas, je n'ai pas assez de volonté !

Le feu est passé au vert, le convoi s'ébranle à nouveau.

— Il y a une solution : suivre une cure de désintoxication, une vraie, et ensuite trouver du travail.

Berthe hausse les épaules avec gravité.

— Lequel ? Je ne sais rien faire, je sais à peine lire et écrire. Pourquoi vous croyez que je fais des extras dans un bar pourri ?

— Il n'y a pas que les bars. Vous pourriez devenir technicienne de surface dans des bureaux ou chez des particuliers.

— Technicienne de surface ? Qu'est-ce que c'est ?

— C'est une femme de ménage.

— Une bonniche, quoi !

— Si vous voulez.

— Ça gagne quoi, une bonniche ? Le Smic ? Je ne suis pas futée, mais je sais compter. Quand j'aurai payé mon loyer, mes charges, je sais bien qu'il ne me restera pas grand-chose pour nous nourrir et nous habiller tous les trois.

— Il y a les aides sociales, et puis vous avez envie de reprendre vos enfants, oui ou non ?

— Oui. En même temps... ils sont bien chez monsieur et madame Le Meur.

— Ecoutez, nous arrivons. Nous reparlerons de tout cela à tête reposée. Je vais prévenir ma collègue qui s'occupe de votre dossier. Elle viendra vous voir très vite. Vous aviserez avec elle. Mais de toute façon, il n'y a pas de salut sans une cure de désintoxication préalable. Vous me promettez d'en faire une ?

Entre-temps, Arlette Mesnil a garé sa voiture dans la cour du Lilas blanc. Elle observe son interlocutrice. Celle-ci ne répond pas tout de suite. Elle est occupée à regarder ses petits descendre de l'Espace. Ils pivotent vers leur mère pour s'assurer qu'elle est bien là, lui expédient un sourire triste de circonstance. Raphaël y ajoute un baiser avec sa main.

Berthe se sent fondre. Elle aurait aimé qu'ils montent dans la même voiture qu'elle, mais c'était impossible en raison des sièges enfants fixés dans l'Espace. Elle ouvre sa portière, engage une jambe à l'extérieur, jette un œil à sa voisine avant de sortir.

— Vous avez raison, je vais faire comme vous dites. Je vais faire une cure. Après, on verra.

Elles sont dehors, à présent. Elles suivent à petits pas la file des invités qui se dirigent vers la maison. Berthe n'a pas assez de ses yeux pour admirer ce qui l'entoure. Ce U gigantesque de pierre remarquablement entretenu, toute cette nature autour l'émerveillent et la ramènent à la réalité.

— Vous avez vu comme c'est beau, comme mes enfants sont bien ici ?

— C'est vrai, mais ils n'ont pas leur mère.

Madame Lemoine conserve le silence. Elle ne sait pas quoi dire. Elle ignorait qu'elle pouvait avoir une quelconque importance, et voilà qu'on lui laisse entendre que ses petits l'aiment au point de souhaiter vivre avec elle dans un trou sordide.

Elle regarde Arlette Mesnil. Elle lui adresse un timide sourire. Si elle osait, elle l'embrasserait. Elle lui offre une raison de vivre. Justine et Raphaël ont tourné les talons. Ils se dirigent vers leur mère. Arrivés près d'elle, chacun d'un côté ils l'enlacent et posent une joue sur sa hanche.

Berthe marche à pas lents. Elle ne sait plus où elle est. Elle a le sentiment que son gros corps enfle, enfle démesurément, et qu'en ce jour de deuil elle va exploser de bonheur.

19

Janvier 2003

Noël est passé. Un Noël sans père pour Justine et Raphaël. Un Noël chez les Le Meur, qui ont eu la gentillesse d'inviter Berthe. Un Noël gai, contre toute attente, où personne n'a évoqué le disparu.

Isa était là, seule. Non pas qu'Antoine ait été retenu ailleurs. Simplement parce que Isa et lui, c'est fini. « La lassitude du couple », a insinué la jeune fille d'une voix qui en disait long sur son expérience de la vie. Héloïse et Yann n'ont pu s'empêcher de pouffer de rire. Sacrée Isa !

Une Isa qui poursuit de brillantes études de droit et envisage de devenir avocate. Une Isa qui adore Justine et Raphaël. Elle les considère comme sa sœur et son frère. Elle joue souvent avec eux dans leur chambre. Elle est tour à tour mécanicienne, pilote d'avion, princesse enfermée dans un château fort, héroïne aux superpouvoirs, louve ou oiseau. Elle participe aux jeux de société : petits chevaux, dames,

Uno ; elle s'arrange pour perdre sans que cela se remarque.

Lorsqu'elle vient passer quelques jours au Lilas blanc, c'est elle qui raconte une histoire à Raphaël, car Justine lit toute seule à présent. Elle s'en fait un plaisir et un devoir. Quelquefois ils se réunissent tous les trois dans la chambre de Raphaël. C'est Justine alors qui déchiffre sans ânonner histoires fantastiques et légendes à son frère, dont la lecture s'achève en général par une minute de chahut avant un retour au calme salutaire précédant le sommeil.

Isa étant lève-tôt, c'est elle qui, durant les vacances, sort les enfants d'un sommeil profond. C'est donc elle qui, un matin, deux jours après les funérailles de Pierre Lemoine, a triomphalement déboulé dans la cuisine où ses parents s'éveillaient devant un café fumant en s'écriant :

« J'ai une grande nouvelle à vous annoncer !

— Laquelle ?

— Cette nuit, Justine n'a pas fait pipi au lit ! »

Héloïse a écarquillé ses yeux d'asiate.

« C'est vrai ?

— Puisque je vous le dis ! »

Ils se sont précipités dans la chambre de la fillette pour constater le miracle.

C'était vrai, en effet. Ça allait l'être toutes les nuits suivantes. Héloïse et Yann se sont concertés. Leur hypothèse d'un père incestueux se confirmait. Il était mort à présent. Justine ne le craignait plus. Inutile de faire des vagues auprès des services sociaux qui avaient refusé de les entendre, l'essentiel étant que la petite ait enfin retrouvé un équilibre.

Et la vie continue. Chaque matin ou presque, côté jardin, là où les animaux et encore moins les volatiles ne sont jamais conviés, Héloïse jette des graines de chardon, des pépins de poire ou de pomme qu'elle a collectés au fil des jours, ainsi que des graines qu'elle a achetées dans le commerce. Elle explique ensuite aux enfants tapis derrière une fenêtre les mœurs des oiseaux qui accourent pour les dévorer. Il y a là les gracieuses tourterelles, quelques pigeons ramiers, un couple de timides mésanges, une dizaine de pinsons et un rouge-gorge, cabotin en diable, qui joue des épaules et des ailes, frémit d'orgueil, estimant sans doute qu'en dépit de sa modeste corpulence il est le plus hardi et le plus beau des hôtes de ce banquet !

Tout ce petit monde s'agite, frétille, froufroute, gazouille, pépie, se dispute les graines, s'engueule, sautille, s'éloigne d'un envol bref jusqu'au saule tout proche avant de revenir aussitôt participer au festin.

L'école finie, le goûter avalé, flanqués d'Igor qui ne les quitte pas d'une semelle, Raphaël et Justine exécutent régulièrement le tour du propriétaire. Les hivers étant doux en Normandie, les bêtes passent la plupart de leur temps dehors, ne rentrant que le soir. Ainsi, sans surprise, ils retrouvent le jars ombrageux et l'ânesse fataliste, le bouc et le bélier qui se chamaillent et s'affrontent beaucoup moins qu'en été. En vérité, chacun, moutons et chèvres compris, semble vivre au ralenti, à l'image des arbres, dépouillés de leurs feuilles et de leurs fruits.

Quand les enfants longent la sépulture de Wooly, Igor s'y attarde. Il se couche un instant sur la terre grasse où l'herbe a repoussé et il reste immobile, son beau regard feuille morte chargé de mélancolie.

Justine et Raphaël se tiennent quelquefois par la main. Comme ça, pour se rappeler qu'ils sont ensemble. Qu'ils sont bien. Qu'ils sont heureux. Ils ne parlent jamais de leur père. Ils l'ont rayé de leur mémoire. C'était un cauchemar. Vrout, il s'est envolé !

Pas tout à fait, quand même. Il arrive encore à Justine de se réveiller en sursaut. Néanmoins, les hurlements se sont transformés en cris légers. Elle entrouvre un œil dans l'obscurité, vérifie qu'elle se trouve dans un lieu protégé, roule en boule son oreiller sous sa nuque puis se rendort presque aussitôt, rassurée.

Madame Lemoine vient les voir régulièrement le mercredi matin, ils se rendent chez elle le dimanche car elle travaille dans son bar le samedi. Ils savent que tout cela va changer. Leur mère leur a expliqué. Elle a eu une série d'entretiens avec des responsables des Affaires sociales. Elle est très motivée. Elle va subir une cure de désintoxication, ensuite elle cherchera un travail, un vrai, un qui permettra à Justine et Raphaël de revenir vivre chez elle. Et puis, si tout va bien, ils quitteront ce foutu appartement, ce foutu boucan qui règne dans l'immeuble, le quartier, tous ces voisins qui se chamaillent ou s'ignorent, poussent leurs radios, leurs chaînes, leurs télévisions à fond.

Raphaël et Justine discutent ensemble, quelquefois, à voix basse, de cette éventualité.

— Tu crois qu'elle va le faire ? questionne souvent Raphaël.

— Sûrement.

— Tu crois qu'elle va réussir ?

— Peut-être que oui, peut-être que non.

— Oui ou non ?

— J'en sais rien. Maman, elle est faible.

— Ah, ça c'est vrai !

Ils haussent les épaules en chœur.

— Oui, elle est faible. Pourtant elle nous aime.

— Ça, on peut pas dire le contraire.

— Mais si elle se met à boire de l'eau et qu'elle trouve un travail, on n'habitera plus ici ?

— Ben non.

— Et on verra plus tata Lise et tonton Yann ?

— Si, quand même.

— Quand même comment ?

— De temps en temps.

— C'est plus pareil.

— Ben non.

— Alors on va bientôt partir ?

— Pas tout de suite. Une cure de je sais pas quoi pour l'alcool, c'est long, et après y faut trouver du travail.

— Ah !

Raphaël respire. La décision, c'est dans longtemps.

— J'ai eu peur, dit-il.

— Pourquoi t'as peur ? Y a pas de raison d'avoir peur. Papa, il est plus là pour nous embêter ou crier ou...

Elle se tait. Elle crispe les poings dans ses poches. Elle mord ses lèvres, fronce les sourcils, se souvient des douleurs fulgurantes, de l'ignoble extase du père. Elle répète pour oublier :

— Pourquoi t'as peur ?

— Parce que je suis bien ici. Chez maman y a pas de place, pas de jardin, y a rien du tout !

— Oui, mais y a maman !

Raphaël hausse une nouvelle fois les épaules.

— Quand on est chez elle, elle s'occupe pas de nous. Elle fait juste à manger. Elle nous dit : « Ça va, mes petits cocos ? » Et puis elle ronfle dans son fauteuil, où elle boit son pastis ou son whisky.

— C'est vrai, admet Justine, mais si elle guérit, elle boira plus, et elle s'occupera plus de nous.

— Quand même, riposte invariablement Raphaël, moi j'aime mieux habiter ici et voir maman de temps en temps, même si elle est guérie !

La conversation s'arrête généralement là, chacun campant sur ses positions. Ce que Raphaël ne dit pas, c'est qu'il est toujours amoureux de Pauline, de ses nattes blondes, du bleu de ses yeux. Lorsqu'ils se promènent avec la classe, il lui prend la main. Il ne viendrait pas à l'esprit du gamin de tenir une autre main que la sienne. En vérité, ils sont toujours ensemble. Ils partagent le même pupitre en classe, se jettent des regards énamourés qui font sourire la maîtresse.

Un jour, pendant la récréation, dissimulés derrière un arbre de la cour, ils ont échangé un baiser léger, lèvres closes. Un baiser de grands, comme à la télé, pour sceller leur union. Désormais Raphaël sait qu'il épousera Pauline. Qu'ils ne se disputeront pas. Qu'ils auront des enfants. Trois. Comme il l'a déjà dit. Et qu'ils ne divorceront jamais.

Cela tourmente Raphaël. Comment feront-ils pour continuer à se fréquenter si Berthe l'enlève dans sa tanière ?

Comme l'avait prédit Justine, les mois se sont écoulés sans événement notable. Du moins en apparence. Berthe a subi une cure de désintoxication. De retour chez elle, suivie par un psychologue, soucieuse de s'en sortir, elle a résisté à ses démons. Les services sociaux lui ont déniché un autre appartement un peu plus grand, dans un quartier tranquille, et surtout ils l'ont aidée à trouver un travail à mi-temps. Elle s'occupe du ménage des locaux de l'hôtel de ville et complète son salaire en assurant une dizaine d'heures supplémentaires chez des particuliers.

Entre-temps, l'année scolaire s'est écoulée, et en juillet Raphaël, Justine et les Le Meur sont partis trois semaines en vacances au Pouliguen. Trois semaines sous une canicule si incroyable que tous ont vécu immergés dans l'eau. A leur retour, il faisait toujours aussi chaud. Dans l'herbage, les bêtes semblaient terrassées par la chaleur. Toutes cherchaient une ombre tiède. Seul le bouc s'activait encore en quête de pissenlits, de feuilles et de pommes. Pour atteindre ces dernières, dont il est friand, il posait ses pattes avant sur le grillage circulaire protégeant l'écorce des arbres de la gourmandise des chèvres puis il s'emparait, sur les branches les plus basses, des délicieux fruits encore verts. Parfois, au grand dam du jars irrité mais prudent, il prenait appui sur les flancs de Pétronille, venue sous les frondaisons s'abriter des morsures du soleil, afin de mieux dérober l'objet de ses convoitises.

Aujourd'hui, même le bouc a rendu les armes. Héloïse et Yann ont pourtant prévu une promenade à vélo dans la soirée, à la fraîche. En attendant, tous sont allongés sur des Relax ou dans l'herbe sous le hêtre pourpre. Isa parade en maillot de bain deux pièces, bronzée, épanouie, splendide. Elle s'envolera dans quelques jours pour le Sénégal. Elle est invitée chez un copain, « un black, un prince de là-bas », précise-t-elle. Héloïse l'a mise en garde : « Attention, il a peut-être déjà plusieurs femmes. » Isa a riposté par un éclat de rire.

« Maman, je ne suis pas une gamine ! Je sais ce que je fais. Un copain, c'est juste un copain ! »

Comme les autres, pense Héloïse, comme les autres ! Après tout, il faut bien que jeunesse se passe. Et puis un petit métis, s'il était aussi séduisant que le chanteur et ex-joueur de tennis Noah, ce serait génial !

Pour l'heure, Héloïse a d'autres soucis. Berthe a subi avec succès sa cure de désintoxication, changé d'appartement, trouvé un boulot stable. Il est prévu qu'à la rentrée scolaire Justine et Raphaël repartiront vivre chez leur mère à Caen. Entre-temps, durant tout le mois d'août, dès le vendredi seize heures, ils iront dormir le week-end chez elle afin de s'habituer progressivement à leur nouvelle vie. Par la même occasion, afin de ne pas perturber les enfants par un emménagement trop brutal, ils apporteront des affaires chez leur mère lors de chaque séjour.

Ainsi en a décidé la Mission de la protection de l'enfance. Héloïse n'a pas son mot à dire. Les textes régulant les devoirs et les limites des familles d'accueil sont précis. Les enfants appartiennent à leurs parents. Ceux-ci peuvent les reprendre à tout instant, dès lors qu'ils ont recouvré un métier, une vie régulière et une santé mentale suffisante.

Apparemment, tel est le cas de Berthe Lemoine. Héloïse s'en félicite. C'était le but de l'opération. En même temps, elle souffre. Les petits vont repartir, quitter cette maison où ils commençaient à épeler le mot « bonheur ». Elle n'est pas la seule à souffrir. Yann a aussi sa tête des mauvais jours. Il flâne souvent dans l'herbage avec Justine et Raphaël. Il leur explique les mœurs des fourmis, des abeilles, la naissance de la pluie, des nuages, les méfaits des pesticides, la tonte des moutons. Ils le croient. Ils croient tout ce qu'il dit depuis qu'il les a convaincus, grâce au globe terrestre trônant dans son bureau, que la Terre était ronde. Il leur a indiqué l'Europe, la France puis la Normandie avec la pointe d'un compas. Il leur a montré ensuite une carte du Calvados, encerclant Caen d'un trait de stylo rouge, puis il leur a parlé de la Lune.

« Elle est ronde ?

— Oui.

— Bien ronde ?

— Oui.

— Eh bien, Tintin, Milou, le capitaine Haddock et les Américains ont marché dessus !

— C'est vrai !

— Et pourtant elle est ronde, mais si grande que lorsqu'on est dessus on la croit plate, comme la Terre. »

Il a achevé sa démonstration en leur montrant, aux informations télévisées, la Terre tournant sur elle-même dans l'espace. Depuis, Yann représente la connaissance. Mais il est plus que cela. Il est la force, l'équilibre, l'affection, le père qu'ils auraient aimé avoir.

Août se consume dans la chaleur accablante. Héloïse et Yann ont emmené plusieurs fois les petits sur les plages normandes voisines. Une foule dense, des bouchons sur les routes pour y arriver, un sable où les serviettes de bain se disputent une place, une eau tiède dans laquelle on se réfugierait des heures.

La nuit, malgré les moustiques, les fenêtres restent grandes ouvertes. Le jour, les volets sont fermés dans l'espoir de conserver un peu de fraîcheur. Rien n'y fait. On ne dort plus.

Héloïse, Yann, Justine et Raphaël ne dormiraient de toute façon pas, même s'il n'y avait pas la canicule. Ils ont déjà porté une partie de leurs jouets et effets dans l'appartement de Berthe, situé sous le toit d'un calme immeuble de deux étages tapi au fond d'une cour. Il y a deux chambres. La plus grande servira aux enfants, Berthe se contentera de l'autre. Elle rayonne, Berthe. Elle est métamorphosée. Ses chairs paraissent moins grises. Elle est presque propre. Elle ne sent plus, ou si peu. Elle serre ses gamins dans ses bras à tout bout de champ. Elle les écraserait presque tant elle a d'amour en retard. Lorsqu'ils viennent, le weekend, elle les emmène à la Prairie, au marché Saint-Pierre, à la colline aux Oiseaux, au cinéma. Elle tient le coup, elle ne boit plus d'alcool, ingurgite à la place d'incroyables quantités d'eau, à se demander où elle passe. Pierre n'est plus là, et elle respire. Elle va pouvoir revoir, élever ses enfants. Cependant, ce n'est pas une ingrate. Elle recevra les Le Meur à l'appartement et Raphaël et Justine iront les voir au Lilas blanc. Sans eux, elle ignore ce que ses petits seraient devenus.

Le grand jour est arrivé. Passation des pouvoirs. Arlette Mesnil, l'assistante sociale, est là, flanquée d'un éducateur tout frais nommé aux Affaires sociales et d'une autre assistante sociale, référente de Berthe Lemoine. En raison de la chaleur, Arlette a troqué son éternel tailleur strict pour une jupe verte assez seyante, des mocassins marron et un tee-shirt blanc. Cet ensemble, note distraitement Héloïse, donne dix ans de moins à la jeune femme qui s'efforce de sourire malgré la tension régnant dans l'appartement où ils sont tous réunis.

Il est vrai que l'heure est à la gravité, même si les

adultes affichent des mines enjouées. Berthe est la seule à être vraiment heureuse. Sa ténacité, dont elle ne se croyait pas capable hier, s'est révélée efficace. Elle retrouve Raphaël et Justine. Elle va pouvoir les élever sans avoir à subir le frein d'un mari immature. En même temps, elle observe Héloïse et Yann. Derrière les sourires de circonstance, elle perçoit leur chagrin. Ils se sont attachés à ses enfants. Ceux-ci sont attablés dans la salle de séjour. Les jambes ballantes, ils suivent d'un œil mélancolique les allées et venues des adultes qui s'affairent autour d'eux. Les assistantes sociales et le jeune éducateur inspectent les pièces, veillent à ce que tout corresponde à un accueil décent pour les nouveaux venus. Satisfaits par leurs investigations, ils rejoignent Berthe et les Le Meur, qui échangent les ultimes consignes.

Les enfants les observent toujours en silence. Ils se taisent, puisqu'ils n'ont pas le droit à la parole. On leur demanderait leur avis, ils diraient qu'ils aiment bien leur maman. Qu'elle ne leur a jamais fait de mal. Qu'ils veulent bien la voir souvent. Comme avant, deux jours par semaine et quand elle aura des vacances. Pas plus. C'est presque une étrangère maintenant. Depuis deux ans, ce sont les Le Meur qui les ont élevés, qui ont écouté leurs plaintes, leurs cris, leurs rires, leurs confidences, qui les ont secourus quand ils avaient peur. Quand ils avaient mal à leur mère. Quand ils rejetaient leur père. Qui leur ont dit : « Mon petit cœur ! », « Petit homme », « Mon joli soleil », tous ces mots si tendres qu'ils cautérisent toutes les plaies, qu'ils ressemblent à de la musique.

L'heure des adieux est arrivée.

— Venez dire au revoir à monsieur et madame Le Meur, dit Berthe.

Ils se lèvent, s'approchent d'un pas gauche, traînant, et soudain ils s'élancent, plongent leurs visages dans les abdominaux offerts, étreignent tour à tour Héloïse et Yann. Ils sentent les vastes mains de l'homme, celles plus douces de la femme. Ils pleurent à chaudes larmes.

— J'veux pas que vous partiez ! s'écrie Raphaël.

Justine se tait. Elle est grande, elle ! Elle sait qu'il en est ainsi. Elle sait qu'on décide toujours pour eux. Elle pressent que le vrai bonheur n'existe pas. Il faut faire avec.

— Ne pleurez pas, mes cocos, dit Berthe, ne vous inquiétez pas, vous les reverrez bientôt. On ira les voir dans leur maison et ils viendront ici. N'est-ce pas ?

— Bien sûr, murmure Héloïse.

Arlette Mesnil a suivi la scène avec attention. Ses yeux se sont détournés pour masquer son émotion. Elle en a connu, des scènes identiques, mais celle-là atteint des sommets. Il y a vraiment eu fusion entre les petits et leur famille d'accueil. Il est temps d'intervenir.

Elle s'approche de Justine et Raphaël, les sépare doucement des Le Meur, les prend par la main.

— Ils doivent partir, dit-elle.

Héloïse acquiesce d'un distrait signe de la tête. Elle salue madame Lemoine, s'éloigne vers la porte, suivie de Yann. Ils adressent un dernier sourire aux enfants, disent :

— A bientôt !

C'en est trop. Justine ne supporte plus tout ce silence qui l'étreint. D'un coup, elle ouvre les vannes :

— Tata Lise, tonton Yann, je vous aime !

Raphaël regarde sa sœur. Il est éberlué. Il n'aurait jamais pensé qu'un jour elle dirait des choses pareilles. Alors il fait comme elle. Il crie :

— Moi aussi, je vous aime !

Et il se met à rire. C'est idiot : ce n'était pas la peine de le leur dire, ils le savent déjà !

— Tenez, madame Lemoine !

Arlette Mesnil offre les mains des enfants qu'elle tient toujours à leur mère.

— Restez avec eux, j'accompagne monsieur et madame Le Meur jusqu'à leur voiture.

Elle les rattrape dans la cour, alors qu'ils s'apprêtent à monter dans l'Espace, s'accoude à la portière entrouverte d'Héloïse.

— Voilà. J'espère que tout va bien se passer à présent.

— J'espère aussi, dit Yann, les yeux rivés sur la fenêtre de l'appartement, d'où Justine et Raphaël les contemplent avec des visages tragiques.

— Je vous tiendrai au courant de leur évolution.

Arlette Mesnil brandit un index vers le ciel avant de conclure :

— Ah, une chose importante ! Attendez un peu avant de les revoir. Attendez même beaucoup. Il faut maintenant leur laisser le temps de se reconstruire.

Héloïse jette un œil à Yann. Il s'est installé devant le volant. Masqué par l'habitacle, il sait que l'assistante sociale ne peut pas le voir. Exaspéré, il secoue la tête, hausse les épaules.

— Vous avez sans doute raison, dit Héloïse.

Elle claque la portière, et la voiture démarre.

Quatrième partie

20

En ce mercredi matin pluvieux de novembre, Berthe Lemoine s'est absentée une heure pour effectuer des démarches administratives. En son absence, Justine et Raphaël s'affrontent sans passion dans une partie de petits chevaux. Justine gagne, l'un de ses étalons caracole à la dernière marche de l'écurie, l'autre est à deux cases d'y entrer, alors que les champions de son frère galopent encore sur la piste cartonnée dans l'espoir de rattraper un temps irrémédiablement perdu.

Le mercredi est un jour à part. Berthe étant seule pour élever ses petits, elle a dû adapter son emploi du temps. Ainsi ne travaille-t-elle pas ce jour-là. Elle en profite pour s'occuper de ses enfants, et faire avec eux le gros des courses de la semaine. Car Berthe appartient à la vieille école. Elle ne conduit pas. De toute façon la voiture de feu son mari, une véritable antiquité, a été expédiée à la casse, et elle n'aurait pas les moyens d'acheter et d'entretenir une autre auto, moins encore d'y mettre de l'essence.

Résultat, elle s'approvisionne à la supérette la plus proche et chez les petits commerçants du quartier.

Images d'une autre époque, Berthe poussant un chariot, ils cheminent tous trois dans les rues, chargés comme des baudets, sous le regard intrigué puis blasé avec le temps de leurs nouveaux voisins.

Berthe n'a jamais autant travaillé de sa vie. C'était la rançon à payer pour récupérer Justine et Raphaël. Elle a cessé de boire, ce qui fait une sacrée économie dans le budget. Une économie insuffisante, cependant. Son boulot, les allocations familiales et une allocation logement ne suffisent pas pour vivre décemment. Pas question de prendre des bains ou de chauffer sans discernement l'appartement l'hiver prochain. Douches et pull-over épais suffiront.

Heureusement, Berthe est fine mouche. Un labeur régulier, se conjuguant avec l'arrêt de la consommation de boissons alcoolisées, l'a fait beaucoup maigrir. Lors de sa cure de désintoxication, on lui a inculqué par la même occasion quelques règles élémentaires d'hygiène. Elle pue moins. Elle s'astique les aisselles, savonne son corps tout entier avec une belle énergie, et ne remet pas systématiquement les vêtements de la veille. Ainsi, ce qui n'était pas arrivé depuis près d'un lustre, des regards d'hommes, flânant ailleurs que dans des bars louches, se posent quelquefois sur elle.

Il est vrai que son tour de taille a atteint des mensurations raisonnables, ses cheveux sont moins poisseux, dans ses yeux moins jaunes apparaît une étincelle d'espièglerie. Enfin son comportement, sa démarche, sa manière d'être laissent supposer qu'elle est une femme dotée d'un réel équilibre. Le veuvage lui va bien, que diable, et elle soupire souvent d'aise en pensant qu'elle n'a plus de comptes à rendre à quiconque !

Ça n'a pas été si facile. Pendant deux mois, trois heures par semaine, une travailleuse familiale, dépêchée par les services sociaux, a contrôlé ses horaires, sa ponctualité pour récupérer ses enfants à l'école, sa façon de les nourrir, de s'en occuper, de s'adapter à son rôle de mère, allant même jusqu'à vérifier le contenu de ses courses.

Aujourd'hui, les services sociaux attachés à la protection de l'enfance semblent satisfaits. La voici autonome, prête à assumer le lendemain.

— J'ai gagné ! clame Justine.

Raphaël balaye d'une main agacée les petits chevaux dressés sur le jeu.

— J'm'en fous, je gagnerai la prochaine fois !

Ils restent assis un moment sans bouger. Seuls leurs regards vivent. Pour la millième fois, ils identifient les lieux. Ils se sont accoutumés aux grands espaces, aux ciels vigoureux, aux arbres ployant sous les promesses des saisons, aux animaux irascibles ou tendres, à la douceur des jours. Ils n'ont pas besoin de parler pour savoir qu'ils ressentent les mêmes choses, qu'ils subissent les mêmes absences. Héloïse et Yann leur manquent. Ils voudraient les revoir, leur sauter au cou, leur murmurer des mots aimables, intégrer leurs pas dans l'empreinte de leurs pas.

En même temps, ils ont réappris à aimer leur mère. Ils comprennent, ils savent qu'elle se bagarre pour leur offrir une existence convenable. Elle leur parle avec gentillesse, ne les rabroue jamais, elle est toujours à l'heure pour venir les chercher à l'école après la garderie, car il faut bien qu'elle travaille, la pauvre !

Dans cet univers à trois, il faut s'organiser. Justine seconde sa mère pour les soins du ménage le mercredi et le week-end. C'est elle alors qui fait la vaisselle, retape les lits, passe l'aspirateur. Raphaël est exempté. Il est encore petit, et puis c'est un garçon !

Un grognement suivi de battements de queue frénétiques tire les enfants de leur méditation. Le gros Ruffus a quitté son tapis pour se diriger vers la sortie. Justine et Raphaël se lèvent. La fillette est responsable, quand elle est là, de la promenade pipi de Monsieur. Promenade est un euphémisme. Ruffus est un monstre. Adipeux, mais costaud. Et bête à pleurer. Une fois dehors, il force sur sa laisse comme un dément. Il entraînerait la gamine à l'horizontale derrière lui si elle ne freinait des deux fers. Elle ordonne, glapit, s'insurge. En vain. Elle qui pourtant a appris les bonnes manières chez les Le Meur s'abandonne alors à la grossièreté. Elle a surnommé Ruffus « Gros con ! » pour le plus grand plaisir de son frère qui l'accompagne presque tout le temps dans ces promenades hygiéniques. Et lorsque le chien consent à s'arrêter pour humer, fébrile, au détour d'un arbre ou d'un réverbère, les parfums ou les oublis de ses congénères, elle n'omet jamais de lui lancer cette insulte à pleine volée !

Mais Ruffus s'en bat les flancs. Il n'a que des défauts, et pour rien au monde il ne les troquerait contre des qualités. Des défauts de chiot gâté puisque, pendant longtemps, Berthe n'a eu que lui comme compagnon. Ainsi, il refuse de s'oublier dans les caniveaux. Il se vide au contraire avec délices dans les lieux les plus usités par les passants, son œil glauque et bonasse fiché dans celui de la fillette. Puis il repart comme une flèche, arrachant presque les bras de Justine arc-boutée à l'autre extrémité de la laisse.

Quand Justine et Raphaël reviennent à l'appartement, Berthe est rentrée. Elle s'approche de Ruffus, le regarde s'ébrouer.

— Mon bébé s'est bien promené, lance-t-elle avec un gros sourire, il est content ?

Puis, se tournant vers sa fille, elle ajoute :

— Tiens ! Je voudrais que tu portes ce mot de ma part à monsieur Marie.

— Je peux aller avec elle ? demande Raphaël en mal d'espace.

Berthe sourit. Elle contemple ses petits. Elle les aime. Ils sont beaux, bien élevés. A croire qu'ils ne sont pas à elle ! Elle est lucide, Berthe. Honnête, elle reconnaît que les Le Meur les ont sauvés de la médiocrité, leur ont enseigné des règles fondamentales de morale et de savoir-vivre, leur ont apporté l'affection qui aurait pu leur manquer en l'absence de parents. Ils ont fait mieux encore, ce qui n'était pas évident : ils leur ont donné le goût de l'école. Et c'est là que le bât blesse. En deux mois de scolarité à Caen, le niveau de ses enfants a dangereusement chuté, et elle est consciente que ce n'est pas elle, hélas, qui contrôlera leurs devoirs ou leurs leçons, puisqu'elle sait à peine lire et écrire, encore moins calculer.

Berthe soupire, dit :

— Oui, vas-y, mais vous faites juste l'aller-retour. On ne traîne pas dans les rues.

Elle dresse un index solennel vers le plafond.

— Justine, tu fais bien attention, tu remets cette lettre à monsieur Marie en mains propres, pas à sa vendeuse !

— Oui, m'man.

Justine saisit l'enveloppe puis, Raphaël sur ses talons, elle dévale l'escalier. Un instant plus tard ils slaloment entre les platanes décorant les trottoirs, l'œil rivé sur le sol où, sournoises, les crottes de chien se dissimulent sous les feuilles tombées des arbres en cette saison d'automne.

— Alors, qu'est-ce qu'elle lui dit ? questionne Raphaël.

La fillette s'arrête, jette un regard autour d'elle afin d'être certaine de ne pas être vue. Elle porte ensuite la missive à ses lèvres, souffle dessus patiemment pour humidifier la colle de mauvaise qualité et ouvrir l'enveloppe sans la déchirer. Cette tâche achevée, elle extirpe la lettre, la déplie et déchiffre ces quelques mots :

Tu peus venir ce soir après onze heures quand les enfans dormirons. Je laisserai la porte d'entrée entrouverte parse qu'elle grince. A ce soir ! Ta Berthe.

— Alors ? insiste Raphaël, les yeux brillants de curiosité.

Justine replie la feuille avec soin, la replace dans l'enveloppe qu'elle referme d'un coup de langue appliqué, hausse les épaules.

— Ben, toujours pareil. Demain on aura des chaussures pour l'hiver.

— Ah ! conclut son frère du ton fataliste de celui qui sait.

Monsieur Marie possède un magasin de chaussures. Quand il vient à la maison, en principe à l'insu des enfants, il apporte un petit cadeau à sa maîtresse. Pas d'argent, Berthe a sa dignité. Quoi de plus raisonnable en effet, lorsqu'on vend des souliers, que d'en déposer une paire ou deux aux pieds de sa conquête d'une nuit ? Il en va de même du boucher, qui signe son passage en offrant un beau rôti dans le filet qui trône dans le frigo le lendemain matin, parfois accompagné d'un poulet fermier.

C'est ainsi que, sans en avoir l'air, Berthe parvient à joindre les deux bouts. Justine en sait quelque chose. Alors qu'une bombe ne réveillerait pas Raphaël quand il dort, il arrive à la fillette d'être tirée de son sommeil par des bruits insolites, des rires étouffés, des soupirs, les protestations de Ruffus confiné pour l'occasion dans la salle de séjour.

Cela coïncide toujours avec les missives qu'elle

porte lorsque madame Lemoine l'expédie en « mission ». Justine reste alors éveillée un long moment. Elle ne comprend pas. Ils ont l'air de se donner du bon temps. D'être presque heureux pendant quelques poignées de minutes. Or, elle sait ce qu'ils font. Elle remarque les yeux cernés de Berthe quand elle se lève le matin. Justine se souvient des tourments que lui faisait subir son père, de sa peur, de sa solitude durant l'étreinte immonde. Elle plaint sa mère. Elle a mal. Elle simule le plaisir pour qu'ils aient des chaussures et de la viande. Elle se sacrifie pour eux.

Et une sourde admiration pour Berthe perce le cœur de la petite fille. L'assistante sociale, l'éducateur se manifestent de loin en loin pour contrôler si tout va bien. Justine a ordonné à son frère de ne pas parler des billets doux adressés par madame Lemoine à ses deux soupirants.

Nul ne doit savoir. Le silence. Toujours le silence.

21

Héloïse est assise sur le divan du salon. Séverine la contemple avec mélancolie. Elle ne reconnaît plus sa mère. Depuis le départ des enfants, celle-ci se laisse aller. Des mèches blanches se faufilent dans sa chevelure hier encore d'un noir absolu. Elle qui, depuis deux ans, avait retrouvé tonus et joie de vivre dérive d'une pièce à l'autre, dans la cour, dans le jardin, dans l'herbage, sans but.

Et Séverine est triste, on le serait à moins. C'est en tout cas ce qu'interprète Héloïse en scrutant le portrait de sa fille. Elle sait que Séverine la juge, entend la secouer, lui redonner le goût des lendemains, même si ceux-ci sont quelquefois incertains. Pas question de sombrer dans la dépression. Elle l'a fait une fois. Longtemps. Trop longtemps. Il y a Isa et Yann. Ils ont droit tous deux à un certain équilibre dans ce foyer, voire à un peu de quiétude, de bonheur.

Poussée par Séverine, Héloïse a donc décidé de réagir. Elle effleure d'une main songeuse son visage sur lequel quelques rides commencent à se disputer le tour des yeux, elle lisse avec ses doigts les courtes mèches bouclées qui ombragent son front. Elle a du mérite. Elle a vécu le retour des petits chez leur mère comme un cataclysme. Du jour au lendemain, la maison s'est retrouvée vide. Yann, Igor, Isa quand elle vient en week-end, tous ont ressenti comme elle l'étonnante absence. Ils ne s'attendaient pas à ce que Justine et Raphaël occupent, investissent autant d'espace. Séverine elle-même, réfugiée là-haut sur le mur, semble avoir perdu son sourire.

Ils s'étaient pourtant promis de se revoir souvent. Héloïse se souvient des paroles que madame Lemoine avait adressées à ses enfants au moment de la séparation : « Ne pleurez pas, mes cocos, ne vous inquiétez pas, vous les reverrez bientôt. On ira les voir dans leur maison et ils viendront ici. »

Or, les semaines se sont écoulées, septembre, octobre ont jeté leurs derniers feux sur une nature se métamorphosant peu à peu pour ressembler à l'automne, mais Héloïse et Yann n'ont pas revu Justine et Raphaël. Certes, il y a eu quelques coups de téléphone échangés, de l'émotion dans les écouteurs, des promesses vagues de madame Lemoine ne valant que pour ceux qui les écoutent : « Oui, bientôt. Peut-être à Noël mais pour l'instant, avec mon travail, ce n'est pas facile, et puis ma sœur doit venir nous voir pendant quelques jours. »

L'assurance, néanmoins, que Justine et Raphaël les aimaient toujours, et pensaient toujours à eux.

Héloïse sait que les petits doivent se reconstruire.

Elle sait également que Berthe doit conforter son autorité sur eux, réaffirmer sa stature de mère. Pas question de lui voler ce qui lui appartient. Les services sociaux ont été explicites à ce sujet : « Ces enfants ne sont pas à vous. Il faut les aimer mais ne pas s'y attacher ni chercher à les modeler. Ce ne sont pas vos enfants. Il faut respecter le choix des parents dès lors qu'ils conservent l'autorité parentale. C'est vrai pour les choses les plus banales du quotidien. Ainsi ce sont eux qui choisissent la coiffure de leurs enfants, décident de leurs vêtements, etc. De toute façon, ils ne sont que de passage chez vous et ils vous seront repris à n'importe quel moment, si l'on juge que leurs parents peuvent à nouveau s'occuper d'eux. »

Plus facile à dire qu'à faire. L'affection, l'amour, le don de soi ne se mesurent pas. Héloïse et Yann ont tout donné. Gracieusement. Sans espoir de garder les petits à vie. Mais les revoir de temps à autre, comme une famille. Héloïse regarde souvent les photos prises avec Justine et Raphaël dans la propriété, elle passe et repasse sur l'écran télé les cassettes filmées au caméscope lorsqu'ils étaient en vacances au Pouliguen. Elle s'émerveille des frimousses bronzées, de la joie éclatant dans les prunelles, des facéties des gamins chahutant dans le sable et dans l'eau, en compagnie du colossal et débonnaire tonton Yann.

Un Yann qui lui a déclaré un soir, alors qu'elle était particulièrement déprimée :

« Ecoute, il faut réagir. Nous avons fourni un équilibre à ces gosses. Nous savions qu'on nous les reprendrait un jour, c'est fait. Tu les reverras certainement, mais les services sociaux ont raison : il faut laisser un peu de temps au temps. Le temps indispensable pour qu'ils retrouvent bien leur mère, et le temps, j'allais dire, que tu coupes le cordon ombilical en ce qui nous concerne ! En revanche, rien ne nous interdit, comme nous l'a déjà proposé le Conseil général, d'accueillir un ou plusieurs autres gamins.

— Pour qu'ils nous les reprennent ?

— C'est le revers de la médaille, mais n'as-tu pas l'impression que, durant ces deux ans, ta vie a été pleine et surtout utile ? Tu as sauvé des enfants du désespoir ; eux, en retour, t'ont guérie de la dépression dans laquelle tu te complaisais.

— Yann, n'exagère pas !

— Tu sais que j'ai raison. Et puis, souviens-toi que tu es sous contrat. »

Héloïse a soupiré. Acquiescé. Puis elle a dit : « Je vais y réfléchir. »

Elle a réfléchi. Il lui fallait à tout prix meubler la vacuité des jours, se pénétrer de son désir d'aider à nouveau son prochain. Elle a repris contact avec les services sociaux. Ils lui ont proposé d'accueillir un handicapé en soulignant qu'elle bénéficierait d'une majoration de salaire selon le niveau des contraintes secondaires liées au handicap. Héloïse a refusé, le fait d'être mieux rémunérée n'étant pas un argument pour elle. Elle n'imaginait pas imposer de telles servitudes à Yann et à Isa. Si elle avait été seule, cela aurait peut-être été différent.

Finalement, Héloïse a demandé à s'occuper d'un bambin, de préférence un bébé. Elle pense qu'un nourrisson n'ayant pas encore subi les carences de son environnement familial est plus facile à élever.

« Nous en avons un, lui a-t-on répondu. Une petite Charlotte. Seize mois. Pas capricieuse. Une situation extrême. Elle réside en foyer depuis un moment. Père parti sans laisser d'adresse avec une femme de quinze ans sa cadette. Mère arriérée vivant chez sa propre mère, qui ne veut pas de sa petite-fille chez elle. Si ça vous intéresse, vous pouvez venir voir le bébé au foyer, et voir surtout si le courant s'établit entre vous. On vous le confiera deux heures par jour pendant une semaine. Vous le changerez, le promènerez en poussette, vous lui donnerez à manger, tout cela sur place, et si tout se passe bien vous pourrez ensuite le ramener chez vous. »

Héloïse a accepté. Elle a un peu le sentiment d'un retour à la case départ. Elle a fait ses preuves d'assistante maternelle avec Justine et Raphaël, et voilà qu'on la teste à nouveau comme si elle était une débutante. Pourquoi le courant ne passerait-il pas avec Charlotte ? Elle a élevé deux filles. Elle sait ce qu'est un bébé, une fillette, une adolescente, une adulte, que diable ! Pastichant une citation célèbre, Héloïse affirme que l'Administration a souvent ses raisons que la raison ne connaît point. Elle lève les yeux vers Séverine, sourit, et dit :

— Et toi, qu'est-ce que tu en penses ? Est-ce que je connais bien les enfants ? Est-ce que je suis une bonne mère ?

Quand Héloïse pénètre dans le foyer, une agitation joyeuse y règne. Installés dans des trotteurs, des bambins circulent en tous sens dans une salle claire, propre, adaptée à leurs besoins. Il y a là des enfants abandonnés, des enfants dont les parents subissent une opération à l'hôpital, des enfants nés sous X. Des enfants si nombreux qu'ils manquent de tendresse, même si le personnel est à l'évidence exemplaire. Plusieurs petits accourent vers la nouvelle venue, lui tendent les bras. Héloïse a du mal à masquer son émotion. Elle les emmènerait tous si elle ne se retenait pas ! Elle leur adresse un signe affectueux de la main avant de se diriger vers les bureaux. Une secrétaire l'accueille, décroche le téléphone.

— Monsieur Leterrier, madame Le Meur est arrivée.

Un instant plus tard, monsieur Leterrier entre dans la pièce. C'est l'éducateur. Age mûr, assez grand, mince mais sportif, plutôt bel homme avec, curieusement, un regard qui refuse d'affronter celui d'Héloïse, slalome vers tout ce qui n'est pas elle.

— Bonjour, madame, Charlotte vous attend. Malheureusement, madame Duperré, sa mère, a débarqué sans se faire annoncer.

— Pourquoi malheureusement ? s'étonne Héloïse. Ce sera l'occasion de faire connaissance.

Monsieur Leterrier hausse des épaules fatalistes, le nez penché en avant. Son regard se réfugie dans le carrelage.

— Elle est violente, imprévisible, et elle adore sa fille. Vous voulez vraiment la rencontrer ?

Héloïse attend que les yeux de l'éducateur consentent à quitter le sol et l'effleurent pour demander :

— Est-ce à moi de prendre cette décision ?

Monsieur Leterrier soupire, opine du bonnet.

— Vous avez raison, ce sera fait. Suivez-moi, je vais vous la présenter.

Il se dirige vers la porte du bureau, précède Héloïse dans une pièce où une femme maigre, debout, le front scotché contre le mur, les jambes écartées, berce un bébé dans ses bras.

— Madame Duperré, on vient vous voir. Je suis avec madame Le Meur, une dame qui veut bien s'occuper de votre petite Charlotte.

— Bonjour, madame, s'empresse Héloïse.

La femme reste silencieuse, enroule davantage ses épaules autour de la fillette, cogne sa tête à petits coups répétés et prudents dans le mur, à la façon des rabbins récitant leurs prières.

Héloïse et l'éducateur échangent un bref regard interrogateur. Cela va-t-il durer encore longtemps ? La mère répond soudain à leurs questions. Elle décolle son front de la tapisserie, se retourne, jette un œil rapide, brûlant, un œil de braise sur l'intruse, puis elle va s'échouer sur l'unique banc se trouvant dans la salle, l'enfant blotti contre sa poitrine.

La petite sourit aux anges. Elle ne parle pas, ne babille pas. Elle est potelée, presque grosse, inerte. Ses yeux d'un bleu de faïence semblent croiser le vide. Héloïse s'approche doucement d'elle, s'immobilise à deux pas pour ne pas effaroucher la mère.

— Elle est belle. Quel âge a-t-elle ?

Madame Duperré relève la tête qu'elle tenait penchée sur Charlotte, affronte en silence la présence de l'intruse. Héloïse peut ainsi l'observer tout à loisir. A l'inverse de sa fille, madame Duperré est maigre, très maigre. Dans son visage étroit marqué par la folie, le nez a la minceur d'une lame de couteau. Pas de narines ou presque. Un regard halluciné, tapi dans de profondes orbites, des pommettes saillantes surplombant des joues creuses, un trait à la place de la bouche, pas de lèvres. Tout en madame Duperré est angle, saillie, dureté. Si ses yeux étaient des revolvers, Héloïse serait morte depuis longtemps.

Et pourtant, c'est évident, la petite l'aime. Les doigts décharnés, squelettiques, qui caressent sa figure font sourire et ronronner l'enfant.

— Seize mois, précise l'éducateur devant le mutisme de la mère.

Héloïse s'approche, s'assoit auprès de madame Duperré. D'un geste brusque, celle-ci s'écarte vers l'autre extrémité du banc.

— Elle marche depuis longtemps ? insiste Héloïse.

Madame Duperré jette un regard en coulisse vers sa voisine, grogne :

— Marche pas !

Puis, contre toute attente, elle se lève, se dresse devant Héloïse et lui flanque comme un paquet son bébé dans les bras.

— Vous la prête, une minute seulement !

— Merci, madame, c'est gentil.

Madame Duperré se rassoit avec dignité sur le banc. Elle contemple, étonnée, son bébé sur les genoux d'une autre. Héloïse hésite. Elle craint de commettre un impair risquant de déclencher la fureur de sa voisine. Elle est d'autant plus inquiète que Charlotte lui sourit et tend ses menottes vers elle.

— Elle est adorable, risque Héloïse, qui, afin d'apprivoiser la mère, ajoute : Elle... vous ressemble !

Madame Duperré s'agite sur le banc. Elle oscille entre la satisfaction de recevoir un compliment et la jalousie qu'elle ressent à la simple vue de sa fille câlinée par une rivale. Elle se lève finalement, arrache Charlotte à Héloïse, la serre avec force contre elle.

— L'est à moi !

— Calmez-vous, intervient l'éducateur d'une voix molle, vous allez faire peur à votre bébé !

Charlotte en effet semble effrayée. Elle pousse un ou deux cris plaintifs, son nez se fronce, elle est au bord des larmes. Ça s'arrête là. En l'observant, Héloïse ne peut s'empêcher de penser que la petite est belle mais inerte. Pour elle, ça doit être trop épuisant de pleurer.

— Nous allons en rester là pour aujourd'hui, conclut monsieur Leterrier. Madame Duperré, vous attendez là. Je vais vous envoyer quelqu'un. Il est temps que Charlotte regagne son lit pour sa sieste.

Puis, se tournant vers Héloïse :

— Madame, si vous voulez bien me suivre ?... Alors, qu'en pensez-vous ? reprend-il une fois qu'ils sont seuls dans le couloir.

— Beaucoup de choses. La petite paraît facile à

vivre, lymphatique, avec un retard moteur et peut-être mental ; quant à la mère, à mon humble avis elle est dérangée.

— C'est aussi l'avis du corps médical qui les a examinées. Chez la petite, le retard moteur est évident, pour le retard mental il faut attendre : l'environnement affectif dans lequel elle évolue en ce moment ne concourt pas à l'éveiller. Quant à madame Duperré, il n'est pas exclu qu'un jour elle atterrisse dans un asile.

— Pour en revenir à Charlotte, je croyais que je devais la voir seule aujourd'hui ?

— Eh oui ! Mais ainsi que je vous l'ai dit, madame Duperré adore sa fille, et elle vient à n'importe quelle heure, même lorsque les visites sont interdites. Au début, on a essayé de lui faire entendre raison, mais il n'y a rien à faire. Elle profère des menaces et force la porte d'entrée.

— Eh bien !

L'éducateur pénètre dans le secrétariat, s'efface pour laisser passer Héloïse. Son visage est soucieux.

— A propos de ce « eh bien ! », envisagez-vous toujours d'accueillir Charlotte chez vous ?

— Plus que jamais. A l'évidence, elle a besoin d'équilibre, besoin qu'on s'occupe vraiment d'elle.

Monsieur Leterrier pince les lèvres. Un sourire délie ses joues.

— Dans ce cas, on va noter quelques rendez-vous afin que vous puissiez venir la voir et faire plus ample connaissance.

Il marque une pause, dresse un index impuissant vers le plafond :

— En espérant que sa mère ne viendra plus vous importuner !

22

Ça y est ! C'est décidé ! C'est fait ! Les enfants ont gagné. Ils fêteront Noël chez les Le Meur. Berthe réveillonnera avec eux. Elle les laissera ensuite quelques jours au Lilas blanc afin qu'ils profitent du bon air de la campagne, afin aussi qu'elle souffle un peu, car les journées sont courtes pour une femme seule qui travaille, et doit de surcroît s'occuper de deux enfants.

Yann est allé chercher tout ce petit monde en voiture en fin d'après-midi de ce 24 décembre. Il a été convié à monter à l'appartement. Les gamins se sont engouffrés dans ses vastes bras, ont baisé ses mains, ses joues, sa poitrine. Ils lui ont offert des sourires emplis de miel.

« On est contents, a dit Raphaël, on va revoir tata Lise !

— Et Pétronille, et Igor ! a complété Justine, les yeux brillants.

— Et Edmond ! a conclu son frère.

— Et Isa ! a précisé Yann en riant.

— Elle sera là ? s'est émerveillée Justine. Elle sera avec un nouveau copain ? »

Yann lui a adressé un clin d'œil.

« Non, elle est célibataire.

— C'est quoi, être célibataire ? » a questionné Raphaël en s'emparant d'un sac de voyage.

Les bagages attendaient déjà, bouclés, dans le couloir.

« C'est quand on n'est pas marié, c'est quand on habite seul, c'est quand on n'a pas de copine ou de copain avec qui on vit.

— On y va ? » a demandé Justine, aussi pressée que son frère de prendre la poudre d'escampette.

Madame Lemoine souriait, attendrie de voir ses enfants heureux.

Yann a jeté un regard rapide dans l'appartement. Ce qu'il a vu l'a rassuré. Tout était impeccablement rangé. Quant à Berthe, elle était vêtue d'un tailleur beige un peu trop grand pour elle, soulignant qu'elle avait maigri, et une mise en plis soignée précisait qu'elle sortait de chez le coiffeur. Berthe n'ayant trouvé personne pour le garder, il était prévu que Ruffus accompagnerait sa maîtresse. A cette occasion, pour la première fois de sa vie, sans doute, il avait connu les bienfaits d'une brosse, voire d'un shampooing pour chien, car son poil noir était propre et lisse.

Une demi-heure après, l'Espace franchit le portail du Lilas blanc. Avant même que la voiture s'arrête, Héloïse et Isa portant un bébé dans ses bras apparaissent sur le seuil de la maison. Une minute plus tard, les petits étreignent la jeune fille et tata Lise. Avec sa dignité coutumière, Igor participe aux ébats jusqu'au moment où Ruffus, un peu perdu, vient tournicoter autour de lui avant de le renifler avec méfiance.

La nuit est tombée. Emerveillés, Justine et Raphaël contemplent la façade illuminée par les décorations extérieures de Noël. Des guirlandes multicolores clignotent jusqu'à la toiture, un père Noël escalade une échelle dressée contre le conduit de cheminée ; au niveau du second étage, un autre crapahute avec une corde lumineuse afin de venir lui prêter main-forte. Un traîneau vide, tiré par deux rennes, stationne près de la porte d'entrée. Les arbres et les bosquets alentour ploient sous mille feux.

— Oh, s'exclame Raphaël en applaudissant, ce que c'est beau !

— C'est pour vous, dit Yann en emprisonnant la tête du gamin dans l'une de ses mains. J'avoue que ça m'a pris du temps.

Entre-temps, Berthe Lemoine a posé ses bagages sur le sol à ses pieds. Elle détaille toute cette beauté, cette opulence. Elle songe à l'incroyable aisance de ses hôtes, à leur inépuisable gentillesse. Ils sont bons, ils ont toujours été bons avec ses enfants. Elle a envie de leur sauter au cou pour les remercier. Des larmes montent à ses yeux, qu'elle canalise. Elle ne veut pas sombrer dans le ridicule.

Elle s'approche d'Isa, observe la ronde petite fille aux yeux de faïence qui se prélasse dans ses bras, caresse une joue d'un index prudent.

— Comment elle s'appelle ?

— Charlotte.

— Elle est belle.

Elle se tourne vers Héloïse.

— Il y a longtemps que vous l'avez ?

— Un mois. Elle est adorable, pas compliquée mais assez paresseuse. On a l'impression qu'elle pourrait passer ses journées sans rien faire d'autre que sourire. Elle a dix-huit mois et elle commence seulement à marcher. Mais entrez, on va vous montrer vos chambres. Vous allez pouvoir vous mettre à l'aise. Ensuite nous prendrons l'apéritif avant de dîner.

— Tu nous as gardé nos chambres ? s'informe Justine avec une nuance d'anxiété dans la voix en regardant Héloïse.

— Bien sûr, ma chérie. Vous n'allez pas être dépaysés. Ta maman va dormir dans celle d'Isa, et pour une nuit Isa dormira avec toi.

— Chouette ! s'écrie Justine.

Elle s'élance vers la jeune fille, l'enlace, pose sa joue sur sa hanche.

— Tu me raconteras tes amoureux ?

Tous éclatent de rire, Isa la première.

— En ce moment, je n'en ai pas !

Et elle dit vrai. Après son court épisode africain, elle est restée seule. Du moins au sens concret du terme. Car l'insatiable et belle Isa est amoureuse. Un amour terrifiant. Un de ceux qu'on ne croise qu'une fois dans une vie. Il y a deux mois, elle est tombée en arrêt devant un des professeurs d'éducation physique de l'université de Caen. Dès qu'elle l'a vu, son cœur s'est pétrifié. Elle a su que c'était lui qu'elle attendait. Qu'il était le bon, l'unique. Qu'il le lui fallait à tout prix.

« Oui, a remarqué Héloïse quand elle lui a avoué son trouble, tout ça est bien beau mais tu me dis qu'il est marié, amoureux de sa femme et qu'il a deux enfants dont il parle comme s'ils étaient les huitième et neuvième merveilles du monde ! Tu ne penses pas que ça représente beaucoup d'écueils ?

— Peut-être, a répliqué Isa, mais il me le faut, sinon je ne m'en remettrai pas ! »

Lors, un surprenant dialogue s'est installé.

« Ne sois pas puérile, a insisté Héloïse, et ne va pas sur un coup de tête briser un ménage avec toutes les funestes conséquences qui s'ensuivent pour les enfants. Et puis d'abord, est-ce qu'il s'intéresse à toi ?

— Bien sûr ! Il s'est rendu compte que je le regardais tout le temps. Il est flatté. Il sait que je l'aime.

— Quel âge a-t-il ?

— La quarantaine. Il est un peu enveloppé, c'est vrai, mais si tu voyais ses yeux ! Des émeraudes ! Et son visage intelligent ! Et son front, ah, son front !... En février prochain il encadrera un stage de ski. Je me suis inscrite. Et là, je ferai tout pour le conquérir.

— Isa, ne fais pas ça !

— Si je ne le fais pas, j'en mourrai.

— Mourir, tu n'as que ce mot à la bouche. Tu as dit la même chose quand tu as quitté Peter et tu n'as pas beaucoup attendu pour le remplacer. Et puis souviens-toi du petit Julien, à la maternelle. Reconnais que tu avais tort. »

Donc, en cette soirée de réveillon, Isa n'a pas d'amoureux. Cela ne l'empêchera pas de passer une agréable soirée, même si de temps à autre elle poussera de grands et mélancoliques soupirs.

Pour l'heure, tous s'égaillent dans leurs chambres respectives, les enfants avec l'émotion de retrouver une niche où ils ont vécu des jours heureux, Berthe avec l'étonnement de dormir bientôt dans une pièce aussi vaste que son ancien appartement. Ses affaires rangées, elle reste à contempler longuement l'imposante armoire normande adossée à un mur. Elle songe, en détaillant les ciselures, l'incroyable travail d'artisan, que ce meuble représente au bas mot six mois de son salaire. Elle n'est pas jalouse, Berthe, seulement stupéfaite. Elle est sur une autre planète. Elle se console en se disant que cette armoire est vieille, très vieille, qu'elle a vu s'éteindre plusieurs générations. Les Le Meur ne l'ont sans doute pas achetée. Elle est forcément le produit d'un héritage !

Lorsqu'elle redescend pour rejoindre ses hôtes qui l'attendent dans le salon, Berthe jauge l'intérieur de la maison avec un œil nouveau. Elle a un sourire rassuré. Le mobilier est de bon goût, souvent ancien, mais il ne respire pas la grossière opulence des parvenus. Cossu mais discret.

En la voyant arriver dans la pièce, Yann s'avance vers elle en souriant.

— Une petite coupe de champagne ?

Il pince les lèvres, soudain gêné :

— Ah, c'est vrai que vous ne buvez pas !

Berthe sourit à son tour.

— Un jus d'orange fera l'affaire, ou un peu de thé glacé puisque je vois que vous en avez.

Entre-temps les enfants et Isa sont revenus, et la pièce s'emplit de rires, de cavalcades aussitôt avortées en raison de quelques insolites admonestations :

— On ne court pas dans la maison, gronde Yann, sinon le père Noël ne viendra pas, et je vous couperai les pieds !

Les yeux de Justine et de Raphaël s'emplissent d'étoiles. Qu'il est gentil, ce tonton Yann ! Ils se calment cependant, s'approchent de la table du salon, dérobent jus d'orange, cacahuètes, saucisses, petits fours comme s'ils étaient chez eux. Ils n'ont pas assez de leurs cinq sens pour se souvenir d'hier, engranger fébrilement des images, des sons, des odeurs, des goûts dans leur mémoire d'aujourd'hui afin de mieux s'en repaître demain.

En attendant d'aller s'asseoir pour le dîner, ils naviguent des fauteuils aux fenêtres où ils peuvent contempler la cour illuminée. Ils voudraient être dehors aussi pour saluer les arbres dénudés, l'herbe assoupie, les animaux enfermés au chaud la nuit, afin de les embrasser, les rassurer, leur signaler que le printemps va revenir bientôt. Et qu'ils reviendront eux aussi, pour les revoir, pour fouler la terre, grimper dans les plus grosses branches, flatter les poils rudes ou soyeux de leurs amis à quatre pattes, assister une fois encore à l'émouvante naissance des agneaux et des cabris, chuchoter dans les oreilles de Pétronille, taquiner Edmond, ce bandit, cet indécent qui, parfois, remonte d'un bec inquisiteur les jupes de Justine ! Mais ils iront demain. Au grand jour. Même s'il pleut, même s'il vente, même s'il neige. La neige, ils en rêvent. Il n'y en a pas beaucoup, en Normandie !

Ils sont enfin passés à table. Berthe est assise à côté d'Isa, en face d'Héloïse et de Yann. A chaque extrémité président Raphaël et Justine. Foie gras, huîtres, saumon se succèdent dans une ambiance bon enfant. Charlotte est couchée depuis longtemps. Héloïse lui a fredonné une chanson pour l'endormir. Elle a choisi « Petit Papa Noël ». La petite riait, et elle tendait ses bras vers sa bienfaitrice. Ce soir, Héloïse est doublement heureuse. La fillette est reposante. Pas compliquée. Pas abîmée. Reste à l'éveiller. Avant qu'on la lui reprenne. Héloïse ne veut pas y penser. Et puis elle a Justine et Raphaël. Ils sont fous de joie. Quand ils regardent tonton Yann et tata Lise, leurs yeux s'emplissent de lumière. Les Le Meur sont ravis, Berthe repartira demain car le travail n'attend pas, mais les enfants resteront jusqu'à la fin de la semaine. Cela évitera des frais de garde à leur mère, et surtout ils pourront revivre un peu de leur bonheur ici.

Comme sa femme, Yann a remarqué que les gamins étaient vêtus proprement, semblaient en bonne santé et ne paraissaient pas subir de chocs physiques ou moraux. A l'évidence, madame Lemoine remplit son rôle de mère. Mieux, elle aime ses petits. Tout ce qu'ils espèrent à présent, c'est que ceux-ci, avec la bénédiction maternelle, viendront leur rendre visite plus souvent.

Quant à Berthe, elle est saisie d'un vertige. Depuis des mois, elle n'a pas absorbé une goutte d'alcool.

Après les premières semaines où, consciente qu'elle risquait de perdre définitivement ses enfants, elle a dû lutter pour ne pas foncer dans les bars ou ramener de la boisson chez elle, la tentation lui a passé. Or, aujourd'hui, elle voit défiler sur la table champagne, vins fins dont la robe est mise en valeur par de splendides flacons à décantation.

Et d'un seul coup la tentation est là. Alors, Berthe minaude sur les plats, goûte du bout des lèvres, avale sans plaisir. Il lui manque l'âpreté des boissons fortes, la saveur du vin sur sa langue, son palais. Il lui manque les aimables vertiges de l'ivresse. Elle résiste. On l'a bien prévenue. Une seule goutte, et tout recommence ! L'enfer. La solitude. Le mépris. L'indifférence des autres. La cellule familiale rompue. Ah, non, non, pas ça !

Alors, tandis que les autres trinquent, savourent les divins breuvages, elle boit de l'eau. Elle frétille sur son siège, ses papilles gustatives se révoltent. Elles sont en manque. Elle répond évasivement quand on lui parle. Elle est ailleurs.

La soirée s'achève. Malgré leur vaillance, les yeux de Justine et Raphaël papillotent. Tous s'arrêtent un instant devant les décorations de Noël. La cheminée lance des flammes surprenantes, des ombres sur les murs.

Avec un sourire mystérieux, Héloïse déclare :

— Le père Noël va bientôt passer !

Raphaël hausse les épaules. Il est en cours préparatoire, quand même !

— Le père Noël, il existe pas !

— Ah, bon ? s'étonne Yann en réprimant un sourire.

— Tu le sais bien, riposte le gamin d'une voix agacée. Ce sont les papas et les mamans. Euh, les grands aussi.

Il regarde dans l'âtre le feu qui crépite, lèche, dévore, gourmand, d'énormes bûches.

— Et puis, si le père Noël y venait par la cheminée dans les maisons, conclut-il, il se brûlerait les fesses et tous ses jouets y seraient cramés !

Rire général. Fin de l'épisode.

Tout le monde est couché. Le père Noël aux multiples bras a déposé ses offrandes devant le sapin. Une fois encore, Berthe a été impressionnée par la puissance financière des Le Meur et le nombre des cadeaux. En vérité, il n'y en a pas pour très cher. Juste ce qu'il faut. Juste ce qu'il faut, pour Berthe habituée à la misère, c'est vertigineux. Elle se souvient de son enfance : une orange, une poignée de bonbons, une poupée de chiffon confectionnée par sa mère…

Elle est couchée, Berthe. Elle ne dort pas. Ruffus ronfle, gémit, soupire au pied du lit. C'est sa première grande balade chez les autres. Il ne comprend pas ce qui lui arrive. Il s'est goinfré de dinde, de restes de toutes sortes. Un gueuleton d'empereur chien, inhabituel, délicieux. Un festival enfiévré de shlurp, glup, shlurk ! Igor l'a observé d'un air écœuré. Il s'en fout, Ruffus. Il a demandé à sortir aussitôt et, fidèle à ses travers de banlieue, il a largué avec délices deux ou trois énormes et odorantes bouses sur les gravillons de la cour et dans l'herbe, histoire de remercier ses hôtes de l'avoir si bien reçu.

Berthe fixe le plafond plongé dans l'obscurité. Elle ne le voit pas, bien sûr. Elle ne le verrait pas, même s'il faisait jour. Elle est loin. En elle. Elle songe à son passé. Aux étapes du temps, enfance, adolescence, âge mûr, toutes plus nulles les unes que les autres. Elle dresse un impitoyable bilan de sa vie. Elle n'est rien. Elle ferait mieux de se flinguer. Elle ne peut pas. Il y a Justine et Raphaël. Ils sont si mignons, si fragiles. Elle a beau fouiller, elle n'arrive pas à exhumer de sa mémoire un moment, même éphémère, s'apparentant à du bonheur. Certes, lorsqu'elle a rencontré Pierre pour la première fois, elle a connu quelques heures d'émotion, mais ce n'était pas du bonheur, simplement une étincelle de plaisir, de bien-être, l'oubli fugace de l'instant, masquant l'océan de désarroi et de désillusions venu et à venir.

Berthe est bien au chaud dans son lit. Pourtant elle ne s'est jamais sentie aussi mal. L'amertume a envahi son estomac, ses intestins, son œsophage, rampe jusqu'à sa gorge, ses lèvres. Des pieds à la tête elle n'est plus qu'âcreté, fiel. Il lui semble qu'elle se décompose. Ses mains étreignent les draps, les couvertures. Elle réfrène des gémissements, des sanglots secs. Ses doigts, ses orteils luttent contre des fourmillements, des milliers de petites piqûres.

— Faut que j'aille aux toilettes !

Elle se hisse hors du lit, progresse à pas lents dans le noir. Elle n'a pas pensé à allumer la lampe de chevet. Elle se dirige vers la porte, allume le commutateur du couloir, gagne l'escalier, descend sans faire de bruit. Elle n'a pas amené ses pantoufles. Elle est pieds nus, c'est mieux pour ne pas réveiller les autres. Il y a bien des toilettes à l'étage, mais elle préfère celles d'en bas parce qu'elles sont plus belles. Sur les murs couverts d'une superbe faïence on croise des dauphins, des mouettes et la mer.

Un instant plus tard, la chasse d'eau tirée, Berthe se sent mieux. Un peu. Mais sa gorge est toujours amère et sèche.

J'ai soif !

Elle se dirige à pas de louve vers la cuisine. Couché sur son tapis, Igor relève à peine la tête quand elle entre. Elle a allumé. Immobile, les oreilles dressées, le tervueren suit ses moindres gestes du regard. Berthe jette un œil alentour.

Ma parole, y a pas d'eau !

Il y en a plein le robinet mais elle préfère brusquement l'eau minérale. Elle s'approche du réfrigérateur, l'ouvre. Et elle reste en arrêt : les bouteilles entamées de champagne et de riesling vivent leurs dernières heures au frais avant l'assaut final du lendemain.

Berthe hésite. Son nouvel appartement est un bastion où aucun alcool n'est entré depuis qu'elle a subi une cure de désintoxication. Ainsi elle ne risque point de céder à la tentation. En allant ou en revenant de ses courses ou de son travail, elle a toujours effectué de savants détours pour éviter de passer devant des bistrots ou autres estaminets aux devantures trop aguichantes. Or, ce soir, ses hôtes ont bu devant elle, sans excès, certes, mais davantage que d'habitude, et des bons vins, s'il vous plaît ! Elle s'est vengée sur le thé glacé. Elle a horreur du thé glacé mais, à tort ou à raison, elle pense que cela fait moins grossir que le jus d'orange ou le Coca-Cola.

Berthe hésite toujours, affronte ses démons intérieurs. Ils sont nombreux, teigneux, implacables. Elle finit par céder.

Une goutte, juste une goutte !

Elle tend un bras vers le champagne, l'observe avec vigilance pour repérer la hauteur du précieux liquide afin qu'on ne remarque pas qu'elle en a fauché un peu, puis elle porte le goulot à ses lèvres. Les yeux mi-clos, la nuque renversée en arrière, elle laisse couler une gorgée. Elle la conserve sur sa langue, humecte son palais. Il lui semble d'un seul coup que l'univers retrouve sa place. Tout son corps frémit de bonheur. Elle avale une seconde gorgée, sursaute.

Oh, faut pas que ça se remarque !

Elle ramène la bouteille devant elle, l'inspecte avec inquiétude.

Hum, ça va, y vont pas fliquer, quand même !

Et elle la replace avec soin dans le réfrigérateur. Sa voisine la nargue. Le riesling, c'est bon ! A cette seule pensée, Berthe tremble. Elle empoigne l'objet de toutes ses tentations, le porte d'un geste sûr à sa bouche puis, sans même vérifier la hauteur, elle en ingurgite trois vastes lampées. Elle exulte. Elle a l'impression qu'il y avait des milliers d'années qu'elle attendait ça. Qu'on l'en avait privée.

Elle brandit la bouteille devant elle à présent, lui jette un regard circonspect.

Merde, j'ai dû en boire un peu trop, ça va se voir !

Puis elle la range dans le frigo. Elle est inquiète, tout à coup. Faire ça chez des gens aussi aimables, aussi compréhensifs ! En même temps ses yeux furètent dans la pièce, découvrent sur une desserte ce qu'ils espéraient. Alors elle passe au haut-médoc, entamé lui aussi, auquel succède un petit sauvignon, posé près de l'évier, qui doit être le vin de tous les jours.

La voici échouée sur une chaise, les jambes écartées, le souffle rapide, les joues écarlates. Elle a repéré les liqueurs dans un argentier, dans le salon, mais les portes vitrées fermées à clé pourraient grincer, quelqu'un pourrait descendre, la surprendre. Elle y va pourtant, s'immobilise sur le seuil. Séverine la regarde. Berthe est impressionnée par le portrait.

Qu'est-ce qu'elle a, celle-là ? On dirait qu'elle va me sauter dessus !

Et elle tourne les talons. Elle pousse un soupir, regagne la cuisine, contemple une dernière fois les bouteilles avec envie, mais elle doit s'arrêter là. Elle se sent bien. Tellement bien. L'élixir coule dans tous ses membres, serpente dans son corps, lui réchauffe l'âme et le cœur. Elle se sent bonne aussi, si bonne.

Justine, Raphaël, mes amours !

Elle dit vrai. Elle les aime. Ils ne risquent rien. Elle a juste bu un coup comme ça. Ça ne se reproduira pas. Du moins ni demain, ni après-demain.

Les médecins sont tous des cons ! Une fois de temps en temps, ça ne peut pas faire de mal !

Elle se lève, titube, se rattrape à sa chaise, découvre un miroir accroché au mur, tout près de l'horloge normande. Elle s'épie un instant, farfouille dans ses cheveux pour les dépeigner. Elle a un visage sale, usé, tordu par un rictus goguenard.

— Oh, la gueule ! Eh bien, tu ne t'es pas ratée !

Et elle glousse, en contenant le bruit à l'intérieur d'elle-même. Elle hoquette, manque de s'étouffer. Elle remarque qu'Igor la fixe d'un air déconcerté.

— Eh dis donc, toi, t'as jamais vu une pocharde ?

Et elle se marre de plus belle, sans pouvoir s'arrêter. Il faut aller se recoucher.

— Ça va pas être facile.

Elle parle tout haut à présent. Elle a raison, ça va être dur. Elle gravit les marches de l'escalier, solidement arrimée à la rampe. Dans le corridor, à l'étage, indocile, le sol fuit sous ses pieds. Elle chancelle, se rattrape in extremis, évitant de s'étaler au moment où elle arrive devant sa chambre.

Une porte s'ouvre, la figure d'Héloïse surgit, inquiète.

— Que se passe-t-il, madame Lemoine, vous ne vous sentez pas bien ?

Accrochée à deux mains à un placard à linge, Berthe attend que les murs cessent de la narguer avant de répondre d'une voix qu'elle veut la plus naturelle et la plus rassurante possible :

— Non, ce n'est rien. J'ai dû manger quelque chose qui ne m'allait pas. Maintenant, ça va beaucoup mieux !

23

Ils sont restés toute la semaine chez les Le Meur. Ils ont retrouvé très vite leurs habitudes. La chambre tiède, une histoire contée le soir par Isa qui passe toutes ses vacances à la maison, l'homme de sa vie coulant le parfait amour avec sa femme. Ils ont chahuté la jeune fille et Yann, sous le regard attendri d'Héloïse qui comptabilisait les victoires et défaites des deux camps – Raphaël et Isa d'un côté, Justine et Yann de l'autre – à la passe à dix, au foot, au basket. Ils ont fait une longue promenade à pied avec Pétronille dans les chemins de campagne avoisinants, non sans avoir enfermé Edmond, qui ne supportait pas qu'on lui fauche pour quelques heures la femelle à qui il a consacré ses plumes et son âme. Les yeux chargés d'une indicible fierté, Justine et Raphaël ont chevauché tour à tour la monture au poil rude. Ils ont fait honneur à leurs jouets, bien sûr, mais pas trop, uniquement en cas de pluie. Ils savent qu'ils les emmèneront chez eux et que là-bas, l'ennui de la ville aidant, ils pourront s'en amuser à loisir, tout en songeant à ceux qu'ils aiment et qui, désormais, leur offrent trop rarement un petit coin d'oubli.

Durant tout leur séjour, alors que Yann retrouvait ses vingt ans au contact des gamins, prise par les soins qu'elle apporte à Charlotte, Héloïse a passé le plus clair de son temps à observer le comportement de Raphaël et Justine. Elle en a établi un diagnostic plutôt positif. Ils ont grandi, pense-t-elle, surtout la petite, se sont affinés, leur visage s'est empli d'une sorte de gravité, ils ont perdu de leur spontanéité, de leur vivacité, comme s'ils mûrissaient trop vite, comme s'ils étaient plus âgés qu'ils ne le paraissent. Héloïse en déduit qu'ils se sentent responsables de leur mère. Une mère aimante, immature, fragile, que l'on se doit de protéger si on ne veut pas la perdre. Elle admire ces adorables bouts de chou qui affrontent ces tâches d'un âge qui n'est pas le leur.

Berthe a vanté les qualités de maîtresse de maison de Justine.

« A tout juste huit ans, vous vous rendez compte ? Comme je travaille, elle m'aide à faire la vaisselle, le ménage, les courses, la cuisine, elle récure, elle lessive, elle lave son frère, une vraie fée du logis !

— Et l'école ? a alors questionné Héloïse, qui redoutait d'entendre la réponse.

— Oh, elle est intelligente ! Elle pourrait. Mais elle a beaucoup de travail à la maison, et moi l'école, j'y comprenais pas grand-chose, et je ne suis pas capable de l'aider dans ses devoirs et ses leçons. Qu'est-ce que vous voulez, on est des petites gens !

— Et Raphaël ? a encore insisté Héloïse.

— Oh, lui, il n'aide presque pas ! Il est trop jeune. Et puis c'est un rêveur. Il dessine tout le temps, il barbouille des feuilles entières de cahiers de brouillon. Ça me coûte une fortune. Mais il fait parfois de jolies choses.

— Et l'école ?

— Pareil que sa sœur, il n'apprend pas beaucoup. Il a la tête ailleurs. »

Yann et Isa partagent l'opinion d'Héloïse. Ils admirent les enfants. Partisans d'une République laïque juste et humaniste, ils croient en la fraternité, en une relative liberté, mais ils sont convaincus que l'égalité des chances reste à inventer. Ils n'en aiment que davantage les infortunés gamins. Et on s'amuse, on s'étourdit, on s'efforce de leur masquer la grisaille des lendemains à venir.

Héloïse a également demandé à Séverine ce qu'elle pensait de l'avenir de Raphaël et de sa sœur. La jeune fille est demeurée impassible. Elle se souvient du regard de Berthe croisant le sien dans le salon quand la pauvre femme était ivre. Elle a su alors que tout pouvait arriver. Sans doute préfère-t-elle réserver son diagnostic ?

Au cours des promenades effectuées au Lilas blanc, Justine a toujours souhaité conduire la poussette où trônait Charlotte. En découvrant la fillette pour la première fois, elle a d'abord succombé à un bref accès de jalousie, mais la petite l'a séduite avec ses menottes tendues quémandant un câlin, ses yeux de faïence, son inépuisable sourire. Ainsi Justine a-t-elle retrouvé la poupée avec laquelle elle avait toujours refusé de jouer. Avec la complicité d'Héloïse, elle lui a donné à manger, elle a appris à la changer, à lui conter des histoires adaptées à son âge, où seule la douceur des mots est importante. Car hélas, la fillette conserve du retard dans tous les domaines. Elle marche enfin, s'assoit tous les dix pas pour récupérer, marmonne quelques onomatopées plus ou moins intelligibles, articule « Lilise, Ann », ce qui finalement n'est déjà pas si mal.

La météo ayant annoncé deux jours de temps clément pour la saison, Yann a téléphoné un soir à Berthe afin d'obtenir l'autorisation d'emmener les enfants faire un saut au Pouliguen. Berthe a accepté avant de demander à bavarder un peu avec eux. Après avoir tendu le combiné à Justine, Yann s'est tourné vers sa femme, l'a entraînée dans la pièce voisine pour lui confier, l'air contrarié : « Je ne voudrais pas passer pour un oiseau de mauvais augure, mais j'ai l'impression que madame Lemoine a la voix pâteuse. Tu vois ce que je veux dire ? »

Héloïse a posé sans répondre une tête fataliste sur l'épaule de son mari. Ils avaient constaté ensemble, le lendemain du réveillon, que le niveau de la plupart des bouteilles de vin entamées se trouvant dans la cuisine avait considérablement baissé. De là à conclure qu'elles avaient été sifflées durant la balade nocturne de leur invitée...

De retour chez elle, étonnée, puis ravie d'être seule, Berthe en a profité pour mettre de l'ordre dans sa vie.

Ou plutôt du désordre. Pendant quelques jours, sachant qu'en dehors de son travail elle ne subirait plus aucune contrainte, elle a décidé de se reposer, de réfléchir, de donner du temps au temps. Elle a commencé par faire quelques courses à la supérette voisine. Sous le regard désapprobateur du gérant elle a acheté quelques conserves, du pâté, des rillettes, des amuse-gueules, du whisky et deux bouteilles de Ricard, puis elle est vite rentrée chez elle.

Echouée à présent sur le divan de la salle de séjour, elle épluche la note, émet des petits « Bouff ! » effarés, les frais d'alcool correspondant aux trois quarts de ses achats ! Heureusement que sa décision est prise. Boire de temps à autre, une petite fiesta solitaire parce que ça colore les joues, oui, se saouler au quotidien, non ! Si elle se laissait aller, elle le sait, elle risquerait de retomber dans son alcoolisme d'hier, et ça elle ne le veut pas. Et puis, financièrement, avec deux enfants, elle serait vite à la rue, même en s'approvisionnant dans une grande surface, ce qui est exclu puisqu'elle n'a pas de voiture.

Aujourd'hui, c'est différent. Elle a fini son boulot, ses courses sont terminées. Elle est seule jusqu'au lendemain matin. Absents pour plusieurs jours, Justine et Raphaël ne lui occasionnent aucun frais. Elle peut bien s'autoriser un extra.

Berthe se lève, se déshabille, plie ses vêtements avec soin comme le fait si bien sa fille, enfile un peignoir – Je me laverai demain ! –, agence sur la table du salon ses toasts au pâté de foie et aux rillettes et ses amuse-gueules, ouvre la bouteille de whisky, prévoit du gros rouge, vérifie qu'elle n'a rien oublié – Ah, si, remonter le réveil pour demain matin ! –, ensuite, la télécommande à la main, pantoufles au vent, orteils en éventail, elle s'effondre avec dignité dans le fauteuil où elle a l'habitude de regarder la télé.

Elle a du caractère, Berthe. Elle joue avec ses nerfs. Elle ne va pas boire tout de suite. Son verre est là, vide, devant elle. Elle consulte les programmes de la télé, zappe sur les pubs, élimine « Questions pour un champion », change de chaîne, s'attarde sur Raffarin annonçant que tout va bien alors que tout va mal et qu'il est au plus bas dans les sondages. Elle le surnomme Kaa, comme le python du *Livre de la jungle*. « Dormez, braves gens, je m'occupe de vous ! »

Ruffus s'est couché aux pieds de sa maîtresse. Il guette les amuse-gueules. Son ventre et sa poitrine montent et descendent comme un soufflet de forge. Il amène son museau sur le bord de la table.

— Couché !

Et elle lui assène une tape magistrale sur la truffe qui le fait sursauter.

Il a raison, ce chien ! Il est temps de passer aux choses sérieuses. Elle se verse posément une rasade de whisky. Sans glaçons, c'est plus sec, plus goûteux. Elle la porte à ses lèvres tout en suivant la télé du regard. Des hommes politiques évoquent elle ne sait quels sujets. Sarkozy apparaît bientôt, puis François Hollande. Elle absorbe une gorgée du précieux breuvage. Elle le savoure. A ce prix-là, il faut savoir le faire durer ! Ses joues se colorent, sa respiration s'élargit. Elle rit en regardant Sarkozy : celui-là, il a trop d'ambition, il rêve trop d'être président de la République, il part de trop loin pour y arriver, il se fera blouser par ses concurrents et se plantera dans les grandes largeurs le moment venu. C'est dommage, elle l'aime bien, il ne dit pas que des bêtises et il ressemble à un nain de jardin.

Elle en est à son deuxième verre plein à ras bord quand elle s'esclaffe devant le discours de François Hollande. Lui non plus, il ne dit pas que des bêtises, mais il manque de charisme, il ressemble à un curé, et puis c'est plus facile d'être dans l'opposition qu'au pouvoir ! Un nain de jardin et un curé, ils sont vraiment rigolos, ces politiciens !

Elle vide son troisième verre avant d'applaudir à l'arrivée de François Bayrou sur le petit écran. Elle l'aime bien aussi, celui-là. Il a une bonne tête rassurante d'homme de la terre et il est aussi rigolo que les deux autres : il n'est jamais d'accord avec le gouvernement mais il vote pour ses propositions de lois à l'Assemblée !

Berthe se demande tout à coup pourquoi elle ne change pas de chaîne. Elle se moque éperdument de la politique. Elle n'y comprend rien. Tout cela c'est profiteurs, racaille et compagnie, blanc bonnet et bonnet blanc ! En vérité, elle s'en fout, elle ne s'est jamais inscrite sur les listes électorales. Elle zappe derechef. Elle enrage. Il n'y a jamais rien d'intéressant dans cette foutue télé. Ah, si au moins ils programmaient « Les Feux de l'amour » le soir au lieu de les passer en plein après-midi, à l'heure où les braves gens travaillent !

Ruffus guette toujours les toasts. Il a ses repères. Il regarde le whisky descendre. Il sait qu'il n'en a plus pour très longtemps à attendre. Berthe gémit, sourit aux anges. Elle manque d'entraînement. Autrefois, après avoir ingurgité tout ça, s'il n'y avait eu l'inconvénient de son embonpoint, elle aurait pu exécuter un saut périlleux avant si elle l'avait voulu ! Elle rit à cette idée, scrute la bouteille de pinard, tend une main imprécise vers elle pour s'en verser une rasade. Elle se fige au milieu de son geste, puis d'un seul coup elle se penche en avant, beurk !, expédie tout ce qu'elle a absorbé dans un désordre malodorant mais bon enfant sur son peignoir, sur la table, sur la moquette, sur le labrador qui en a vu d'autres et qui, profitant de cette manne inespérée, se lèche posément.

Berthe contemple le désastre, se marre : les chutes du Niagara !

Et brusquement, elle se détend, s'affaisse sur son siège, bascule sa nuque sur le dossier, fixe le plafond. Des larmes, entrecoupées de vastes reniflements, roulent sur ses joues, dégoulinent dans son cou, sur les coussins.

— Je ne suis rien, je suis une merde, une poivrote, je ne mérite pas de vivre, je ne mérite pas mes enfants !

Elle s'endort d'un coup, les bras pendant de chaque côté du fauteuil. Elle est seule. Toute seule. Elle a une figure sale, grise, souillée de pleurs, de vomissures, une figure de grosse petite fille triste.

Le moment est venu. Ruffus s'étire, se redresse. Il

n'est pas pressé. Il a toute la nuit devant lui. Il se met à avaler, à laper méthodiquement biscuits, toasts et vomissures. Il ne doit rien rester. Demain matin, madame Lemoine travaille. Elle n'aura pas le temps de faire le ménage et il faut que la pièce soit impeccable.

24

Les vacances de Noël sont terminées depuis longtemps. Justine et Raphaël ont regagné leur appartement, la tête emplie de souvenirs. Ils ont repris l'école mais il y a encore plein d'Héloïse, de Yann et d'Isa en eux. Plein d'Igor et de tous leurs copains animaux, plein de leur cabane en bois au fond de l'herbage, plein d'arbres étendant leurs bras décharnés sur une nature assoupie, plein de bise, de bourrasques, d'humidité et de pluie.

Au Pouliguen, ils ont fait de longues marches sur la plage du Nau et le long de la Côte sauvage. Ils ont essuyé de splendides vents d'ouest, admiré une mer déchaînée et quelques soleils bas. Ils ont blotti leurs mains dans les énormes pattes de Yann, savouré les baisers d'Héloïse et goûté aux espiègleries d'Isa. Justine a joué à la maman avec Charlotte et s'est évertuée à la faire parler. La petite a fait de réels efforts. Perdue dans sa concentration, elle en oubliait même de sourire. Quant à Raphaël, secondé par tonton Yann, il s'est perfectionné en architecture, construisant dans le sable routes, maisons, voitures, châteaux offerts ensuite aux colères de l'océan.

Justine a beaucoup tenu compagnie à Isa. Elle idolâtre la jeune fille. Elle la trouve belle. Plus tard, elle voudrait être comme elle. Grande, joyeuse, intelligente, vive, sportive. Et bardée de diplômes. Car elle travaille bien à l'école, Isa. Ce sont tonton Yann et tata Lise qui l'affirment. Elle réussit tous ses examens. Elle ne redouble jamais. Elle voudrait être avocate. Elle porterait alors une grande robe noire lui tombant sur les pieds et elle défendrait les autres. Justine rit à ces pensées. Elle est rigolote, Isa. Quand elle parle de son avenir, elle saisit les pans d'une robe imaginaire, virevolte avant de lever et d'agiter ses bras pour en faire froufrouter les amples manches.

Pourtant, durant ces vacances, Justine a remarqué que la jeune fille n'était pas comme d'habitude. Derrière la joliesse de son sourire, derrière l'éclat de ses dents resplendissant d'un bel émail blanc, derrière son dynamisme, son apparente soif de vivre, rôdait souvent une ombre sur son visage, dénonçant l'appréhension de lendemains gris, l'incertitude des rencontres et des jours.

La gamine n'a pas cherché à savoir pourquoi Isa paraissait parfois si mélancolique. Elle se doute que c'est parce qu'elle est amoureuse. Philosophe sans le savoir, elle pense que ça lui passera. Isa est toujours amoureuse de quelqu'un.

Ça leur a fait tout drôle, à Justine et Raphaël, de rentrer chez eux. Ils ont tout de suite constaté que leur mère avait changé. Ils ont vu cela à ses yeux brillants, jaunes, vitreux, à ses joues blafardes. La fillette a compris sur-le-champ que Berthe s'était remise à boire. Il ne lui a pas fallu longtemps pour le vérifier. En passant l'aspirateur, elle a déniché deux litres de mauvais pastis dissimulés sous le lit maternel. Elle n'a rien dit. A quoi bon ? Les grands ne tiennent jamais compte des remarques des enfants, surtout les parents ! Elle a simplement posé les bouteilles en évidence sur la table de la salle de séjour. Comme ça, madame Lemoine picolera, mais avec l'hypocrisie en moins !

Quand, en revenant du travail, Berthe a constaté que son manège était découvert, elle ne s'est pas démontée pour autant. Elle a dit :

« Qui c'est qui a mis ça là ?

— C'est moi, a répondu Justine d'un ton dégagé.

— Ah, bon ? Elles sont vides, t'aurais pu les flanquer directement à la poubelle ! »

Puis, en guise de représailles, Berthe s'est dirigée vers le buffet. Elle en a extrait une bouteille de whisky, et elle s'est servi un verre qu'elle a avalé en une seule lampée.

Ainsi vont désormais les jours. Quand Berthe rentre le soir, elle plonge vers le whisky, enfile sa dose avec avidité, toujours la même. Elle ne la dépasse jamais. Elle s'arrête pile à vingt-deux heures, avant la fin du film à la télé. Il faut à tout prix qu'elle soit dégrisée pour le lendemain matin.

A la cantine, le midi, elle se contente d'eau. Pas question de perdre son boulot ! Il y a les petits, quand même ! Pour la boisson, elle a trouvé la solution. Au lieu de lui apporter viande ou chaussures, ses amants attitrés la remercient désormais avec de l'argent, ce qui lui permet de s'approvisionner en alcool. Plus de protéines ou presque sur la table, sauf le dimanche.

Justine et Raphaël ont maigri, ils sont redevenus sales, leurs résultats scolaires frôlent la médiocrité. Les instituteurs se concertent, convoquent Berthe, s'étonnent. Elle s'est faite belle pour les rencontrer, elle a évité de picoler la veille. Elle minaude, semble tomber des nues. « Ah bon, ils travaillent mal ? On va voir ça, je n'avais pas remarqué. Je vais surveiller ça de plus près. » Elle dissimule dans les poches de son manteau ses mains qui tremblent. On en reste là, sous le regard sceptique des maîtresses et des enfants qui ont assisté sans illusions à la scène, et on rentre chez soi. Là, Berthe se précipite pour rattraper le temps perdu et, tandis que Justine dresse la table, les yeux mi-clos, un sourire hiératique sur le visage, vite fait bien fait, elle expédie deux rasades de vin.

Héloïse et Yann téléphonent, le soir parfois, le mercredi souvent, car ils savent que ce jour-là Justine et Raphaël sont plus disponibles. Ils espèrent toujours que leur mère va les autoriser à passer un week-end au Lilas blanc. Peine perdue. Berthe fabule. Elle est très occupée en ce moment, débordée même. Sa sœur va lui rendre visite, des cousins, des amis. Sa panoplie d'excuses usée, elle évite de décrocher à certaines heures, celles où elle pense que ce sont les Le Meur qui sont au bout du fil.

Quant aux gamins, quand ils répondent, la honte les étreint. Ils tiennent des propos évasifs, ignorent quand ils pourront venir – « Faut voir avec maman » –, alors qu'ils meurent d'envie de revoir ceux qu'ils aiment, et ils se demandent si cela arrivera un jour.

Berthe n'y tient pas. Elle craint que Justine et Raphaël ne parlent, ne dénoncent sa déchéance. Car elle est lucide, elle sait qu'elle a replongé dans ses travers. Elle sait que son avenir est compté. Elle a peur qu'on ne lui prenne une fois encore ses enfants. Elle se demande combien de temps elle va pouvoir tenir sans que les éclairs qui s'amoncellent sur elle se décident à la foudroyer.

Excédée, Justine a enfin rompu le silence. A plusieurs reprises, elle a crié : « Maman, tu bois trop ! Arrête, tu vas te tuer ! »

A chaque fois, avec un rire sinistre de Berthe, elle a reçu la même réponse : « C'est ce qui pourrait vous arriver de mieux ! »

Aujourd'hui, Justine ne proteste plus. Elle est devenue passive. Elle s'efforce seulement de protéger son frère qui pose de grands yeux chargés de détresse sur cet univers de merde qui l'entoure. Quelquefois, il va enfouir sa tête dans le giron de Berthe, quémande une caresse à l'heure où elle sirote son alcool. Elle laisse alors rôder ses lèvres sur le bord de son verre, flatte distraitement la joue offerte, dit : « Mon petit, je t'aime ! »

Et c'est vrai. Hélas, elle aime plus encore la bouteille. Et elle repousse vite son fils pour se resservir une ultime rasade, se promet-elle.

Justine scrute sa mère. Elle a huit ans. Elle est grande à présent. Elle juge. Elle commence à haïr.

Quand Berthe est là, elle s'isole dans la chambre. Elle ne veut pas la regarder s'enfoncer au fond du gouffre. Elle ne veut pas entendre la télé vomir ses inepties dans la pièce d'à côté. Alors elle allume le lecteur de CD offert à Noël par Isa, y introduit un disque des chanteurs qu'elle aime : Alizée, Britney Spears, David Hallyday, Hélène Ségara, Priscilla. Les chansons qu'elle préfère sont celles de Priscilla. La petite prodige est jeune, à peine plus grande qu'elle. Elle a des yeux bruns comme elle sur les pochettes, un joli sourire heureux. Justine passe en boucle « Cette vie nouvelle », « Toujours pas d'amour » et surtout « Tchouk Tchouk Music », dont les paroles la transportent :

Chauffez, chauffez
Mais sans chômer
La vieille locomotive,
Toujours alerte et vive,
L'oreille collée sur le rail,
Je suis son parcours où qu'elle aille.

Justine rêve d'être une locomotive. Elle rêve de s'en aller, loin, loin, loin comme elle. Elle rêve qu'elle traverse des pays où tous les gens sont gentils, où les bonnes choses abondent, où on ne croise jamais de larmes, de peur, de soleils tristes. Elle pense souvent aux Le Meur. Elle s'efforce de les effacer de sa mémoire. Elle ne les reverra plus jamais, elle en est sûre. Comme son frère, elle est condamnée à des lendemains qui lui donnent des nausées, envie de mourir.

La nuit dernière, elle a été réveillée par un raffut pas possible. Elle s'est levée à pas de loup, est allée entrouvrir la porte de la chambre voisine. Elle a découvert, couché avec sa mère, le boucher du quartier. Ils se sont retournés d'un geste brusque vers elle.

L'homme a dit :

— Tu m'avais juré qu'ils dormaient !

Elle a ri.

— Oui, mais on est bruyants. C'est rien, c'est ma fille, elle ne dira rien.

— Oh, quand même !

— T'inquiète pas, elle a l'habitude. Allez, va dormir, ma puce, tu vas être fatiguée, il y a école demain.

Justine est repartie se coucher. Elle s'est glissée dans ses draps. Dans la pénombre, elle a aperçu Raphaël assis sur son lit, les couvertures repoussées en boule à ses pieds, les coudes posés sur ses genoux, les mains sous son menton. Il l'a regardée, des larmes coulaient sur ses joues.

Il a dit :

— J'en ai marre, c'est toujours pareil. Maman elle pense qu'à elle. Elle s'occupe jamais de nous !

25

Mai 2004

La situation a empiré. Ne supportant pas l'ivrognerie de Berthe, ses écarts, son haleine fétide, ses amants l'ont quittée. Elle les a remplacés par d'autres, conquêtes de caniveau d'un jour, qui trinquent avec elle, sifflent son whisky mais ne lui en achètent pas, amenant ses finances au-dessous du zéro absolu. Par ailleurs, sa dépendance à l'alcool étant de plus en plus visible, ses collègues lui ont fait des remarques à plusieurs reprises et l'ont menacée de prévenir la direction si elle ne réagissait pas.

Mais la sanction est venue de l'école. Devant le désastre des résultats scolaires de Justine et Raphaël, leur malpropreté et les frais de cantine en souffrance, les maîtresses se sont concertées avant de se décider à alerter les services sociaux pour qu'ils ouvrent une enquête.

Celle-ci ne devrait pas tarder et la sanction paraît évidente. Le loyer n'a pas été réglé depuis deux mois, le téléphone a été coupé. Les enfants savent ce qui les guette. Un retour à la case départ. Même si, acculée, Berthe jure ses grands dieux qu'elle veut subir une nouvelle cure de désintoxication et que, promis juré, elle ne retouchera plus jamais à une bouteille, Justine et Raphaël ne sont pas dupes. Leur mère est faible, immature. Elle retombera. Elle retombera toujours.

Quant à eux, dans quelques jours au plus tard, ils lui seront retirés et placés en foyer, le temps de statuer sur leur sort et de trouver une famille d'accueil.

Pourtant, ce samedi est un grand jour. Prise de remords, après avoir fait jurer à Justine et Raphaël de ne rien dire de la situation dans laquelle ils se trouvent, Berthe a téléphoné d'une cabine publique aux Le Meur afin de leur proposer de recevoir ses enfants chez eux pour le week-end.

Yann est venu les chercher. Il a été surpris de voir qu'ils l'attendaient en bas de l'immeuble. Madame Lemoine lui a adressé un petit signe amical derrière les rideaux bonne femme de la fenêtre voilant son visage défait.

Il ne l'a pas entendue, et pour cause, murmurer :

— Adieu, mes amours, mes anges !

Ils sont au domaine à présent, presque propres, revêtus de tee-shirts et de shorts dévoilant des jambes, des bras et des poitrines amaigris.

Héloïse et Yann se sont concertés du regard.

« Tout va bien chez vous ? a questionné Héloïse.

— Oui, oui.

— Vous êtes sûrs ?

— Oui, oui. »

Elle n'a pu en tirer davantage. Ils demeurent muets comme des carpes, détournent la conversation, décampent vers l'herbage, Igor à leurs trousses, racé, impérial, sa splendide queue de renard dressée en étendard.

Charlotte les regarde courir avec envie. Elle a grandi, elle marche, commence à parler d'une façon surprenante, eu égard à son retard lorsque les Le Meur l'ont accueillie. Elle sourit toujours mais il lui arrive désormais d'avoir de menues colères et de fugaces états d'âme. Bref, elle semble sortie de la bouillie originelle et, à force de prendre des bûches, de se cogner le front, de s'égratigner les genoux et les mains, elle a pris conscience de son écorce corporelle et de son identité.

Mais Raphaël et Justine n'ont pas envie de s'encombrer de la fillette. Ils ont autre chose à faire. Quelque chose de déterminant qui, ils l'espèrent, changera le cours de leur destin. Destin, bien sûr, ils ignorent ce mot. C'est pourtant de cela qu'il s'agit. Ils ont pris une grande décision, la seule qui s'ouvrait devant eux. Ils savent aussi qu'elle est irrévocable. Qu'ils n'en changeront pas.

Héloïse et Yann les regardent filer vers la cabane où ils s'engouffrent en se bousculant. Yann soupire, hoche la tête. Il secoue ses puissantes épaules, se masse les tempes avec les doigts, ébauche une grimace et dit :

— Je suis inquiet. Ils ont maigri, ils sont tristes, ils n'ont plus le téléphone, ils ne donnent plus de nouvelles, leur mère ne m'a pas invité à monter chez eux, ils étaient impeccables il y a six mois, et tu vois aujourd'hui comment ils sont ?

Héloïse a harnaché Charlotte dans une balancelle. Elle la pousse doucement et la petite, ses yeux de faïence parcourus d'éclats fugitifs, rit aux éclats.

— 'core, tata Lise, 'core !

— Malheureusement, je crois que tu as raison. Ils ont changé, et je suis sûre qu'ils nous cachent quelque chose. Leur mère n'est probablement pas à la hauteur pour les élever, et comme ils ont honte, ils ne veulent pas nous en parler.

Entre-temps, Héloïse a libéré Charlotte des sangles de la balançoire. Ils promènent à présent leur nonchalance dans les allées du jardin, la fillette trottinant devant eux. Elle s'arrête à chaque pas ou presque pour cueillir pâquerettes et boutons-d'or afin d'en confectionner un bouquet. Lorsqu'elle s'accroupit, ses couches-culottes débordent de la jupette jaune, masquent les charmants mollets ronds. On la croit en déséquilibre, prête à tomber. Elle se redresse pourtant en babillant, chancelle un tantinet, se tourne vers les Le Meur : « Belles, belles ! », repart jusqu'à la fleur suivante. S'arrête.

Héloïse profite de cette halte. Elle s'approche de son mari, l'enlace, niche sa tête dans son cou, murmure :

— J'ai mal au cœur de les voir comme ça, si tu savais. Ils méritent autre chose. Ils sont si gentils, si intelligents.

Yann presse sa femme contre lui. Elle est redevenue fragile tout à coup, délicieusement fragile. Il aime qu'elle se livre ainsi. Il a alors l'impression qu'il la protège, qu'elle a vraiment besoin de lui, qu'il est unique, qu'ils ne font qu'un.

— Il faudrait peut-être prévenir les services sociaux, leur dire que quelque chose ne va pas ?

Héloïse détache son visage de l'épaule de Yann.

— On est mal placés pour ça. Ils pourraient penser qu'on veut les récupérer. Et puis il y a Charlotte, à présent.

— C'est vrai, il y a Charlotte.

Entre-temps, Justine et Raphaël sont entrés avec Igor dans la cabane. Ils jettent des coups d'œil émus autour d'eux. La pièce est exiguë : trois mètres sur deux, assez grande néanmoins pour des enfants. Ils y ont beaucoup joué quand ils habitaient chez les Le Meur. Yann l'a vidée après leur départ. Il a toutefois laissé la petite table, deux chaises et l'étagère où ils rangeaient leurs jouets. Des toiles d'araignée, où dorment des insectes morts, ont envahi les murs et le plafond.

— Y va falloir nettoyer, dit Raphaël.

Justine opine du bonnet.

— T'as raison, c'est dégoûtant !

Elle fixe son frère, occupé à bloquer la porte grande ouverte avec une bûche prise dans la réserve de bois proche, réservée à la cheminée.

— T'es toujours d'accord ?

— Oui.

Justine sourit.

— Alors, faut qu'on nettoie tout ça !

Ils sont debout, côte à côte, sur le seuil de la

cabane. Emus, ils contemplent autour d'eux ce micro-univers qu'ils connaissent bien et qu'ils aiment plus que tout. Un univers où quelque chose a changé. Quatre agneaux et trois chevreaux sont nés. Pétronille est toujours une jeune fille, malgré l'insistante cour amoureuse d'Edmond. Néanmoins, celui-ci commence à la délaisser quelque peu au profit de Joséphine, la discrète et charmante oie devenue nubile. Enfin, une horde de poussins navigue entre les pattes des poules et des dindons. Partout une nature gorgée de fleurs sauvages et de couleurs explose, bercée par le ballet des oiseaux. Des oiseaux fébriles, affairés à renforcer leur nid, à s'engueuler copieusement d'une espèce à l'autre et à nourrir leurs petits.

Héloïse, Yann et Charlotte sont arrivés à la cabane. Justine et Raphaël viennent vers eux. Héloïse ne peut s'empêcher de les trouver décalés, étranges, différents des enfants qu'elle a élevés durant deux ans.

— Dites, demande Justine, ce soir on voudrait dormir ici, vous voulez bien ?

— Non, dit Yann, les nuits sont encore fraîches, et vous pourriez prendre froid. Et puis ce ne serait pas très confortable.

— Oh, si ! insiste Raphaël en décochant son plus irrésistible sourire. A Caen on est toujours enfermés ! Là, on serait bien !

Héloïse et Yann se consultent du regard.

— D'accord, dit Yann, mais pas toute la nuit. On vous donne l'autorisation jusqu'à minuit. A cette heure-là, je viendrai vous chercher. En cette saison, vous serez quand même beaucoup mieux dans un vrai lit.

— Merci, tonton Yann !

— Merci, tonton Yann !

Le soir tombe. Il a fait beau toute la journée. Les enfants ont nettoyé leur refuge de fond en comble. Plus une toile d'araignée, plus une poussière sur le plancher où ils ont installé un matelas pneumatique et un duvet ; ils y dormiront à deux pour avoir plus chaud. Ils savent que Yann viendra les déloger à minuit ; ils ont pourtant décidé de petit-déjeuner dans leur cabane le lendemain matin, dès qu'ils seront levés. Ils ont donc emmagasiné des œufs durs, du pain, du beurre, des rillettes, des pommes, deux bols, du lait, du chocolat en poudre et de la confiture de rhubarbe. Ils boiront du chocolat au lait froid.

Amusés, attendris, Yann et Héloïse échangent des regards complices : dix pommes pour un unique petit déjeuner ! Ils se souviennent des jours heureux où eux aussi se prenaient pour des trappeurs ou des Robinsons abandonnés sur une île déserte.

Ils sont à table dans la cuisine. Ils dînent rapidement car Justine et Raphaël ont hâte de rejoindre leur territoire d'aventure. Les petits rient, mangent avec appétit, leurs yeux brillent. Ils oublient l'appartement. Ils pensent à tout à l'heure, au bruit des arbres autour d'eux, ils pensent à la nuit, au frémissement du vent, au vol lourd des oiseaux nocturnes, à l'ample respiration des bêtes dormant tout près, à la pluie, peut-être, qui giflera le toit de tôle. Ils se sentent grands, forts, libres. Et puis ils n'ont pas peur. Ils savent à présent que la nuit, c'est le jour qui sommeille. De toute façon, ils emmènent une torche électrique chacun, au cas où un loup, un renard, un éléphant, un tigre, pourquoi pas un aigle, s'aviserait de les importuner !

— Il ne pleuvra pas, leur dit Yann en se levant, soyez sans crainte.

— Oui, mais on va quand même emporter nos blousons, remarque Justine, parce qu'on pourrait attraper froid quand tu viendras nous chercher tout à l'heure.

Ils se lèvent. Ils ont mangé tôt. Les jours rallongent. Ils se hâtent vers l'herbage, précédant Héloïse et Yann. Entre les arbres, le ciel encore bleu se voile de douces teintes orange et rose. Ils croisent le bélier et le bouc qui s'affrontent sans conviction, histoire de maintenir la forme. L'ânesse, ses belles oreilles dressées, vient vers eux quêter une caresse.

— Ma Pétronille, dit Justine en lui donnant sans ralentir une tape amicale sur le flanc, tant elle est impatiente de gagner la cabane.

Ça y est, ils y sont ! Elle ouvre, suivie par son frère, allume sa lampe torche. Elle pivote ensuite vers Héloïse et Yann, revient vers le seuil, les embrasse avec une tendresse soudaine, dit « A tout à l'heure » avant de s'effacer pour laisser Raphaël en faire autant.

Le baiser du soir donné, d'une manière un tantinet cavalière, elle referme la porte sur eux.

Héloïse et Yann contemplent le ciel un instant. Ils

tendent l'oreille, perçoivent des murmures, un petit rire, le silence. Héloïse est perplexe.

— Tu ne les trouves pas bien mystérieux, je dirais même bizarres ?

— Non, ils s'amusent. En ville, ils sont cloîtrés toute la journée. Ici, ils rêvent, c'est de leur âge.

Héloïse hausse ses épaules dénudées, malgré la fraîcheur du soir.

— Tu as sans doute raison.

Ils tournent les talons, s'éloignent lentement, accompagnés par Igor, Pétronille et l'incroyable Edmond qui, après avoir exécuté un détour vers l'oie Joséphine, s'est empressé d'emboîter à nouveau le pas à sa dulcinée.

Yann a enlacé Héloïse. Ils vont, savourant les parfums sucrés du soir. Yann se laisse guider, paupières à demi closes. Il affectionne plus que tout ces moments où sa femme et lui ne font qu'un. Il aime Héloïse. Il a cru la perdre. Il l'a retrouvée, plus présente que jamais. Unique. Il ouvre les yeux, l'effleure du regard. Le temps passe. Des ridules s'amoncellent sur ses pommettes, aux commissures des lèvres, chiffonnent le beau front hier lisse. La cinquantaine s'annonce. Elle n'a jamais été aussi belle.

Yann se demande ce que serait son existence sans elle. Elle serait impossible. Si Héloïse n'existait pas, pour survivre, il s'empresserait de l'inventer !

Les enfants ont épié les pas des Le Meur s'éloignant au-dehors. Seuls, enfin seuls ! Non qu'ils haïssent leurs bienfaiteurs. Loin d'eux une pareille pensée. Ils aimeraient vivre tous les jours de leur vie avec eux si c'était possible. Leur vie où ils ont besoin d'un bâton pour s'appuyer, d'une main tendue pour devenir grands. Mais les adultes leur ont offert une autre voie. Et cette voie, leur mère ayant échoué, les entraîne vers un retour dans un foyer et un avenir incertain ou pire encore. Ils sont petits, fatigués. Fatigués n'est pas le mot juste. Ils sont révoltés, las d'être des objets que l'on déplace comme des pions sur un damier, sans leur demander leur avis. Si encore ils pouvaient revenir habiter chez les Le Meur, mais rien n'est moins sûr. Ils s'occupent de Charlotte à présent, et peut-être qu'ils ne voudraient plus d'eux ?

Justine s'est approchée du matelas pneumatique. Elle le soulève, retire un havresac qu'elle avait amené en cachette dans la journée, et qu'elle a dissimulé là. Elle l'ouvre sur la table, y enfourne couverts et nourriture prévus pour le petit déjeuner, une serviette, un gant de toilette et un morceau de savon qu'elle a fauchés dans la salle de bains en fin d'après-midi. Elle termine par les blousons, médite un instant devant le sac afin de vérifier qu'elle n'a rien oublié, pivote vers Raphaël qui, debout près de sa sœur, la regarde faire, hypnotisé.

— T'es toujours d'accord ?

Le gamin opine du chef, murmure : « Oui. » Il ne reviendra pas sur sa décision.

Un temps plus tard, il demande :

— Quand est-ce qu'on part ?

Justine referme le havresac, tourne ensuite vers son frère un visage de grande.

— Pas avant onze heures. Il faut attendre la nuit. Faut pas qu'on nous voie. Faut pas se faire prendre.

Elle consulte la montre que les Le Meur lui ont offerte à Noël, conclut :

— Dans deux heures. Pas plus, parce qu'il faut aussi qu'on soit loin quand tonton Yann viendra nous chercher. Allez, dors un peu, je te réveillerai.

Elle approche une chaise près de la petite fenêtre donnant sur l'herbage, plonge son regard au-dehors. Tout est calme. Elle détourne les yeux. Elle a senti une présence près d'elle. Raphaël est debout à ses côtés.

— J'ai pas sommeil.

— Tu fais comme tu veux, c'est toi qui sais.

Il appuie sa jolie tête blonde sur l'épaule de sa sœur, lui prend la main. Elle est grande. Il a confiance en elle. Ensemble, silencieux, subjugués, ils contemplent, entre les frondaisons, le ciel jouant avec les étoiles.

Minuit. Yann frappe à la porte de la cabane, ouvre, constate qu'elle est vide. Seul le matelas pneumatique, trop encombrant pour de petits bras, a été laissé là.

— Nom de Dieu !

Il allume sa torche électrique, balaye sans conviction l'herbage autour de lui, faisant miroiter les yeux des animaux étonnés et fuir deux lapins de garenne venus squatter cette terre promise. Puis il fonce vers la maison, escalade en courant les escaliers menant à l'étage, jaillit dans la chambre où Héloïse, réveillée par sa cavalcade, l'attend, dressée au pied de son lit, brûlante d'anxiété.

— Les enfants ont filé ! Ils ont fait une fugue !

Héloïse se précipite vers le valet, saisit ses vêtements.

— Qu'est-ce qu'on va faire ?

— On n'a pas le choix : jeter un coup d'œil dans les environs, sur la route de Bretagne et les axes locaux. Ils ne sont peut-être pas partis depuis longtemps. On emmène Igor avec nous, on ne sait jamais, il les repérera peut-être. Si on ne les trouve pas, on préviendra les gendarmes, car on aura besoin d'eux. Mais pas d'affolement, je crois savoir où ils sont.

— Où ? s'énerve Héloïse en enfilant son pantalon.

Yann a déjà gagné la porte.

— Dépêche-toi, je file à la voiture, je te le dirai dehors !

26

Ils cheminent en file indienne, Justine ouvrant le chemin. Elle porte sur ses épaules le havresac au-dessus duquel elle a enroulé le duvet. Ils sont inquiets. Le ciel est dégagé et une lune impertinente dénonce leur présence. Ils ont quitté la cabane à onze heures et quart, le jour n'en finissant pas de musarder au-dessus des frondaisons et des murs de la propriété. Ils ont escaladé un coin de clôture, tournant le dos à la maison afin de ne pas se faire repérer, puis ils ont gagné la route de Bretagne pour prendre la direction de Villers-Bocage.

Ils savent où ils vont. En sœur aînée, Justine a tout prévu. Ils avancent d'un pas vif, se jettent derrière l'abri le plus proche quand les phares d'une automobile éblouissent la nuit : Abribus, véhicule en stationnement, fossé. Ils laissent bientôt Tourville-sur-Odon derrière eux, poursuivent leur périple vers Mondrainville. Ils ont été croisés ou doublés par quatre ou cinq voitures et un scooter. Personne ne les a vus. Heureusement, car ça se remarque, deux marmots de cet âge, seuls sur une route départementale à minuit bientôt passé !

Dix minutes plus tard, ils atteignent leur but. Sur leur gauche, le bois des Amis de Jean Bosco va leur offrir l'hospitalité et la protection de ses frondaisons. Ils s'engagent hardiment sous un imposant porche de pierre, traversent le parking destiné aux visiteurs avant de s'enfoncer dans la longue et majestueuse allée flanquée des deux côtés par des arbustes récemment plantés.

La route est loin à présent.

— On peut s'arrêter un peu, dit Justine, il n'y a plus de danger.

— Ouf ! répond Raphaël en s'affalant sur un tronc d'arbre faisant office de banc. J'suis fatigué !

Il actionne sa lampe pour inspecter les alentours.

— Eteins ! s'écrie Justine. Avec ta lumière, on peut nous voir de loin ! Faut pas qu'ils sachent qu'on est là !

Raphaël secoue ses petites épaules, gratte la terre avec ses godillots.

— Oui, mais moi j'ai un peu peur quand même !

La fillette a posé le havresac à ses pieds avant de s'asseoir près de son frère.

— Faut pas, regarde : avec la lune, on voit presque autant qu'en plein jour.

— Oui, mais je commence à avoir froid.

C'est vrai que la fraîcheur tombe, d'autant que le vent s'est levé et qu'à cet endroit, faisant fi d'une frêle haie, c'est toute la plaine qui souffle avec lui.

— T'inquiète pas, on n'en a plus pour longtemps.

Elle se lève, vaillante, reprend son fardeau. Elle sait où elle va. Ils marchent à nouveau, bien au milieu de l'allée afin d'éviter les éventuelles traîtrises de bestioles mussées dans les hautes herbes. Un double alignement de sapins s'avance vers eux, les encadre bientôt de ses hauts fûts. Ils ont l'impression de s'être engagés sous les voûtes sombres d'une cathédrale. Il y régnerait un silence sépulcral s'il n'y avait le vent. Pas un murmure, pas une plainte, pas une course dans les buissons, pas un froissement d'ailes, pas un cri d'oiseau ou d'animal pris pour proie.

Puis à nouveau la lumière, furtive cette fois, car ils ont bifurqué sur la gauche pour descendre un chemin pentu et glissant qui zigzague parmi les frênes, les chênes, les arbustes de toute sorte.

Le silence s'efface. Une rumeur sourd de la terre, les encercle, les interpelle. L'eau, c'est l'eau ! Des ruisselets se rejoignent, se métamorphosent parfois en ruisseaux, en minuscules et charmantes cascades dévalant vers la rivière Odon qui étale ses ondes paresseuses dans la vallée en contrebas.

Le danger, l'aventure, l'imprévisible peuvent surgir à tout moment, d'un monstre tapi derrière une feuille de châtaignier, d'un cerf, d'un sanglier protégeant sa horde, d'un renard à l'œil acéré de prédateur, d'un serpent filant entre leurs jambes ou somnolant sur les branches au-dessus de leurs têtes, d'un cheval fou. C'est du moins ce que pense Raphaël. Il a noté des traces de fer à cheval sur le sol. Pourtant il n'a plus peur. Il est entré dans un monde singulier et magique où les arbres parlent, les brins d'herbe chuchotent, les animaux se concertent, où l'eau, d'un ru à l'autre, échange des confidences, où les étoiles observent d'un œil ironique tous ces infiniment petits qui s'agitent au-dessous d'eux.

Raphaël est heureux. Sa poitrine se gonfle. Elle se gonfle tellement qu'à l'intérieur de grands navires pourraient mettre à la voile. Comme dans ses livres d'images. Comme dans ses rêves.

Justine lui a dit, il y a quelques jours :

« Y en a marre. Les adultes, y nous cassent les pieds ! On va se sauver. On va se cacher quelques jours et quand y nous retrouveront, on leur dira qu'on s'est sauvés parce qu'on veut pas aller dans un foyer. Ce qu'on veut, c'est retourner chez tata Lise et tonton Yann. Et si y veulent pas, parce qu'ils ont la petite Charlotte ou parce que le juge et les autres y veulent pas, eh ben on fera une autre fugue et on ira en Amérique, là où il y a les Indiens ! Là-bas, on sera bien tranquilles.

— C'est où, l'Amérique ? a demandé Raphaël.

— Là ! »

Elle a montré un truc sur une carte.

« Ah, bon ? »

Une carte, c'est vague, c'est minuscule. Ils n'ont pas remarqué qu'entre Caen et l'Amérique il y avait la mer.

« Pour l'instant, a conclu Justine, on va passer deux jours et deux nuits dans le bois des Amis de Jean Bosco. »

Elle dit « Amis » avec respect. Amis, c'est important. Amis, c'est quand on aime pour de vrai, sans calcul, sans voler ! Justine et Raphaël n'ont pas d'amis, ils n'ont que du malheur, des petits malheurs lamentables qui s'additionnent, que les grands rafistolent sans jamais leur demander leur avis. Ce n'est pas tout à fait vrai : ils ont Héloïse, Yann, Isa, Pétronille, Igor, ce brigand d'Edmond. Enfin, ils avaient, et on les leur a pris ! On leur a dit : « Vous allez retourner chez votre maman. Vous serez bien. » Bingo !

Alors ils ne croient plus en rien. Si, en l'Amérique, sans trop savoir ce qu'ils y découvriront s'ils doivent y aller un jour. Ils croient surtout en Héloïse et Yann. Ils espèrent d'eux quelque chose qui ne serait pas que du désespoir et l'envie de se jeter la tête contre les murs.

« Deux jours dans le bois, c'est pour faire comme les Indiens, a poursuivi Justine. Pour s'y cacher. Pour effacer les traces. Les grands, ils vont courir après nous. Partout. Sur les routes, dans les chemins. Ils croiront qu'on est loin. Quand ils seront fatigués, ils s'arrêteront de chercher. Alors on sera bien tranquilles, on pourra repartir. Plus on nous cherchera, plus on nous écoutera ensuite. »

Voilà ce qu'a décidé Justine.

« Et comment on mangera ? » s'est inquiété à plusieurs reprises Raphaël.

La fillette a eu un rire mystérieux. Elle a tapoté son porte-monnaie, enfoui dans une des poches de son jean : « J'ai ce qu'il faut ! »

Ce qu'il faut, ce sont vingt euros offerts par Isa à Noël. Raphaël a regardé sa sœur avec une paisible admiration. Justine, elle est jeune comme ça, à voir.

Mais elle prévoit tout. Avec vingt euros, on peut faire le tour du monde !

Ils ont laissé les arbres derrière eux, ils sont devant la rivière, de l'autre côté du petit pont, là où des prairies étalent leur ventre de verdure. C'est ici que Justine a décidé de s'installer pour finir la nuit. Ils verront, s'il y a lieu, venir le danger de loin. Ils dénichent un endroit sec, déroulent le duvet, se glissent à l'intérieur, utilisent leurs blousons comme oreillers.

Ils ont tout juste de la place pour deux, jambes et souffles entremêlés. Raphaël contemple le ciel. Le vent est tombé, à moins qu'il ne soit bâillonné par le bois tout proche. Parfois quelque chose saute dans la rivière. Un poisson, un rat, un ragondin ? Ils l'ignorent.

— T'inquiète pas, dit Justine, ils vivent dans l'eau, ils viendront pas jusqu'ici !

— J'ai pas peur, répond crânement Raphaël.

Et c'est vrai. Sa sœur est contre lui. Il a bien chaud. Il est dans un cocon. Il ne peut rien lui arriver. Pour la première fois de sa vie, il ne dépend de personne, il se sent vraiment libre.

— Dès qu'il fera jour, reprend Justine, on se lèvera et on retournera se cacher dans le bois. Comme ça personne ne nous apercevra, et si on nous cherche, on nous trouvera pas. En attendant, on dort. Je te réveillerai.

— A demain.

— A demain, petit cœur.

Justine regarde son frère. Il a déjà fermé les yeux. Son visage est apaisé, heureux. Elle lui a dit « petit cœur ». Comme dit Héloïse. Elle aurait pu dire « petit homme », comme dit Yann. Ah, Héloïse, Yann… Elle espère qu'ils n'ont pas trop de peine, d'ennuis à cause d'eux. Ils sont si gentils !

L'exaltation des premiers frissons de l'aventure passée, Justine se sent soudain épuisée. Elle respire un grand coup à pleins poumons, s'emplit de l'odeur de la prairie puis sombre d'un coup dans un sommeil sans rêves.

Deux heures durant, Héloïse et Yann ont sillonné en voiture les routes et les chemins entourant leur propriété, passant au peigne fin les bourgs environnants : Mouen, Verson, Mondrainville. Peine perdue. Ils s'en doutaient.

Il ne leur restait plus qu'une chose à faire : aviser les forces de l'ordre. Ce qu'ils ont fait la mort dans l'âme, car non seulement ils ont commis une faute en laissant Justine et Raphaël dormir sans surveillance dans la cabane, mais ils risquent d'en commettre une autre en les traumatisant à la vue d'uniformes lancés à leurs trousses.

Yann a composé le numéro de la gendarmerie. Le centre opérationnel de la gendarmerie de Caen lui a répondu avant d'alerter la communauté de brigades d'Evrecy. Une heure plus tard, deux gendarmes, un homme et une femme, sonnaient au Lilas blanc. Yann les a introduits dans le salon, leur a résumé la situation, la fugue, ses propres recherches dans les environs et ses conclusions.

« Je connais bien les enfants, et je crois savoir où ils sont.

— Où ? a questionné la femme chargée du recueil écrit des renseignements.

— Dans le bois des Amis de Jean Bosco, tout proche. Quand ils habitaient ici, on allait souvent s'y promener. Et comme on ne les a pas vus sur les routes avoisinantes et qu'ils sont à pied, il faut bien qu'ils soient quelque part. »

Son collègue a acquiescé : « C'est une bonne hypothèse. S'ils avaient cherché à faire du stop, à moins qu'ils ne soient tombés sur un maniaque, on aurait été tout de suite alertés. Alors voilà ce que nous allons faire : continuer à rayonner dans les environs à tout hasard, car ils peuvent très bien s'être cachés en apercevant votre voiture. On va demander du renfort, et si on ne trouve rien, on fera appel à un chien de pistage de Caen et au PSIG[1], et on investira le bois à l'aube afin d'y entreprendre des recherches. »

— Comme ils sont beaux ! murmure Héloïse.

Yann approuve silencieusement tout en tirant sur la laisse pour empêcher Igor de s'approcher des enfants. Ce n'est pas grâce à lui qu'ils les ont retrouvés tout de suite. A cinq heures du matin, ils ont investi le bois et, lorsque Yann a voulu faire sentir un tee-shirt de Raphaël aux deux chiens, le maître-chien s'est interposé : « Si vous voulez vraiment amener votre tervueren

1. Peloton de surveillance et d'intervention de la gendarmerie.

avec vous, restez loin derrière. Ce n'est pas un chien de pistage et il pourrait troubler le travail du nôtre. »

Yann a obtempéré en soupirant. Le berger allemand a reniflé le tee-shirt. Il a poussé un faible grognement puis, sans hésiter, il a entraîné tout le monde dans la bonne direction.

Ils ont découvert les gamins profondément endormis. Ils sont tous là, à présent, silencieux, à les observer. Un sourire rassuré éclaire les visages. La fugue se termine vite et bien. Les petits ne semblent pas éprouvés.

— Il va falloir les réveiller, souffle la femme gendarme en se tournant vers les Le Meur. On vous laisse vous en charger.

Héloïse hoche la tête, s'approche doucement de Justine et Raphaël.

— Attends ! dit Yann.

L'intervention réussie, les fuyards retrouvés, Igor n'est plus un empêcheur de tourner en rond. Yann s'approche à son tour, règle la laisse tirée par le tervueren afin que, dans son empressement, ce dernier ne piétine pas les enfants. Celui-ci a compris. Il se calme, se penche avec précaution au-dessus d'eux, promène sur leurs fronts, leurs joues, leurs yeux une langue tiède et humide accompagnée de tendres gémissements.

Justine se réveille la première. Elle reconnaît le chien, le repousse un peu, rit :

— Igor, arrête !

Puis, brusquement, elle bouscule son frère encore endormi, frotte ses paupières, promène un œil autour d'elle, découvre Héloïse, Yann, les gendarmes.

— Non, j'veux pas !

Raphaël a surgi du sommeil. Ensemble, le frère et la sœur s'extirpent du duvet, se dressent d'un bloc. Ils reculent d'un pas, affolés, regardent derrière eux. Ils sont encerclés. Ils ne peuvent pas fuir. De toute façon, où iraient-ils ? Ils se sentent tout petits, tout à coup. Sans espoir. Ils tournicotent, leurs grands yeux rivés sur l'ennemi. Des yeux emplis de larmes qui ne veulent pas couler. Ils ne sont plus que colère, révolte contre eux-mêmes de ne pas s'être réveillés à temps, de ne pas avoir pu fuir.

— Calmez-vous, dit la femme, on ne vous veut aucun mal, mais à présent il faut nous suivre.

Elle pose doucement sa main sur l'épaule de Justine. La fillette se dégage, saisit le poignet de son assaillante et le mord à pleines dents.

— Aïe !

D'un geste brusque, Igor a arraché la laisse des mains de Yann. Il se précipite et, les crocs découverts, il s'interpose entre les gendarmes et les enfants.

— Igor, au pied, nom de Dieu !

Le chien hésite, la truffe et les flancs frémissants. S'il n'y avait Yann, à la moindre menace contre Justine et son frère, peu importe le nombre, il croquerait bien quelques morceaux d'uniforme. Mais il est programmé pour obéir. La mort dans l'âme, les oreilles basses, il va s'asseoir sur les chaussures de son maître qui empoigne son collier.

L'aventure s'achève. Un gendarme ramasse le havresac, le duvet, les tend à Héloïse ; deux autres se saisissent des enfants qui se débattent et, le combat étant trop inégal, pratiquent l'autodestruction en se mordant et en se lacérant la figure avec leurs ongles.

Héloïse pleure. Elle n'ose s'approcher. C'est sa faute, c'est leur faute, à Yann et à elle. Ils sont coupables de négligence, coupables de ne pas avoir réalisé que les petits étaient au bout du rouleau et qu'une fugue était prévisible.

Tous se dirigent vers les fourgons. Justine et Raphaël grimpent dans l'un d'eux, encadrés par les gendarmes.

— Je peux aller avec eux ? murmure Héloïse.

La femme gendarme acquiesce d'un signe du menton. Sa morsure est sans gravité. Elle en a vu d'autres.

Héloïse s'installe entre les gamins puis le fourgon démarre, suivi par la voiture de Yann. Totalement prostrés, Justine et Raphaël ont niché leur tête sur les épaules d'Héloïse qui les a enlacés.

— Mes petits, mes tout petits…

Ils se laissent bercer par la musique des mots. Ils pleurent cette fois, à sanglots retenus. Ils sont inquiets. Ils ont peur. Ils sont conscients, devant l'ampleur des moyens mis en œuvre pour les retrouver, qu'ils ont commis une grosse bêtise.

Justine détache sa joue de l'épaule d'Héloïse, se penche pour voir la jolie figure de son frère dévastée par le chagrin, loge son front dans le cou de sa voisine avant d'interroger, d'une voix minuscule :

— Dis, tata Lise, qu'est-ce qu'on va devenir ?

27

Ils sont allés à la communauté de brigades d'Evrecy.

« Pourquoi vous êtes-vous enfuis ? a questionné la femme gendarme installée derrière un bureau pour établir un procès-verbal.

— Parce que maman s'est remise à boire, a expliqué Justine, qui semblait avoir repris confiance en elle. Elle est saoule tous les jours, et on va encore nous envoyer dans un foyer ou une famille d'accueil, et on en a marre !

— C'est l'unique raison ?

— La quoi ?

— La seule raison ?

— Non, a répondu Raphaël d'une voix ferme en plongeant avec franchise ses yeux noisette dans ceux de la femme, on s'est sauvés pour qu'on nous écoute après.

— Après ? Qu'est-ce que tu veux dire par là ?

— Il veut dire qu'on s'est sauvés parce qu'on veut bien aller en famille d'accueil, a complété Justine, mais seulement chez tata Lise et tonton Yann ! Si on ne nous met pas chez eux, on se sauvera encore !

— Mes amours ! »

Yann a regardé Héloïse. Elle n'a pu retenir ce cri. C'était donc ça, tous ces mystères ! Yann a pressé la main de sa femme assise sur une chaise près de lui, a souri aux enfants, a tripoté son grand nez busqué comme s'il réfléchissait, et a dit : « On va vérifier ce que vous nous racontez. Si vous devez vraiment être retirés à votre maman, et si vous le voulez vraiment, on fera tout ce qui est possible pour que vous reveniez à la maison. Il y a Charlotte, mais quand il y a de la place pour un, il y en a pour trois. »

Raphaël s'est levé, a couru vers Yann, a enfoui sa figure entre les genoux du colosse, encerclant les cuisses musclées avec ses bras.

« Oh, merci tonton Yann, t'es trop gentil ! »

Il a relevé la tête, inquiet soudain : « Et si y veulent pas ? »

Justine a quitté sa chaise à son tour pour se lover contre tata Lise, qui a caressé doucement la nuque offerte.

« J'espère qu'ils voudront. Les gens des services sociaux sont comme nous, ils vous veulent du bien. »

La femme gendarme contemplait tout ce petit monde avec un sourire bon enfant. Elle a froncé les sourcils, grommelé : « Oh, là, là ! Qu'est-ce que c'est que cette pagaille ? Je dois terminer mon procès-verbal. Allez, retournez à vos places ! »

Elle a adressé un clin d'œil à Héloïse avant de lui

murmurer : « Vous savez, je sais ce que c'est, j'ai trois gosses du même âge qu'eux. »

Puis, pendant que les gamins s'exécutaient, elle a tendu son poignet meurtri vers Justine avant de déclarer, grimace à l'appui : « Dis donc, tu as de bonnes dents ! Heureusement que mes manches sont épaisses ! Mais ça va mieux. Tu crois que je dois signaler que tu m'as mordue dans mon procès-verbal ? »

Droite sur sa chaise, les mains à plat sur ses genoux, Justine a planté son fier regard de danseuse de flamenco dans celui de la jeune femme. Pour la première fois, elle a remarqué que celle-ci était blonde, jeune, et que sa grosse voix et ses épaules carrées ne masquaient pas un visage ouvert et un sourire attendri. La figure de la fillette s'est fripée. Elle a baissé les yeux. Elle a dit : « Pardon, madame. »

Puis tout s'est affaissé en elle. Des sanglots ont secoué son dos, sa poitrine.

Ils sont revenus chez les Le Meur. Ils ont échafaudé des plans sur la comète. Ils avaient l'impression qu'ils n'avaient jamais quitté le Lilas blanc. Ils retrouvaient leurs repères, comme s'il était évident qu'ils allaient revenir vivre là. Héloïse et Yann ont tempéré leur enthousiasme. Ils leur ont rappelé qu'ils allaient faire tout leur possible pour les reprendre chez eux, mais qu'il faut toujours se méfier de l'imprévisible.

Ils ont couru dans l'herbage, dans la cour, dans les

étables, dans les anciens greniers à foin, ils ont traqué pâquerettes, bleuets, boutons-d'or et coquelicots pour confectionner plusieurs bouquets champêtres qu'ils offriront à Héloïse et à leur mère ce soir.

Le temps a tourné. Il pleut. Une pluie fine, fraîche, persistante, qui perce les vêtements, nettoie les fronts et les âmes. Héloïse et Yann observent les petits derrière les fenêtres. S'ils s'éloignent de leur champ de vision, Yann enfile son ciré, ses bottes, et va jeter un œil dehors. Il ne tient pas à les voir s'éclipser une fois encore, même si cette hypothèse apparaît désormais sans fondement puisque les enfants pensent avoir atteint leur objectif.

Dix-huit heures : le moment de repartir chez madame Lemoine est arrivé. Dans quelques jours, demain peut-être, on viendra les chercher à l'appartement pour les ramener dans un foyer. Si tel est le cas, les Le Meur prendront contact avec les services sociaux pour demander à les accueillir chez eux.

Les gendarmes ont averti de la fugue les différents services concernés, dont l'Aide sociale à l'enfance. Quand ils ont voulu prévenir madame Lemoine par téléphone, Yann leur a précisé que sa ligne était coupée, qu'elle était absente pour tout le week-end et qu'elle ne serait de retour que le dimanche en fin d'après-midi.

Pour l'heure, la voiture roule lentement. A l'arrière, Raphaël et Justine sont silencieux. Ils regardent à travers les carreaux les premières lumières de la ville se reflétant sur la chaussée mouillée. Yann les observe dans son rétroviseur. Il se retourne parfois vers eux lorsque l'Espace s'arrête à un feu rouge. Ils sont pensifs, graves. Ils savent qu'ils atteignent un tournant de leur jeune vie. Ils vont à nouveau perdre leur mère. Yann soupire. Pauvres gosses. Il espère ardemment que les services sociaux faciliteront les démarches qu'il envisage d'entreprendre en leur faveur.

Ils sont arrivés. Yann remarque tout de suite une voiture de gendarmerie stationnant dans la petite cour en bas de l'immeuble en apparence désert à cette heure de la journée. Il range l'Espace près d'elle. Là-haut, les fenêtres de l'appartement sont fermées, et madame Lemoine ne les attend pas, vigilante, derrière les carreaux, comme elle le fait d'ordinaire.

— On y est, dit Yann, tout le monde descend !

— Pas maintenant, répond Justine. Maman a demandé que tu montes d'abord tout seul pour la voir.

Yann décroche sa ceinture de sécurité, se tourne vers elle.

— Qu'est-ce que tu me racontes là ? Elle veut me voir tout seul ?

— Ben oui. Peut-être qu'elle a des choses à te dire qu'elle veut pas qu'on entende...

— Pourquoi ne m'as-tu pas prévenu avant ?

— Elle m'a fait jurer de te le dire seulement quand on serait ici.

— Qu'est-ce que c'est encore que cette histoire ? Bon, vous m'attendez là, je n'en ai pas pour longtemps.

Il descend, fait claquer sa portière, cogne à la vitre des enfants.

— Vous ne bougez pas. Je reviens !

Yann est brusquement inquiet. Pourquoi tous ces mystères ? Berthe désire peut-être l'entretenir de la situation désastreuse dans laquelle elle s'est fourrée ?

Il avale les escaliers menant à l'appartement. Deux des gendarmes qui avaient participé aux recherches le matin patientent sur le palier. Ils le saluent d'un geste bref. Le plus petit d'entre eux désigne la porte d'entrée, sur laquelle une enveloppe fermée, fixée par une punaise, est adressée à monsieur Yann Le Meur.

— On est déjà venus une fois, mais ça ne répondait pas. Le courrier, c'est pour vous.

Etonné, Yann saisit l'enveloppe, l'ouvre, découvre une courte lettre qu'il lit fiévreusement.

Cher monsieur Le Meur,

Pardon ! j'ai fé ce que j'ai put pour mes enfants mais je ne suis pas une bonne mère. J'ai tout rater. Je me suis remise à boire et j'ai beau faire je ne peu pas m'en enpéché.

Pourtant j'adore mes petits et je veus leur bien. Alors le mieux c'est que je m'en aille.

Dites-leur que je les aiment et que je les garderai dans mon cœur au paradi des poivros.

Protégez-les biens avec votre gentille femme. Ils ont besoin de vous.

Merci pour mes amours.

Berthe Lemoine

P.S. J'ai bu deux verres de whisky, deux seulement pour me donner le courage de mourir.
Entrez sans frapper.

— Merde ! s'écrie Yann. Elle est dans l'appartement, et je crois qu'elle s'est suicidée !

— Quoi ? s'écrient les gendarmes en chœur.

Yann ouvre la porte, s'élance dans le corridor, les deux hommes sur ses talons, appelle :

— Madame Lemoine ?

Aucune réponse, sinon les gémissements affolés de Ruffus enfermé dans la cuisine.

— Madame Lemoine ?

Ils pénètrent tous trois dans la salle de séjour. Personne.

— Nom de Dieu ! marmonne Yann.

Ils se hâtent vers les chambres. Vides.

Enfin, ils la trouvent. Dans la salle de bains. Couchée tout habillée dans la baignoire. Elle est sans doute morte depuis la veille. Elle a retiré le bouchon d'évacuation des eaux, et seuls deux filets de sang coagulé, partant de ses poignets, et deux entailles franches soulignent qu'elle s'est ouvert les veines.

— Mon Dieu !

Yann sent ses jambes se dérober. Il cherche un siège pour s'asseoir. Il avise l'unique tabouret, s'affaisse dessus, demeure un moment immobile. Il respire à petits coups, avec précaution, les tempes serrées dans un étau, la gorge nouée. Pendant ce temps les gendarmes s'activent. Ils lui ont demandé de quitter la pièce, de ne toucher à rien. Ils ont passé des coups de fil pour aviser leur chef et alerter les secours.

Dans quelques instants, l'appartement se transformera en ruche. Yann reste sans voix. Il est sonné. Sans réaction. Sans conscience des minutes qui s'écoulent. Seuls résonnent les gémissements, les grognements de Ruffus et le crissement de ses pattes grattant la porte de la cuisine avec frénésie. Puis soudain, heurtant l'espace, une cavalcade de jambes qui grimpent les étages.

Les enfants !

Il les avait oubliés !

Il ne faut pas qu'ils voient ça !

Il enfourne la lettre dans une poche de sa veste, pivote vers les gendarmes, lance :

— J'avais oublié les gamins ! Je les emmène loin d'ici. Si vous avez besoin de moi, vous savez où me joindre.

Il file vers la sortie sans écouter la réponse, referme vivement la porte de l'appartement derrière lui. Il était temps. Justine et Raphaël déferlent comme une tornade sur les dernières marches conduisant au palier. Il vient vers eux, écarte les bras pour freiner leur course.

— Vous en mettez du temps, s'indigne Raphaël, on en avait marre d'attendre !

— Et qu'est-ce qu'il a, Ruffus, à grogner comme ça ? s'étonne Justine. On l'entend d'en bas. Heureusement que les voisins sont pas là ! Et maman, où elle est ?

Yann inspire un grand coup. Il a besoin d'air,

d'oxygène, de courage pour faire front. Il va mentir. Il ne peut pas leur avouer la vérité.

— Votre mère a eu un accident, une crise cardiaque. Elle est tombée dans la baignoire en se lavant.

— Je veux la voir ! s'écrie Justine.

Yann la retient par un poignet alors qu'elle s'élance vers l'appartement.

— Non, pas maintenant. Les gendarmes sont là. Elle est morte...

Un même cri unit le frère et la sœur :

— Maman !

Puis ils demeurent figés, la bouche entrouverte. Yann les prend dans ses bras, les soulève, les emporte jusqu'au rez-de-chaussée. Il les pose doucement sur le sol, referme avec soin la porte de l'immeuble derrière lui. Il installe ensuite les enfants hébétés à l'arrière de l'Espace puis, exhumant son portable d'une de ses poches, d'un index las il compose le numéro du Lilas blanc pour prévenir Héloïse.

Epilogue

Fin septembre 2004

Tout à l'heure, Héloïse ira chercher Raphaël et Justine à la sortie de l'école. Quoi qu'elle fasse, elle ne peut s'empêcher de revoir en boucle les récents événements qui ont bouleversé son entourage.

Dans les jours qui ont suivi le drame, la lettre de Berthe adressée à Yann à l'appui, après examen approfondi, la police a conclu à un suicide.

Alertée, tenant compte de la lettre de madame Lemoine et de la fugue des enfants, la Mission de la protection de l'enfance a confié ces derniers aux Le Meur, qui ne demandaient qu'à les accueillir dans l'espoir de pouvoir les adopter ensuite, le père et la mère étant décédés.

Des semaines difficiles se sont enchaînées ensuite, funérailles, paperasse, démarches. Les familles de Berthe et Pierre Lemoine ont été sollicitées pour savoir si l'un de leurs membres désirait s'occuper des orphelins. La plupart n'ont pas donné signe de vie, la sœur de Berthe et le frère de Pierre Lemoine se sont empressés de répondre par la négative.

L'avenir de Raphaël et Justine est désormais entre les mains du préfet qui, avec l'appui du Conseil de famille des pupilles de l'Etat, prendra la décision finale de confier ou non leur adoption aux Le Meur.

Une nouvelle enquête sur ces derniers a été ouverte. La valse des entrevues avec l'Administration et le juge pour enfants est à l'ordre du jour. Héloïse et Yann savent que ce sera long. Toutefois, ils sont confiants. Leur intégrité morale, leur aisance financière, leur équilibre physique et mental, l'affection que les gamins leur portent plaident en leur faveur.

Pour l'heure, et c'est là l'essentiel, avec l'accord tacite des Affaires sociales, Héloïse et Yann ont maintenu devant Justine et Raphaël la thèse d'un infarctus. Ainsi les petits ne culpabiliseront-ils pas en pensant que leur mère s'est suicidée à cause d'eux. Passé l'épreuve des obsèques, le temps a repris son cours. Cependant les Le Meur savent que leurs protégés souffriront toujours. Certes, on leur a répété que madame Lemoine les aimait, qu'elle était fière d'eux, que c'était une bonne personne, mais on leur a malgré tout dérobé leur enfance, et il leur manquera toujours des rouages indispensables à leur équilibre quand viendra l'âge adulte. Reste à ce que cette souffrance soit la moins grande possible. Yann et Héloïse s'emploient à effacer les blessures en leur offrant une vie stable, de la tendresse. Encore de la tendresse.

Et ça fonctionne. En raison d'une année catastrophique passée avec leur mère, les gamins ont redoublé une classe, mais déjà, en ce début d'année, ils caracolent parmi les meilleurs. Ils sont intelligents, avides d'apprendre, dès lors qu'ils ont un suivi à la maison et qu'ils sentent qu'on s'intéresse à leurs efforts.

Avec les beaux jours puis un début d'automne enjoué, ils ont commencé à croire en demain. Raphaël a mûri. Il avait beaucoup maigri. Il reprend un peu de poids, de l'assurance, s'étoffe. Justine a grandi. Si elle continue ainsi, elle atteindra la taille d'Isa. Quant à son caractère, il s'est définitivement modifié. Son regard d'ébène a abandonné toute dureté, ses gestes sont moins brusques, moins impatients. Elle aime s'isoler. Elle demeurerait des heures entières murée dans la lecture ou le silence. Un observateur attentif remarquerait que ses yeux se voilent souvent.

L'autre jour, Raphaël a demandé à Héloïse s'il pouvait aller jouer chez un de ses petits copains du voisinage. Celle-ci ayant accepté, il l'a remerciée par un surprenant « Merci, maman Lise ! ».

« Je ne suis pas ta maman. Ta maman, c'était ta maman. Une maman, on n'en a qu'une. Et elle t'aimait, tu sais, elle vous aimait tellement !

— Tu as raison, maman ! » a claironné une voix derrière elle.

Héloïse s'est retournée. Justine lui souriait. Héloïse a alors compris que le frère et la sœur avaient jugé puis décidé qu'il en serait ainsi. Depuis ce jour, ils appellent Yann papa.

Quinze heures quarante-cinq. Dans une demi-heure, c'est la sortie des classes. Héloïse est assise sur le divan du salon où Isa l'a rejointe avec Charlotte. La jeune fille n'a pas encore repris ses cours à l'université. Elle est toujours amoureuse de son professeur d'éducation physique. Amour platonique, celui-ci n'entendant pas se partager entre sa femme et une maîtresse, même si celle-ci est jeune, sportive et fichtrement jolie ! Alors Isa envisage de fuir l'Europe pour oublier et consacrer sa vie à des associations humanitaires en Afrique ou en Inde. Ses parents sourient. Ils ne sont pas inquiets. Elle veut avant tout achever le cycle de ses études. D'ici là, elle aura eu mille fois le temps de changer d'avis !

Isa observe sa mère. A quarante-sept ans, celle-ci en paraît à peine quarante. L'action, les responsabilités lui vont bien. Il est vrai qu'avec les nouveaux soucis apportés par le retour de Justine et Raphaël, ainsi que par l'éducation de la petite Charlotte, ses journées sont plus chargées de pleins que de vides. Elle s'affaire toujours ou presque, arrive à peindre un peu. Cela lui donne de l'entrain, de la couleur aux joues, le goût de se pomponner, d'effacer une ride avec une crème, d'intensifier la qualité de son regard d'asiate avec un peu de poudre, un trait de Rimmel. Elle n'oublie pas une visite régulière chez la coiffeuse qui sait si bien orchestrer les mèches de cheveux qui batifolent, irrésistibles, sur son front, et rendent Yann aussi amoureux qu'au premier jour.

Héloïse se sait utile, déifiée par son mari, adulée par ses enfants. Aujourd'hui, elle dit « mes enfants ». Elle en a pour mille ans de sérénité et d'occupations.

Au moment de se lever pour aller chercher Justine et Raphaël à la sortie de l'école, elle se tourne vers Isa. Elle aime se faire des petites peurs, et elle questionne :

— A ton avis, ils vont nous accorder l'adoption ?

— Mais oui.

Héloïse désigne le portrait de Séverine d'un mouvement de menton.

— Et elle, qu'est-ce qu'elle en pense ?

Isa contemple sa sœur. Un rayon de soleil, chassant la torpeur grise du dehors, illumine la pièce au même instant, glisse sur la toile comme une caresse, éclaire le visage de la défunte.

— Elle est du même avis que moi, regarde, elle nous sourit.

PRODUCTION JEANNINE BALLAND

Romans « Terres de France »

Jean Anglade
Un parrain de cendre
Le Jardin de Mercure
Y a pas d'bon Dieu
La Soupe à la fourchette
Un lit d'aubépine
La Maîtresse au piquet
Le Saintier
Le Grillon vert
La Fille aux orages
Un souper de neige
Les Puysatiers
Dans le secret des roseaux
La Rose et le Lilas
Avec le temps...
L'Ecureuil des vignes
Une étrange entreprise
Le Temps et la Paille
Sylvie Anne
Mélie de Sept-Vents
Le Secret des chênes
La Couze
Ciel d'orage sur Donzenac
La Maîtresse du corroyeur
Un horloger bien tranquille
Un été à Vignols
Jean-Jacques Antier
Autant en apporte la mer
Marie-Paul Armand
La Poussière des corons
Le Vent de la haine
Le Pain rouge
La Courée
tome I *La Courée*
tome II *Louise*
tome III *Benoît*
La Maîtresse d'école
La Cense aux alouettes
Nouvelles du Nord
L'Enfance perdue
Un bouquet de dentelle
Au bonheur du matin
Le Cri du héron
Victor Bastien
Retour au Letsing
Henriette Bernier
L'Enfant de l'autre
L'Or blanc des pâturages
L'Enfant de la dernière chance
Françoise Bourdon
La Forge au Loup
La Cour aux paons
Le Bois de lune
Le Maître ardoisier
Les Tisserands de la Licorne
Le Vent de l'aube
Patrick Breuzé
Le Silence des glaces
La Grande Avalanche
Nathalie de Broc
Le Patriarche du Bélon
La Dame des Forges
Annie Bruel
La Colline des contrebandiers
Le Mas des oliviers
Les Géants de pierre
Marie-Marseille
Jean du Casteloun
Les Amants de Malpasset
Michel Caffier
Le Hameau des mirabelliers
La Péniche Saint-Nicolas
Les Enfants du Flot
La Berline du roi Stanislas
La Plume d'or du drapier
L'Héritage du mirabellier
Jean-Pierre Chabrol
La Banquise
Claire Chazal
L'Institutrice

Alice Collignon
Un parfum de cuir
Didier Cornaille
Les Labours d'hiver
Les Terres abandonnées
La Croix de Fourche
Etrangers à la terre
L'Héritage de Ludovic Grollier
L'Alambic
Georges Coulonges
Les Terres gelées
La Fête des écoles
La Madelon de l'an 40
L'Enfant sous les étoiles
Les Flammes de la Liberté
Ma communale avait raison
Les blés deviennent paille
L'Eté du grand bonheur
Des amants de porcelaine
Le Pays des tomates plates
La Terre et le Moulin
Les Sabots de Paris
Les Sabots d'Angèle
La Liberté sur la montagne
Les Boulets rouges de la Commune
Yves Courrière
Les Aubarède
Anne Courtillé
Les Dames de Clermont
Florine
Dieu le veult
Les Messieurs de Clermont
L'Arbre des dames
Le Secret du chat-huant
L'Orfèvre de Saint-Séverin
Paul Couturiau
En passant par la Lorraine
Annie Degroote
La Kermesse du diable
Le Cœur en Flandre
L'Oubliée de Salperwick
Les Filles du Houtland
Le Moulin de la Dérobade
Les Silences du maître drapier
Le Colporteur d'étoiles
La Splendeur des Vaneyck
Les Amants de la petite reine
Alain Dubos
Les Seigneurs de la haute lande
La Palombe noire
La Sève et la Cendre
Le Secret du docteur Lescat
Marie-Bernadette Dupuy
L'Orpheline du bois des Loups
Les Enfants du Pas du Loup
La Demoiselle des Bories
Elise Fischer
Trois Reines pour une couronne
Les Alliances de cristal
Mystérieuse Manon
Le Soleil des mineurs
Laurence Fritsch
La Faïencière de Saint-Jean
Alain Gandy
Adieu capitaine
Un sombre été à Chaluzac
L'Enigme de Ravejouls
Les Frères Delgayroux
Les Corneilles de Toulonjac
L'Affaire Combes
Les Polonaises de Cransac
Le Nœud d'anguilles
L'Agence Combes et Cie
Suicide sans préméditation
Fatale Randonnée
Gérard Georges
La Promesse d'un jour d'été
Les Bœufs de la Saint-Jean
L'Ecole en héritage
Le Piocheur des terres gelées
Michel Hérubel
La Maison Gelder
La Falaise bleue
Tempête sur Ouessant
Le Démon des brumes
Denis Humbert
La Malvialle
Un si joli village
La Rouvraie
La Dent du loup

L'Arbre à poules
Les Demi-Frères
La Dernière Vague
Yves Jacob
Marie sans terre
Les Anges maudits de Tourlaville
Les blés seront coupés
Hervé Jaouen
Que ma terre demeure
Au-dessous du calvaire
Les Ciels de la baie d'Audierne
Guillemette de La Borie
Les Dames de Tarnhac
Jean-Pierre Leclerc
Les Années de pierre
La Rouge Batelière
L'Eau et les jours
Les Sentinelles du printemps
Un amour naguère
Julien ou l'Impossible Rêve
Hélène Legrais
Le Destin des jumeaux Fabrègues
La Transbordeuse d'oranges
Les Herbes de la Saint-Jean
Louis-Jacques Liandier
Les Gens de Bois-sur-Lyre
Les Racines de l'espérance
Jean-Paul Malaval
Le Domaine de Rocheveyre
Les Vignerons de Chantegrêle
Jours de colère à Malpertuis
Quai des Chartrons
Les Compagnons de Maletaverne
Le Carnaval des loups
Les Césarines
Grand-mère Antonia
Une maison dans les arbres
Une reine de trop
Dominique Marny
A l'ombre des amandiers
La Rose des Vents
Et tout me parle de vous
Jouez cœur et gagnez
Pascal Martin
Le Trésor du Magounia
Le Bonsaï de Brocéliande
Louis Muron
Le Chant des canuts
Henry Noullet
La Falourde
La Destalounade
Bonencontre
Le Destin de Bérengère Fayol
Le Mensonge d'Adeline
L'Evadé de Salvetat
Les Sortilèges d'Agnès d'Ayrac
Le Dernier Train de Salignac
Michel Peyramaure
Un château rose en Corrèze
Les Grandes Falaises
Frédéric Pons
Les Troupeaux du diable
Les Soleils de l'Adour
Passeurs de nuit
Jean Siccardi
Le Bois des Malines
Les Roses rouges de décembre
Le Bâtisseur de chapelles
Le Moulin de Siagne
Un parfum de rose
La Symphonie des loups
La Cour de récré
Bernard Simonay
La Fille de la pierre
Jean-Michel Thibaux
La Bastide blanche
Le Secret de Magali
La Fille de la garrigue
La Colère du mistral
L'Homme qui habillait les mariées
La Gasparine
L'Or des collines
Le Chanteur de sérénades
La Pénitente
L'Enfant du mistral
Jean-Max Tixier
Le Crime des Hautes Terres
La Fiancée du santonnier
Le Maître des roseaux
Marion des salins
Le Mas des terres rouges

Brigitte Varel
Un village pourtant si tranquille
Les Yeux de Manon
Emma
L'Enfant traqué
Le Chemin de Jean
L'Enfant du Trièves
Le Déshonneur d'un père
Blessure d'enfance

Louis-Olivier Vitté
La Rivière engloutie

Colette Vlérick
La Fille du goémonier
Le Brodeur de Pont-l'Abbé
La Marée du soir
Le Blé noir

Récits « Terres de France »

Albine Novarino
George Sand ou l'Amour du Berry

Collection « Sud Lointain »

Sylvie Anne
L'Appel de la pampa
Jean-Jacques Antier
Le Rendez-vous de Marie-Galante
Marie-Galante, La Liberté ou la Mort
La Dame du Grand-Mât
Le Sixième Condamné de l'Espérance
Erwan Bergot
Les Marches vers la gloire
Sud lointain
tome I *Le Courrier de Saïgon*
tome II *La Rivière des parfums*
tome III *Le Maître de Bao-Tan*
Rendez-vous à Vera-Cruz
Mourir au Laos
Jean Bertolino
Chaman
Fura-Tena
Anne Courtillé
Le Mosaïste de Constantinople
Paul Couturiau
Le Paravent de soie rouge
Le Paravent déchiré
L'Inconnue de Saigon
Les Amants du fleuve Rouge
Le Pianiste de La Nouvelle-Orléans
Les Brumes de San Francisco
Alain Dubos
Acadie, terre promise
Retour en Acadie
La Plantation de Bois-Joli
La Baie des maudits
Elise Fischer
L'Enfant perdu des Philippines
Hubert Huertas
L'Orque de Magellan
Hervé Jaouen
L'Adieu au Connemara
Eric Le Nabour
Orages sur Calcutta
Les Démons de Shanghai
Sonia Marmen
La Vallée des larmes
La Saison des corbeaux
Dominique Marny
Du côté de Pondichéry
Les Nuits du Caire
Cap Malabata
Juliette Morillot
Les Orchidées rouges de Shanghai
Michel Peyramaure
Le Pays du Bel Espoir
Les Fleuves de Babylone
Les Tambours sauvages
Le Temps des moussons
Bernard Simonay
Les Tigres de Tasmanie
La Dame d'Australie
Princesse maorie
Jean-Michel Thibaux
La Fille de Panamá
Tempête sur Panamá
La Pyramide perdue
Colette Vlérick
Le Domaine du belvédère

Romans

Alain Gandy
Quand la Légion écrivait sa légende
Hubert Huertas
Nous jouerons quand même ensemble
La Passagère de la « Struma »
Terminus Pondichéry
Denis Humbert
Un été d'illusions

Dominique Marny
Mes nuits ne sont pas les vôtres
Michel Peyramaure
Pacifique Sud
Louisiana
Le Roman de Catherine de Médicis
Jean-Michel Thibaux
Le Roman de Cléopâtre

Composition et mise en pages : FACOMPO, LISIEUX

Achevé d'imprimer sur les presses de

BUSSIÈRE

GROUPE CPI

à Saint-Amand-Montrond (Cher)
en septembre 2006
pour les Presses de la Cité

N° d'édition : C 06970. — N° d'impression : 063313/1.
Dépôt légal : octobre 2006.

Imprimé en France